- '리플레이'는 정씨책방의 단행본 출판 브랜드 입니다.
- 이 책은 저작권법에 의하여 한국 내에서 보호를 받는 저작물이므로 무단전재와 무단복제를 금합니다. 이 책 내용의 전부 또는 일부를 이용하려면 반드시 저작권자의 서면 동의를 받아야 합니다.
- 잘못된 책은 구입하신 서점에서 바꿔드립니다.

그 시간이 되면 그는 외롭다

리플레이

그 시간이 되면 그는 외롭다

발행일. 2022년 9월 20일
지은이. 김진형
펴낸이. 정석환
펴낸곳. 정씨책방　　　임프린트. 리플레이
주　소. 경기도 파주시 경의로 1114, 4층 406호
전　화. 070-8616-9767
팩　스. 0303-3442-3579
이메일. jungcbooks@naver.com

ISBN. 979-11-91467-25-3
정　가. 14,800원

차례

일상이라는 소설에 살고 있는 당신에게

#001, 그 시간이 되면 그는 외롭다 ········ 13
#002, 스프 봉지 ········ 15
#003, 그녀는 눈이 없다 ········ 16
#004, 다사다난 ········ 18
#005, 순간이동 그 ········ 20
#006, 손가락이 빠졌다 ········ 23
#007, 자연은 자연스러운가? ········ 26
#008, 내 이름은 장영실일세 ········ 31
#009, 그의 프로필 사진이 석양이다 ········ 34
#010, 없다. 굴곡이 ········ 37
#011, 어깨는 본래보다 훨씬 무거웠다 ········ 40
#012, 자가 침식 ········ 42
#013, 혀칫솔 ········ 44
#014, 흔한 피타고라스 ········ 49
#015, 매력 갑옷 ········ 53
#016, 럭키 언럭키 ········ 58
#017, 고백 드립 ········ 60
#018, 살신성인 ········ 63
#019, 정기 외식 ········ 69
#020, 손톱이 어느새 길어있었다 ········ 73
#021, 두 장의 베개 ········ 75
#022, 고장 확정 스피커 ········ 80
#023, 강압 순대 ········ 88
#024, 옷 도난 ········ 94
#025, 합법적 금기 ········ 101
#026, 먹고 싶은 걸 먹을 수 없는 저주 ········ 107
#027, 그녀의 입을 막는 두 가지 방법 ········ 110
#028, 봄은 태어났다 ········ 112
#029, 회사원 서씨의 하루 ········ 113

#030, 어떤 고백 ········ 115
#031, 엄지를 물렸다 ········ 119
#032, 습수 신발 ········ 125
#033, 그리 많은 환승역 ········ 127
#034, 문이 꽉 잠겨 있는 방 ········ 130
#035, 범국민적 궁상맞음 ········ 132
#036, 생기는 것과 사라지는 것.
        아, 잘못 썼다. 생기면서 사라지는 것 ········ 134
#037, 흔한 시나리오 ········ 137
#038, 100개보다 2개 ········ 139
#039, 그는 새우잠을 잤다. 자기 위해 새우잠을 잤다 ········ 140
#040, 사회 부적응자 ········ 142
#041, 회식장의 여왕 ········ 146
#042, 혈통 좌표 ········ 151
#043, 성공하려면 나처럼 하라 ········ 156
#044, 어서오세요. 마법소녀에 ········ 164
#045, 석사 논문 ········ 166
#046, 프리퀄 ········ 170
#047, 보라돌이를 석방하라 ········ 175
#048, 노랗게 웃어봐요 ········ 184
#049, 내 편 ········ 186
#050, 방 탈출 게임에 관하여 ········ 189
#051, 소담(笑談) ········ 191
#052, 하나가 되는 여행 ········ 200
#053, 암흑길 ········ 205
#054, 죽어가는 것들을 사랑해야지 ········ 206
#055, Create / Eliminate by NM ········ 209
#056, 인과 / 과인 ········ 215
#057, 영웅의 죽음 ········ 220
#058, 엘리트의 천직 ········ 225
#059, 로또 카운트 다운 ········ 228
#060,   ········ 236

일상이라는 소설에 살고 있는 당신에게

　심리상담을 하다보면 다양한 사람들을 만납니다. 인간 관계에서 큰 상처를 받은 이도, 나도 나를 잘 모르겠다며 오는 이도, 자기자신을 경멸하고 미워하는 이도 보죠. 그들은 이해 되지 않는 사람들과 얽히며 살아갑니다. 당연히 걸려 넘어지기를 반복합니다.

　저는 그럴 때 "소설을 써보는 건 어때요?" 라고 권유합니다. 쓰기 어렵다면 다양한 책을 읽어보아도 괜찮습니다. 더 솔직히 말해볼까요? 전문가가 되어 심리상담을 업으로 삼을 생각이 없다면, 대중심리서나 자기계발서를 볼 시간에 소설 한 권을 읽는 편이 더 낫다고 생각합니다. 왜냐고요? 소설이야말로 사람이 있고 삶이 있으니까요.

　초등학교 시절부터 제 취미는 만화 그리기였습니다. 그림 실력이 뛰어난 편은 아니었습니다만 딱히 중요하지 않았습니다. 제가 좋아하는 건 그림으로 나타내는 '이야기의 신선함' 이었거든요. 그림은 이를 위한 '수단' 일 뿐이었습니다.

　남들이 생각 못 한 이야기, 기가 막힌 반전을 쓰고 싶어 했습니다. 스토리에 집중했습니다. 등장인물이 나왔지만 전개를 위해 소비되는 존재 그 이상도 이하도 아니었습니다. 하지만 만화를 그리면 그릴수록 생각이 바뀌었습니다. 처음엔 신선한 이야기를 위해 쓰여졌던 인물이 서사를 거듭하며 나름의 과거와 고유한 성격을 갖기 시작했습니다. 그럴수록 인물은 입체성 즉, 생명력을 가지기 시작했습니다. 심지어 어떠한 상황이 주어지면 스토리를 만들지 않아도 인물들이 살아 움직이며 적절한 전개를 알아서 찾아나갔습니다. 더 이상 인물을 스토리에 끼워 맞출 수 없게 되었습니다.

'이 캐릭터라면 지금과 같은 상황에 어떤 선택을 할까?' 묻고 답하는 과정에서 전혀 생각지 못 했던 전개로 흘러가기도 했습니다. 스토리는 그게 아니었습니다만 어쩌겠어요. 이미 인물이 생명력을 가지고 자기가 알아서 움직이고 있는데요. 믿고 맡겨야지요. 결과는 어땠냐고요? 초반보다 훨씬 재밌고 박진감 넘치는 전개가 되었습니다.

그제서야 알게 되었습니다. 핵심은 스토리가 아니었습니다. 인물이 얼마나 개연성 있게 움직이는가? 였죠.

우리들의 삶 또한 마찬가지 아닐까요? 우린 태어나는 순간부터 (어쩌면 그 전부터 이미)수많은 맥락을 쌓으며 고유한 생명력을 지닙니다. 헌데 그 생명력을 이해할 틈도 없이 정해진 틀에, 스토리에 자신을 맞춰야 한다는 압박을 받아요. 압박의 힘이 매우 거세다면 자신의 팔, 다리, 영혼을 깎아서라도 끼웁니다. 이 상황에서 누구도 상황을 개연성 있게 움직이지 못 합니다. 죽은 채로 부품의 삶을 살게 되지요.

이 단편집은 제가 저의 생명력을 이해하기 위해 했던 수년간의 기록입니다. 차마 누군가에게 털어 놓을 수 없는 감정을, 생각을, 행동을 가상의 인물에 담은 일기입니다. 어떠한 상황 속에 넣어놓고 일기 속 인물은 어떻게 하는 지 살펴본 실험 기록입니다. 그래서 이 책을 보다 보면 생각보다 우울하고, 그로테스크하고, 이상하고, 거북할 지도 모릅니다. 근데 누구에게나 있어요. 저에게도, 당신에게도, 누구에게도. 그러니 59개로 이루어진 저의 일기 뒤에 마지막 당신의 공간도 마련해두었습니다.

이 책은 그 공간에 누구도 알 수 없는 당신의 생명력을 적음으로써 마무리됩니다. 즐겁게 살펴보시고, 진지하게 사색하면서 마지막 공간까지 즐겁게 매듭? 음, 시작하시길 바랍니다.

그럼 함께 시작할까요? 어떻게 형아쌤은 생명력을 가지게 되었는지. 그 기록을.

#001, 그 시간이 되면 그는 외롭다.

22시, 다시 말하면 오후 10시.
 이 시간은 그에게 있어 너무나도 괴로운 시간이었다. 그는 하루를 알차게 보낸 후 맞이하는 10시에서 10시 50분까지 아무것도 하지 않고 멍하니 핸드폰을 만지작거렸다. 언제나. 지치는 시간이었다. 하루가 채 2시간도 남기지 않은 저녁이 그를 괴롭게 했다. 공허했으나 무언가를 하기엔 애매했다. 혹여 한다해도 아무 것도 잡히지 않았다. 언제부턴가 저녁 10시는 그에게 마냥 '무기력'한 시간이었다.

22시, 다시 말하면 오후 10시.
 이 시간은 그에게 있어 너무나도 외로운 시간이었다. 아무것도 하지 않았지만 그는 혼자가 되는 것을 꺼렸다. 혼자 있을 때 그의 머리는 사람들로 가득했다. 특정 대상이 아닌 '그냥 사람'. 그 '아무나'가 그를 사무치게 외롭게 했다. 그래서 그는 핸드폰을 만지작거렸다. 주소록을 보고 멈추고, 다시 올리고 멈추고, 이내 스크롤을 다 올린 그는 '없네, 전화할 사람……' 하고 쓸쓸해했다. 통화 버튼 누를 이가 없다는 건 주소록의 몇 백개 숫자와 높을 수록 더욱 헛했다.

22시, 다시 말하면 오후 10시.
 이 시간은 그에게 있어 너무나도 여유로운 시간이었다. 그 여유로움이 그를 답답하고 춥게 했다. 답답함은 어김 없는데 전화를 즐길 지인엔 한계가 있었다. 입맛이 썼다. 그는 전화를 한 상대에게 충실하고 밝았다. 허나 채워지지 않았다. 어느 날이었다. 어김없이 사람을 갈구

하는 그를 보던 친구가 물었다.

"넌 하루종일 괜찮다가 왜 항상 이 시간만 되면 추욱 처지냐?"

"그러게……" 그는 답했다.

친구가 여전히 만지작거리는 그의 폰을 가로챘다. 가로챘다는 표현이 부끄러울 정도로 아무 반응이 없었다. 무미건조했다. 폰에는 익숙한 번호창이 켜져있었다. 여자 이름.

"사실 정말로 전화하고 싶은 사람은 그 사람이야."

뱉듯이 말한 그의 말이 몹시도 썼다.

"참 웃긴 일이지……? 단 한 번만이라도 통화하면 매일 이렇게 헤매지 않아도 될텐데."

친구는 폰을 돌려주었다. 그리고 조용히 어깨를 도닥거렸다. 그럴수 밖에 없었다. 세 글자의 이름. 익숙한 이름. 몇 달전에 교통사고로 죽은 동기의 이름. 아아 그랬구나. 친구는 다시 한 번 어깨를 꽈악 잡았다.

+ 외로움은 융통성이 없다. 아무리 채워도 마른다. 그 대상이 아니면.

#002, 스프 봉지

혼자서 밥을 먹은 지 일주일째다. 제대로 된 음식점에서 먹었다간 더 처량할 것이다. 끼니는 항상 편의점에서 산 삼각김밥과 우유였다. 같이 먹을 친구가 없었다. 그러나 과제가 바빠서 별수없이 끼니를 때운다는 느낌으로 보이고 싶었다. 김밥과 우유 옆에 책을 놓고 간혹 밑줄도 쳐가며 혼자서 밥을 먹었다. 혹여 애처롭게, 동정을 담아 쳐다보는 건 또 싫었다. 그런 오지랖이 자격지심을 키운다는 것을 알았기에. 그래, 혼자서 밥을 먹은 지 일주일째다. 김밥에 쓸쓸함을 무쳐 먹는 괴로움이 일주일째였다. 오늘도 그런 날이다. 거울에 비치는 처량한 여자가 가엽다 못해 불쌍해보이는 날이었고, 그래서 도무지 삼각김밥과 우유를 카운터에 가져갈 수 없는 날이었다. 한참을 삼각김밥 앞에 서있던 그녀는 발걸음을 돌렸다. 라면 코너로 갔다. 그리고 1,500원짜리 컵라면을 집었다. 한적한 편의점에는 폰을 보며 싱글생글 웃는 알바생과 본인, 둘 뿐이었다. 계산을 했다. 테이블에 앉았다. 채 라면 국물이 닦이지 않은 테이블이었다. "하아……" 속이 차가웠다. 스스로의 한숨에 오한이 들었다. 그녀는 컵라면 뚜껑을 뜯었다. 그리고, 거기엔 스프봉지가 두 개 들어있었다. 그녀는 그 이질적인 광경을 바라보다가 말 없이 두 개 전부 컵에 부었다. 완성된 라면은 이루 말할수 없이 짜고 매웠다. 하지만 그녀는 국물까지 다 마시고서야 자리에서 일어났다.

+ 운은 배려심이 없다.

#003, 그녀는 눈이 없다.

그녀는 눈이 없다. 적어도 다른 사람들이 볼 때 그러했다. 그녀의 눈을 본 사람은 아무도 없었다. 그녀는 앞머리가 굉장히 매력적이다. 적어도 다른 사람들이 볼 때 그러했다. 그녀의 윤기나는 머리칼은 성별을 가리지 않고 선망의 대상이었다. 어디를 가든 그녀의 앞머리는 칭송을 받았다. 심지어 그녀가 없는 자리에서도 그녀의 앞머리가 주제로 오르내렸다. 뒷담화가 아닌 경외로써. 놀랍게도 그 정도였다.

그녀는 당연히 눈이 있다. 적어도 본인에겐 당연한 사실이었다. 그러나 그녀는 긴 앞머리를 이용하여 눈을 가리고 다녔다. 언제나. 처음엔 그게 편해서였다. 선천적으로 낯을 가리는 그녀는 사람들과 눈을 마주치고 얘기하는 것이 불편했다. 사실 오른쪽 쌍꺼풀이 왼쪽 쌍꺼풀보다 조금 옅다는 것이 콤플렉스이기도 했다.

앞머리는 그녀의 이런 약점을 가릴 탁월한 수단이었다. 점점 길어지는 앞머리에 불편을 느끼게 될 즈음, 그녀는 앞머리를 넘기거나 자를 수 없다는 것을 깨달았다. 이미 사람들에게 그녀의 앞머리는 경외의 대상이었다. 혹여 그것을 넘기거나 묶거나 자른다? 신성모독 행위였다. 그것은.

그래서 그녀는 눈이 없다. 적어도 다른 사람들이 볼 때 그러했다. 그녀의 눈을 본 사람은 아무도 없었다. 사람들이 말했다.

"너는 너무나도 매력적이야."

그녀는 그 말을 들을 때마다 힘이 나고 즐거웠다. 그녀가 생각했다.

'나는 어쩌면 정말 매력적일 지도 몰라.' 사람들이 말했다.

"넌 정말 최고야!" 그녀가 말했다.

"그럼 나 이제 조금 편하게 다니고 싶은데 앞머리 옆으로 빗어넘기고 다닐까?" 사람들이 말했다.

"응? 넌 앞머리가 키포인트잖아. 그게 없는 너는 상상해본 적이 없어. 왜 그걸 없애려고 그래? 그러지마."

매력적인 그녀의 매력 없는 질문에 사람들은 질색했다. 그녀는 생각했다.

'없애도 나는 나잖아.' 당연히 사람들은 대답이 없었다.

어느 날 그녀는 머리가 간지러움을 느꼈다. 갑자기 왜 이러지? 머리를 짚었다. 소름이 끼쳤다. 앞머리가 움직이고 있었다. 이마와 눈에 뿌리를 박고 있었다. 이마를 넘어, 눈과 눈두덩, 코 언저리에 이르기까지 머리가 스믈스믈 피부를 기어들었다. 파고들었다. 얼마 지나지 않아 미동도 하지 않고 닻을 내렸다. 신기하게도 아프지 않았다. 께름칙했지만 마치 원래부터 그런 것인양 자연스러웠다. 그래서일까? 점차 거부감도 사라졌다. 그녀는 생각했다.

'어차피 보고 싶어하는 사람도 없는 눈. 이래도 상관 없지.'

바람이 불었다. 정박한 앞머리는 미동도 없이 얼굴에 붙어 있었다. 바람은 시원했다. 기분도 좋았다. 근데 눈이 조금 덥네. 뜨겁네.

어차피 그녀에게도, 다른 사람들에게도 상관 없는 일이었다.

+ 그들이 보고 싶어 하는 나는 '눈'일까? '앞머리'일까?

#004, 다사다난

그는 오늘은 참 다사다난했다. 아침에 일어나자마자 근원이 어딘지 모를 불편감에 언짢았다. 신경질적으로 토스트를 베어문 그는 딸기잼과 함께 자신의 혀를 씹었다는 것을 깨달았다. 고통으로 그는 다리를 꼬았다. 눈에 물이 고였다. 잘리진 않았겠지.

점심 시간. 직장 동료들이 자기끼리 약속을 잡고 어느샌가 사라져 있다는 걸 깨달은 후 그는 근처 분식집에 가서 치즈돈까스 하나를 시켰다. 딱 한 자리 남아있었는데 거울 앞이었다. 노골적으로 자신이 보였다. 정갈한 양복 차림. 입으론 돈가스를 우물우물. 괜히 마음이 복잡했다. 가장 씁쓸한 건 그 처량함이 너무도 친숙해서였다.

저녁 시간. 부장님은 가족보다 삼겹살을 애정하는 사람이었다. 어김 없이 단골 집으로 끌려가 조촐한 회식을 했다. 술 한 잔도 버티지 못 하는 그에게 관심을 주는 건 애꿎은 고기 연기 뿐이었다. 대화 상대 없이 물만 들이키던 그는 기름기 없이 딱딱하게 타버린 고기 쪼가리를 씹었다. 김치 하나를 집어드는 그의 젓가락이 처량했다. 이 집은 김치가 맛있어. 김치만 맛있어. 아삭.

도중에 회식장소를 빠져나왔다. 도착한 집에서 자신을 가장 먼저 반기는 건 아침에 신발끈 묶는다고 신발장 위에 올려놓았던 토스트였다. 차갑게 식은 토스트를 한 입 베어물고 냉장고에서 우유팩을 꺼내어 벌컥벌컥 마셨다. 왼쪽 손을 허리에 대고 있는 자신의 모습이 당찼다. 웃겼다.

"아이고~"

몸을 던지듯 침대에 엎어진 그는 전 여자친구가 천장에 붙여주었던 야광별을 하나 둘 세다가 눈을 감았다.

  '오늘도 내 하루는 지극히 일상이었구나.'

  밀려오는 안도감에 마음이 놓였다. 그는 그에게 허락된 5시간의 비현실을 향해 스르르 빠져갔다.

+ 일상은 안정감을 준다. 다만, 일상이라고 안전한 건 아니다.

#005, 순간이동 그

「내가 나의 능력을 알아챈 것은 고등학생때였어. 지금 생각해보면 참 사소하고 어이없는 일이었지. 게다가 왜 그런 짓을 했는지도 기억이 나지 않아. 그냥 했다. 어찌 됐든 했다. 그것만 기억나는거야. 왜 교실에 보면 교단이랍시고 있는거 있잖아? 그 계단처럼 한 칸 올라가야 하는거 거기에 올라가 있었어. 왜 올라가 있었냐고? 말했잖아. 기억 안 난다니까. 하여튼 난 거기에서 가볍게 책상쪽을 향해 뛰었었어. 쉬는 시간이었고 교실 뒤쪽에 있는 애들은 말타기를 하고 있는 때였지. 난 교탁에서 한 발자국 가볍게 뛰었을 뿐인데 정신을 차려보니 말타기를 위해 앞사람 사타구니에 고개를 처박고 있는 남자놈들 등 위에 타있더라고. 말이 안 된다고 생각하고 있지? 교실이 얼마나 넓은데 겨우 한 발자국으로 교단에서 교실 뒤편까지 가냐고? 그래서 그게 내 능력인거야. 내가 순간이동을 할 수 있는 사람이구나. 내 능력이 순간이동이구나 알게된 역사적인 순간이었지.

 순간이동 능력이 네가 생각하는 것만큼 좋고 유용한 건 아니야. 왜 영화중에 그거 있지? 점퍼라고 순간이동으로 막 요지랄저지랄 해대는 영화 있잖아. 그건 다 구라야. 이집트로 훅 갔다가 파리로 훅 갔다가 그런 거 다 뻥. 그런게 가능하면 내가 지금 이런 곳에서 댁하고 이딴 시시걸렁한 얘기하고 있진 않겠지. 아 계속 얘기가 새네. 결론만 말하자면 난 그렇게 멀리까지 훅훅 가는 건 불가능해. 딱 내 눈에 보이는 곳까지만. 아, 거 그 이해 안 된다는 눈 좀 치울 수 없나? 알아서 설명한다고. 그러니까 들어봐. 내가 여기에 있고 여기가 만약 쫙 펼쳐진 광야라고 생각해봐. 그리고 광야에 나무가 하나 있어. 근데 나랑 나무랑 대따 멀어. 그냥 존나 멀어. 근데 내 눈에 보이기는 한단말야. 아무리 작아서 안 보일 정도라고 해도 내 눈에 보이기는 하는 곳에 나무가 있어. 그리고 그 나무에 내가 가고 싶어. 이유가 뭔지는 모르겠는데 그냥 아주 존나 미칠 정도로 가고 싶어. 지금 안 가면 막 죽을 것 같아. 그럴때 내가 나무쪽으로 가볍게 폴짝 뛴단 말이야. 그러면 신기하게 나는 나무쪽에 가있을 수 있단 말이야. 순간이동 쓰거든. 장난 아니지? 엄청 신기하지? 근데 알고보면 존나 쓸데없는 능력이기는 해. 이게 눈에 보여도 거기까지 가는게 물리적으로 막혀있으면 안 되거든. 그니까 그냥 순간이동이 아니고 고속이동인가? 하여튼 그래. 그래도 다른 사람은 가지지 않은 능력이라는 게 메리트 아니겠어? 자, 내 얘기는 여기까지야. 궁금하던 건 다 풀렸어?」

「아뇨, 하나만 더 물어볼게요. 아, 귀찮아 하지 마시고요. 그 순간이동할 때 어떤가요? 시간은 얼마나 지나가있죠?」

「그걸 왜 물어? 당연히 순간이겠지. 응? 확실히 재봤냐고? 이 사람아. 세상 어떤 사람이 순간이동 전에 시간 확인하고 이동하고 시간 확인하냐? 응? 여기서 해보라고? 하라면 못 할줄 아냐? 여기서 저기 모서리로 할테니 잘 봐.(폴짝!) 자, 봐. 봤지?」

「네, 이제 확실해졌습니다. 일단 돌아가서 쉬고 계세요.」

말을 들은 남자가 득의양양하게 방을 걸어나간다. 그 남자가 완전히 방을 나간걸 확인한 남자는 노트북을 꺼내어 문서를 정리했다.

<김OO, 42세. 무직. 자신이 순간이동을 한다고 믿고 있는 이 환자는 본인이 어떠한 공간으로 이동하려고 마음을 먹을 때 여자의 인격이 되는 해리성 정신분열 증세를 앓고 있다. 그 기전은 아직 밝혀지지 않았지만 점프를 하는 것으로 해리가 시작되며 목적지에 도착 후

다시 점프를 하는 것으로 본래의 주된 인격으로 돌아오는 것으로 추정된다. 여자 인격이 된 이후의 일은 전혀 기억하지 못 하기에 남자 인격은 정신을 차린 후 자기가 순간이동을 했다는 인지적 오류를 범하고 있다. 지속적인 관리와 관찰이 필요함.

+ 찰나란 주관적이다. 내가 지각한 세상이 세상의 전부라고 자신 있게 말할 수 있는가?

#006, 손가락이 빠졌다.

오늘 그와 헤어졌다. 아니, 헤어짐을 당했다. 울렁거리는 숙취에 저항하며 침대에서 일어난 그녀는 으레 그랬듯 더듬더듬 스마트폰을 잡았다. 가장 먼저 보인 문자 내용은 생소했다.

「우리 이만 헤어지자. 미안하다.」

충격적인 그 문구는 숙취를 단번에 날렸다. 멀쩡해진, 허나 멀쩡하지 않은 정신으로 남자친구에게 전화를 걸었으나 자주 뒷은 통화에서 그녀가 그에게 들은 말은 문자와 같은 내용이었다. 일방적으로 전화를 끊는 남자는 이미 남자친구가 아니라 남자친구 '였던' 사람이 되어있었다.

그녀는 멍- 했다. 머리 속에 떠오르는 건 한 가지 단어였다.

'왜?'

그 한 단어가 수억개가 되어 머리를, 귀를 울렸다. 그와 그녀는 어제 만났었다. 주말이었고 보통의 데이트 날이었다. 직장을 다니는 둘은 주말에만 볼 수 있었고 간만에 만난 둘은 여타의 연인보다 조금 더 애틋하고 끈적했다. 눈이 내려 미끄러워진 길을 걷기 무섭다며 그에게 팔짱을 낀 그녀는 남자의 오리털파카가 차갑다는 생각을 하며 영화관까지 갔다. 예매한 영화가 상영하기까지 시간이 남았었다. 둘은 언제나 그러했듯 오락실에 가서 대전 격투 게임을 하였다. 그가 제일 잘하는 캐릭터는 따로 있었으나, 그녀와 할 때는 그녀와 대등하게 견줄 수 있는 캐릭터를 골랐다. 그녀는 그게 좋았다. 소소한 배려가 느껴졌기 때문이다.

그들은 언제나 그랬듯이 카라멜팝콘과 나쵸와 콜라가 나오는 세트 메뉴를 들고 영화관으로 들어갔다. 언제나 그랬듯이 손을 꽈악 잡고 감상을 하였다. 영화가 끝난 다음에는 인근 공원으로 산책을 갔다. 깍지를 낀채 보조를 맞추던 그녀는 나무에 걸려있는 눈을 그에게 던졌다. 가볍게 웃으며 그 역시 반격했다. 그들의 장난은 조금 지친다 싶을 때 끝났다. 그는 느끼한 음식을 좋아하지 않는 사람이었다. 그녀는 해산물을 좋아하지 않는 사람이었다. 뭘 먹을지 고민하던 둘은 공원 인근의 시설 좋은 돈까스집에서 저녁을 해결하기로 했다. 그녀가 수저를 챙기는 동안 그는 휴지 두 장을 꺼내 서로의 앞에 놓았다. 그 위에 그녀가 수저를 놓았다.

그가 물을 뜨러 움직인 동안 그녀는 단무지를 본인의 앞으로, 김치를 그의 앞으로 놓았다. 그가 돈까스를 시키자, 그녀는 리조또를 시켰다. 그리고 음식이 나오자, 누가 먼저랄것도 없이 자신의 음식을 양단해 상대의 접시에 가져다 주었다. 남자가 계산을 하는 동안 여자는 근처에 있는 커피집을 찾았고, 미리 가서 본인이 마실 바닐라라떼 휘핑 빼고 초코시럽 많이와 그가 마실 아이스 아메리카노 얼음 적게를 시켰다. 계산을 끝낸 그가 테이블로 다가올 즈음 그녀는 언제나 그랬듯 브이를 그리며 씨익 웃었다. 커피를 마시며 간단히 일주일간의 이야기를 한 둘은 장소를 옮겨 한 잔 했다. 기분이 좋았던 그녀는 그런 기분일 때 항상 그랬듯이 주량보다 조금 더 많이 마셨고, 그는 가볍게 맥주를 한 잔했다. 휘청휘청하는 그녀를 집까지 바래다 주었고 문 앞에서 손을 흔들었다. 그리고 눈을 뜬 아침, 그녀는 그와 헤어짐을 당했다. 조금도 달라진게 없는 일상의 데이트를 한 번 더 했을 뿐인데 이별을 통보받았다.

정말 언제나와 같았다. 다른게 없었다. 그래서 도무지 이해할 수 없었고, 인정할 수 없었다. 그녀가 휘청 일어났다. 통장이 발에 걸렸다. 다가오는 그의 생일 선물을 위해 저녁을 생략해가며 모아가던 돈이 들어있는 통장이었다. 다시 멍해진 그녀는 불현듯 이상한 기운을 감지하고 자신의 약지를 쳐다보았다. 커플링이 헐거워 마디 안에서 덜렁이고 있었다.

　손가락 살이 빠졌네…… 겨우 찾은 이별의 징조였다.

　고작 그거뿐이었다.

+ 합리화에 별 건 없다. 사소한 이유라도 붙일 수 있다면 어떤 결과라도 가능하기에.

#007. 자연은 자연스러운가?

"전 세계에 있는 다람쥐의 수는 몇이나 될까?"
"글쎄……? 잘은 모르겠지만 엄청 많지 않을까?"
이게 문제다. 제대로 된 수를 알 수 없는 난해함.
그렇지만 당연히 많을 것 같은 넉넉함. 거기에,
"아, 몰라! 다람쥐 따위 나랑 알게 뭐야."
별 다른 연결고리를 찾을 수 없는 거리감.
이 모호함이 그 사건을 만들어냈다.

[클릭 한 번으로 당신의 하루가 행복해집니다!]

그것이 시중에 판매된 것은 1년 전 여름이었다. 아무런 장식도 없이 각 면마다 빨간색 777 글씨가 적혀 있는 육각 상자였다. 그 상자는 약쟁이가 약을 팔듯, 사이비가 교리를 팔듯, 궤변가가 철학을 팔듯 모호함을 파는 상자였다. 그 모호함은 바로 행복. 눈에 보이지 않는 행복이라는 것을 판다는 그 문구는, 광고에 노출된 대다수의 사람의 콧방귀를 벌었다. 행복. 말로는 쉽게 할 수 있지만 그것을 가지는 것이 얼마나 힘든 것인지 알게 된 사람일수록 더욱 그랬다. 신빙성을 더 낮추는 문구는 초반 문구였다. 클릭 한 번으로. 마약을 하는 것도 아니고, 그렇게 간단한 공정으로 무얼 할 수 있단 말인가? 보나마나 장사치들이 만들어낸 어린이용 장난감이겠거니. 그 상자의 초반 대우는 그 정도였다.

재평가는 시일이 좀 지난 이후에 이루어졌다. 처음 시중에 내놓았던 가격에 절반도 안 되는 가격까지 하락하였을 때, 상자의 구매층은 상류층에서 중산층으로, 중산층에서 하류층으로 내려왔다. 하류층에겐 상류층에게 없는 무언가가 있었는데 그게 바로 '간절함'이었다. 복권을 상류층과 하류층 중에 누가 더 많이 살 거라 생각하는가? 속는 기분이지만 '행복'이라는 단어가 주는 달달함, 그리고 쉬운 과정이 주는 '어쩌면 나도……?'라는 가능성이 사회 밑바닥층의 호기심을 자아냈다.

"웜메, 이 상자가 뭐 허는 잡것인디 요따위로 지랄을 하고 판당가?"

첫 구매자는 한국이다는 나라에 사는 은서네 아버지였다. 구입할 때 판매자가 한 이야기는 광고 그대로였다. 하나 추가되는 것 빼고.

"이 상자를 구매하셔서 옷장에 넣어놓으세요. 그리고 오전 7시~10시 사이에 상자 위에 있는 스위치를 클릭하시면 손님의 하루에 행복한 일이 가득 넘쳐납니다. 물론, 딱 하나, 행복의 댓가로 지구 어딘가에 있는 다람쥐 한 마리가 죽게 됩니다."

상자는 양자물리학을 집대성한 산물이었다. 19세기 말, 빛이 전기장과 자기장이 공간 속에서 퍼져 나가는 전자기파임을 밝힌 이후, 모든 물질과 에너지에 고유한 파동이 있음을 추론한 과학자들은 원자의 움직임 속에서 '양자 역학'이라는 개념을 주장했다. 복잡한 세상도 원자, 진동, 상보의 원리에서 시작함을 알게 되면서, 과학자들은 '세상 모든 것은 연결되어 있다.' 라는 대명제에 도달했다. 그들은 '인간의 행복에도 법칙성이 있지 않을까?' 하는 생각을 했고, 그에 관련된 역학을 계산하던 중 놀라운 사실을 알게 되었다. 행복의 파동이 다람쥐의 생명 파동과 반비례함을 발견한 것이다. 애초에 그렇게 짜여진 게 아니라면 도저히 설명할 수 없을 정도로 그 반비례 함수는 일치폭을 그렸다. 그들은 그 아이디어를 시작으로 인간 행복 연구를 했다. 그리고 만들어 낸 것이 상자였다. 다람쥐의 생명 파동이 꺼지면 누군가의 행복 파동이 높아진다. 이는, 일정한 사람이 어딘가의 이름 모를 다람쥐를 죽일 수만 있다면 당사자로써 항상 행복할 수 있다는 얘기도 되었다. 상자는 그 메커니즘을 꿰뚫은 기계였다. 처음 버튼을 누른 사람의 원자 메커니즘에 수렴하기 때문에 중복 사용이 불가능한 점, 행복 함수의 최대 계수를 넘을 수 없다는 한계 때문에 1인 1상자가 법칙이라는 단점이 있었지만 한계가 있는만큼 효과도 매우 확실했다.

상자의 실효성이 입증되고, 여러 목격담이 제보되면서 상자의 판매는 역주행을 했다. 당연히 가격도 역주행했다. 상자를 초창기에 구매한 하류층 일부를 제외하면, 상자는 부, 명예, 권력에 이어 행복까지도 얻고 싶은 욕망가들의 전유물이 되었다. 물론 초창기 구매에 성공한 하류층도 금새 중산층, 상류층으로 발돋움했기 때문에 결과적으로 보면 상류층의 전유물인 게 맞았다.

하루 한 번의 클릭으로 얻게 되는 행복은 상당했다. 구체적인 예를 들 필요도 없었다. 각 개인에게 '내가 행복해지기 위해서 있었으면 하는 무형/유형의 것은?'이라는 질문에 대답하는 모든 것이 이루어졌다. 동시에 행복의 함수는 인간의 두뇌 이상의 물리성이 있었기에, 아무리 그가 바란다해도 장기적으로 봐서 불행이 더욱 커지는 일은 들어주지 않았다. 상자를 구매한다는 것은 핑크빛 엔딩을 미리 보고 플레이하는 RPG와 같았다. 물론 클릭하면 다람쥐 한 마리가 죽는다는 사실은 어느 정도 께름칙한 일이었다. 그렇지만 근접성이 없었다. 산 속 어딘가에, 그것도 어느 나라 다람쥐인지도 모르는 다람쥐가 죽는 것인데 실감이 날리가 없었다.

한 번 클릭을 한 사람은 매일 아침 상자 클릭을 하는 것이 일과가 되었다. 가구마다 구성원 수만큼의 상자를 비치하여 이름을 새겨놓은 집도 있었다. 도둑이 들 위험도 없었다. 도둑이 들어서 설령 훔쳐간다해도 이미 주인이 정해져 있기 때문에 엉뚱한 사람이 클릭을 도와주는 꼴이었다. 사실 애초에 행복 버튼을 누름으로써 도둑 들 가능성 자체가 0으로 수렴하였다. 행복을 누군가가 독점한다는 건 그렇게나 불합리한 일이었다.

다람쥐 생명 권리 보호 협회를 필두로 하여, 여러 시민 단체가 만들어졌다. 국제 단위로 이루어 진 정도로 그 세력을 키운 곳도 있었다. 거기엔 다람쥐를 사랑하는 사람, 생명을 소중히 여기는 사람, 가진 자만 행복해지는 게 배 아픈 사람, 산 길에서 우연히 다람쥐의 부패된 시체를 본 사람, 아무 생각 없는 사람 등 많은 일원이 함께 했다. 그러나 언제나 그러했던 것처럼, 하나의 목소리를 내자며 모인 집단은 내부에서 갈라지는 많은 목소리로 자멸하기 일쑤였다. 그러는 사이 다람쥐 시체를 보았다는 제보가 많아졌다. 상자를 가진 이에게 행복은 하루로 그 마감 기한이 있었으나, 다람쥐의 죽음은 하루 이상이었다.

시체는 부패했고 그 부패는 생태계에 영향을 주었다. 보호자를 잃은 새끼 다람쥐의 죽음으로 이어졌고, 거름 이상의 한계에 도달한 자연은 부패된 다람쥐 시체를 안아줄 수 없었다. 또한 다람쥐를 주식으로 삼는 상위 포식자 역시 먹을 것이 줄어들면서 배를 곯게 되었다. 기운이 없어진 포식자는, 그 위에 상위 포식자의 좋은 먹이였다. 처음에는 다람쥐의 죽음으로 시작된 움직임이었지만, 시간이 지나며 이는 전 세계의 생태계 사이클에 위협을 주었다. 살아있는 먹이를 찾지 못 해 죽은 고기를 뜯어먹다가 하이에나와 싸우는 사자를 종종 볼 수 있었다.

당연히 사람들은 불행해졌다. 평상시에 쉽게 얻을 수 있었던 식재료도 쉽게 얻을 수 없게 되었다. 산은 황폐했고, 악취는 심했다. 다람쥐 시체를 찾아서 화장을 시키자, 우리 생태계니까 우리 손으로 지키자! 라는 이야기도 나왔으나 "아니, 쟤네가 행복은 다 찾아가면서 왜 처리는 우리가?" 라는 반대 급부에 부딪혀 금새 시들해졌다. 이대로는 안 된다며 여러 대안은 나왔지만, 실효성 있는 대안은 나오지 않았다. 상자 제작을 그만하거나 상자 사용을 법으로 금지하자는 이야기도 나왔으나 이 역시 실효적이지 못 한 대안이었다. 법을 만드는 사람들은 어지간하면 상자를 가지고 있었기 때문이다. 상황은 점점 악화되었다. 다람쥐는 오늘 아침에도 전 세계 어딘가에서 목숨을 잃었다.

자연은 망가져갔지만, 사실 아니었다. 지구는 그대로였다. 행복이 특정한 누군가에게 고정적으로 주어진만큼 불행도 특정한 누군가에게 커졌을 뿐이었다. 원자도, 파동도, 상보성도 그대로 적용되고 있었다. 문제라고 얘기하는 사람이 많아지는만큼 문제가 아니라고 얘기하는 사람도 많아진 것이 그 증거였다. 누가 이렇게 묻는다면 당신, 그렇다고 대답하라. 자연은 자연스러운가?

+ 질량은 보존된다. 과학적으론 모르겠지만 경험과 역사는 행복도, 불행도 언제나 보존됨을 알려주었다. 나의 행복은, 또는 불행은 어디와 연결되는 걸까?

#008, 내 이름은 장영실일세

비가 오는 날이었다. 올해 23세가 되는 지훈씨가 늦잠을 잔 후 깨어나 처음 꺼낸 말에 모두가 당황했다.

"내 이름은 장영실일세. 아, 측우기 얘기는 하지 말아주게."

처음 이 말을 들은 어머니는 아직도 철이 덜 든 아들의 헛소리라고 생각했다. 그러나 지훈씨가 조선 시대에나 쓸 법한 어휘를 구사하고 장영실에 대한 이야기를 막힘없이 대답하는 걸 보며 심각해졌다. 장난의 도가 지나쳤기 때문이다. 자신을 장영실이라 주장하는 지훈(이하 지훈영실)씨는 지훈씨로 살았던 기억은 아무 것도 떠올리지 못 했다. 현대인에게 너무 편한 사회에서 무척 불편해했다. 적응하지 못 한 채 자신에게 일어난 비극에 실감했다 부정했다를 반복할 뿐이었다.

신경정신과에서 해리성 정체감 장애라고 진단했다. 인격이 장영실이 된 후 본 인격이 한 번도 출연하지 않는 점, 장영실이 살던 시대에 대한 고증이 무척 정교하고 망설임 없다는 점, 장애가 일어날만한 특별한 계기를 찾을 수 없다는 점 등을 들어 학계에 발표를 제안했으나, 어머니의 반대로 하지 못 했다. 어머니는 착하고 성실하던 아들이 부디 원래대로 돌아오길 바라며 새벽 기도를 나설 뿐이었다. 한 집안의 비극적 사건으로 끝날 것 같던 일이 한국을 넘어 세계를 들썩이게 된 건 그 다음이었다. TV를 보던 지훈의 어머니는 미스테리한 사건을 다루는 TV 프로그램에서 '자신을 장영실이라고 주장하는 남자'에 대한 내용이 방영됨을 알아차렸다. 그 방송 내용은 완벽하게 지훈씨의 증상 그대로를 방영했다. 다른 게 있다면 TV에 나오는 남자가 지훈씨가 아니라는 거였다.

올해 32세의 직장인이던 현철씨는 7개월 된 첫째 아이를 품고서 아침을 준비하던 아내에게 "내 이름은 장영실일세. 아, 측우기 얘기는 하지 말아주게." 라고 했다. 똑같이 해리성 정체감 장애 진단을 받았지만, 아내는 남편을 학계 차원에서 다루는 데 동의했다. 형언할 수 없는 혼란함으로 방송을 보던 어머니에게 전화가 온 건 그 때였다. 지훈씨의 담당 주치의였다. 어머니도 더 이상 고집을 부릴 수 없었다.

며칠 후 방송사에서 찾아왔다. 지훈영실씨는 새로운 사람을 만날 때마다 했던 답변을 그대로 하였다. 검증을 위한 면담 시간이 길어진다고 느낄 즈음 PD가 문을 열었다. 그는 특종에 대한 흥분을 감추지 못 했다. PD는 지훈영실씨와 현철영실씨의 대면을 추진했다. 서로를 만난 그들은 자신에게 일어난 비극을 위로해주듯 만나자마자 하염없이 울었다. 개별 면담에서도, 대면 인터뷰에서도 그들은 완벽하게 장영실이었다. 전례 없는 사건에 정신의학계 뿐만 아니라 온 세계가 발칵 뒤집어졌다. 진위 여부에 대한 논란은 온/오프라인을 가리지 않고 뜨거웠으며 역사의 공백을 채울 수 있을 거라는 희망 앞에 독대를 제의하는 학자들까지 문전성시를 이뤘다. 철학자 사이에서 껍데기와 영혼이 다른 이를 어떻게 규명하면 좋을지는 뜨거운 감자가 되었다. 이들은 지훈씨일까? 현철씨일까? 아니면 정말 장영실일까? 분명한 건 지훈영실씨와 현철영실씨는 자신이 장영실이라고 믿어 의심치 않았다. 그리고 다행히 이들은 당시대에 천재라 인정받은 사람이었다. 전 세계적 논란이 보름을 넘기며 이들의 당황스러움도 질서를 찾았다. 그들은 생각했고, 고민했다. 이 상황에서 자신이 할 수 있는 최선을 궁리했다.

활로는 생각지도 못 한 곳에서 열렸다. 은지씨는 올해 36세의 여성으로 직업은 방송국 PD였다. 미스테리한 사건을 다루는 TV 프로그램의 메인 연출자였으며 최근 '자신을 장영실이라고 주장하는 남자'에 대한 내용을 방영하며 출세 가도에 올랐다. 그녀가 편집실에서 과로 끝에 쪽잠을 잔 후 깨어나 처음 한 생각은 '내 이름은 장영실이야.' 였다. 지훈영실씨와 현철영실씨가 눈을 떴을 때 옆에 누군가가 있었던 것과 달리 은지영실씨가 눈을 뜬 시각은 모두가 퇴근한 새벽이었다. 편집실엔 '자신을 장영실이라고 주장하는 남자 2편'이 무한 재생 중이었다. 그는 이제 각기 이야기가 되어버린 다큐멘터리를 유심히 보았다. 유튜브와 트위터에서 시작한 외신의 보도는 충격적이었다.

이른바 '장영실병'이라 불리게 된 이 현상은 전염성을 지니고 있었다. 뒤늦게 사태를 파악한 한국 정부와 군대는 숙주를 사살하기 위한 대대적인 작전을 시작했으나 이미 전국의 장영실들이 몸을 숨긴 후였다. 어제까진 직원이었다가 잠에서 깬 후 스파이가 된 신규 영실들은 영혼을 공유하는 또 다른 자신을 위한 방해공작을 펼쳤고 영실의 수는 날마다 늘어나 정확한 수를 헤아릴 수 없을 정도였다. 세계 각종 기구들은 다양한 논의 끝에 정체모를 전염병의 창궐지인 한반도를 지도에서 지우자는 결론을 내렸다. 공포 앞에서 인권은 소설 같은 이야기였다. 비밀리에 핵 버튼을 누르는 책임자의 손이 떨렸다. 같은 시각 영국의 조용한 시골 동네 올해 영국 나이로 28세가 되는 Steve 씨는 늦잠을 잔 후 깨어나 가족들에게 이렇게 이야기했다.

"내 이름은 아이작 뉴턴일세. 아, 사과 얘기는 꺼내지 말게."

+ 사색 없는 지식은 모두를 하나로 만든다. 높은 확률로 부작용이 크다. 애석하게도, 그래서 나는 장영실인가 뉴턴인가 아니면 나인가

#009, 그의 프로필 사진이 석양이다

 그는 항상 미묘했다. 그가 하는 행동엔 뜻이 있는 것 같으면서도 없는 듯 했다. 주진은 그를 좋아했다. 언제부터라고 할 것도 없었다. 어느 순간 저절로 그렇게 되었다.

 주진은 점심 빵을 입에 물고 심각한 표정으로 스마트폰 액정을 보았다. 그의 카톡 프로필 사진이 셀카에서 석양의 풍경으로 바뀌어 있었다. 뿐만 아니라 프로필 메시지도 지워져 있었다. 큰일이었다. 우울한 일이라도 있는걸까. 그렇다고 말을 걸 수도 없었다. 아무 이유도 없었기 때문이다. 그래서 주진은 대화창을 켰다 껐다만 반복했다. 마지막 줄에 남아있는 건 일주일 전에 썼던 노란 말풍선 '응! 잘 자!' 였다.

 간단하게 [ㅇㅇ] 같은 거라도 쓸 수 있었을텐데 그냥 확인만 하고 답장이 없는 것이 못내 마음에 걸렸다. 대화하다가 기분이 상한 부분이 있었을까 걱정도 됐다. 물론 여러번 오르내린 스크롤에 이상한 부분은 없었다. 그와 나누었던 소중한 대화기록을 처음부터 모조리 간직하고 있는 주진이었다. 스크롤을 올린 김에 우리의 소중한 기록을 처음부터 정독했다. 피식. 웃음을 내고 말았다. 이렇게 재밌고 매력적인 사람이 있을 수가. 다시 한 번 가슴이 떨렸다. 그리고 이내 잊고 있던 심각함이 돌아왔다. 석양을 프로필 배경으로 하다니. 예삿일이 아니었다. 혹시 다른 곳에 힘들다고 토로하지 않았을까 싶어 페이스북, 인스타그램, 카카오스토리까지 왕복하고 있었다. 새 글은 없었다. 더 걱정이 됐다.

 아, 그러고보니 요즘 올린 페이스북 상태 글에 그가 좋아요를 찍어주지 않았다는 사실이 떠올랐다. 다른 친구들이나 선배들한테는 잘만 눌러주는 좋아요다. 왜 나한테만 눌러주지 않았을까? 주진은 다시 카톡창을 열어 지난 대화 로그를 살펴봤다. 어떻게 해야 자연스럽게 그에게 카톡을 보낼 수 있을까? 이런 타이밍에서 가장 정답이 될 만한 카톡은 어떤 내용일까? 좀처럼 좋은 생각이 떠오르지 않았다.

에잇! 모르겠다. 결국 고민 끝에 [지금 뭐 하고 계세요?]라는 글을 써서 보냈다. 그리고 재빨리 대화창 밖으로 나왔다. 그가 답장했는데 바로 1이 사라지면 자기가 기다리고 있었음을 알리는 꼴이니까. 애써 카톡을 껐다. 허나 마음과는 여진히 온라인 상태였다. 10분이 지났다. 답이 없었다. 1도 없어지지 않았다. 그녀의 애달픔은 절망으로 채색되기 시작했다. 아예 확인조차 안 하고 있다니. 밑도 끝도 없이 메시지를 전송한 자신의 엄지손가락이 원망스러울 따름이었다.

'이 시간에는 별다른 하는 일도 없을 텐데? 왜 확인을 안 하지? 내가 귀찮게 했나?'

초조함에 애꿎은 손톱만 더욱 짧아졌다. 10분 전의 자신이 미워 견딜 수가 없었다. 그럴만도 하지, 아무 일도 없는데 그냥 연락하다니. 그의 입장에서 봤을 때는 할 일 없어 보였을 거다. 어쩌면 부담스러웠을 거다. 아, 그러고보니 저번에 술자리에서도 그랬어. 2차로 자리를 옮길 때 분명 내 다음다음으로 가게에 입장했음에도 불구하고 내 옆자리가 아닌 건너편 테이블에 앉았었지. 그 전에 모임에서도 나한테 말 안 걸었었어. 계속 다른 사람들하고만 얘기했지.

맞네. 이 오빠는 나를 좋아하지 않는 거야. 우울했다. 그러나 주진은 비굴해지고 싶지 않았다. 이제 그를 포기하겠노라 다짐했다. 힘들겠지만, 상처받겠지만 그래도 나를 좋아하지도 않는 사람에게 매달리는 것보단 낫다. 주진은 아직도 답이 없는 그의 카톡 방을 삭제했다. 핸드폰을 침대 구석에 던진 후 방문을 닫았다. 집엔 아무도 없었다. 그녀는 발걸음을 옮기며 티를 벗어 아무데나 던졌다. 브래지어를 풀어 아무데나 던졌다. 보행을 유지하며 헐렁한 추리닝 바지를 벗었고 팬티마저 벗었다. 목욕이라도 하면 마음이 진정될까? 점점 쌀쌀해져가는 가을의 문턱이었다. 타일이 차가웠다. 질색하며 슬리퍼를 신고 샤워기를 잡았다. 밀려드는 한기에 몸을 부르르 떨며 아 맞다. 아직까지 열려있는 욕실 문을 닫았을 때,

<위잉->

거슬리는 소리가 귀를 스쳤다. 모기의 소리였다. 주진은 샤워기를 놓고 금방이라도 박수를 칠 것 같은 포즈로 주변을 둘러보았다. 한쪽 벽 구석에 때를 모르고 살아있는 모기 한 마리가 있었다. 밝은 조명에도 불구, 눈에 버젓이 보일 정도로 컸다. 이미 열댓명은 물었겠구만, 날렵하게 박수를 쳤다. 손바닥을 여니 모기는 그대로 찌그러져 짧은 생을 마감해 있었다. 샤워기 물로 모기의 잔해를 씻어내며 주진은, '어라? 피가 없네? 아무도 안 물었나봐.' 라고 잠깐 생각했지만 이내 '어차피 놔뒀으면 누군가라도 물었겠지. 잘 한 거야.' 생각하며 온수를 머리에 뿌렸다. 밀려오는 평온함에 잠시 기분이 좋았다.

+ 내 안에서 식겁하여 날려버린 기회가 어디 한 둘일까? 현재는 답하지도 않았는데 이미 미래로 가서 단념해버린 어리석음을 우린 미련하다고 해야 할 지 여리다고 해야 할 지……

#010, 없다. 굴곡이

따뜻하게만 느껴지던 전기장판이 점점 뜨겁다 느껴질 즈음 그는 눈을 떴다. 오전 10시. 이른 시간은 아니었으나 전 날 잠들었던 게 새벽 4시였던 것을 감안하면 실상 6시간밖에 자지 않은 셈이었다. 그는 정신은 있되 눈은 뜨지 않은 상태로 오른팔을 뻗었다. 한참을 또닥이다 잠들며 놓쳤던 스마트폰이 잡혔다. 배터리 8%. 아, 귀찮아도 충전기에 꽂아 놓고 잘 걸……. 후회스러웠나.

'어차피 얼마 남지도 않은 거 꺼질 때까지 쓰다 일어나자.'

이런 생각이 들어 SNS 앱을 누른 그는 간밤에 상태 글이 10개 이상 늘어나있는 것을 보고 귀찮은 듯 스크롤을 올렸다. 휘적휘적. 어차피 오른쪽 상단의 지구본이 잠잠하니 볼 필요가 없었다. 웹툰은 어제 저녁 11시 되자마자 다 보았기에 들어가지 않았다. 카톡도 하나도 안 왔네……. 5%. 게임을 하기엔 애매했다. 할 게 없으니 배터리를 달게 하기도 어려웠다. 은근히 짜증이 났다. 이불을 걷어차며 일어났다.

"흐아아암~"

기지개로 전신의 뻐근함을 달랬다. 침대에서 벗어나 충전기에 폰을 꽂은 그는 혹시나 올지도 모르는 불특정 다수의 카톡을 위해 매너 모드를 해제했다. 자는 동안 쌓였던 오줌보를 비웠다. 동시에 허기가 밀려들었다.

'뭐라도 먹을까?' 냉장고를 열었다. 안에 있는 건 김치 쪼가리뿐. 해 놓은 밥도 없었다. 건너뛰자. 굶는 게 어디 하루이틀이냐. 익숙한 듯 그는 생수를 꿀꺽꿀꺽 마셨다. 발가락으로 컴퓨터의 부팅 버튼을 눌렀다. 딱히 할 건 없었다. 당연한 듯 눌렀을 뿐이었다. 다시 한 번 컴퓨터로 페이스북에 들어갔다. 역시나 지구본은 잠잠했고, 새로운 글엔 요상한 혐오 사진이 하나 추가되어있었다. 마침 잘 됐다. 어차피 굶을 생각이었는데 이 사진 때문에 입맛이 달아났네. 어거지로 긍정을 끌어와 끄덕이며 발가락 사이를 긁었다.

점심을 먹을 시간이 되자 허기짐이 강렬해졌다. 그러나 귀찮음이 더욱 컸다. 집 앞 편의점에서 우유나 사먹어야겠다 결심한 그는 추운 겨울임에도 불구하고 맨발에 슬리퍼를 끌며 현관을 나섰다. 집 밖이 바로 편의점이다. 승리의 깔깔이를 입고 있기도 했다. 추위 따위 두렵지 않았다. 입이 텁텁하니까 초코우유로 사먹을까? 하는 생각을 했을 뿐이다. 우유와 던힐을 사고 편의점 앞에서 한 개비 불을 붙인 그는 연기 한 번에 우유 한 모금을 했다. 죽어있던 뇌가 살아나는 기분에 조금 짜릿했다. 쌓여있는 눈밭에 담배꽁초와 우유 곽을 던졌다.

카톡. 집에 돌아온 그를 카톡 소리가 반겼다. 슬리퍼를 투척하듯 던지고 폰으로 달려들었다. 웬일로 두 명에게나 카톡이 와있었다. 고등학교 때 친구(남자)랑 학과 후배(여자).

'어차피 친구 놈은 시답잖은 일로 말을 걸었겠지.'

확신한 그는 친구 카톡 내용은 확인하지 않은 채, 후배의 카톡을 확인했다. 3학년 단체 채팅방 공지 글이었다. 젠장. 뭘 바랐던 걸까. 생각해보니 고등학교 친구랑 얘기해본지도 오래됐다. 나한테 말 걸 정도면 어지간히 심심했던 모양인데 좀 어울려줄까?

<어이>라는 카톡에 <엉?>이라고 답톡을 했다. 그게 1시간 30분 전, 녀석의 답신은 없었다. 건방진 놈, 말을 걸었으면 대꾸를 기다려야지 뭐 하는 거야 누구는 한가해서 카톡 하는 줄 아나……. 투덜투덜 대며 다시 전기장판으로 들어간 그는 잠깐만 누워있을까? 하는 생각으로

누워서 폰을 만지작거리다가 다시 잠에 빠져들었다.

    눈을 뜨니 저녁 8시. 역시나 손을 더듬거려 폰을 찾았다. 온 카톡은 없었다. 그를 반기는 것은 출출하다고 비명을 지르는 위장 뿐. 오늘도 별 탈 없이 하루가 지났구나 하는 생각에 한숨이 나왔다. 오늘의 첫 끼니이자 마지막 끼니는 어김없이 라면이겠군. 조리를 하려고 몸을 일으켰다. 잘 잠은 다 잤다. 새벽에 뭐 하지? 잠깐 걱정해봤지만 시간은 더럽게 많다. 주린 배를 달랜 후에 해도 충분할 문제였다.

+ 시간은 불필요할 때 넘쳐흐르고, 필요할 땐 메마른다.

#011, 어깨는 본래보다 훨씬 무거웠다

그는 버스에서 내리자마자 버스를 타고 온 반대 방향으로 달음박질을 시작했다. 현재 시간은 오전 8시 56분. 화요일. 학과 2학년생 전부 들어야만 하는 전공 필수 과목이 1교시에 있는 날이었고, 공교롭게도 그는 2학년이었다.

그가 아침에 눈을 뜬 시간은 7시 27분이었다. 등교까지 넉넉했다. 15분 정도 뒹굴거리다 몸을 일으킨 그는 차갑디 차가운 물로 머리를 감았다. 물 한 방울 손으로 쓸자마자 전신의 솜털까지 짜릿해지는 끔찍한 기분에 바로 잠이 달아났다. 머리칼을 털며 간단한 토스트를 만들어 문 그는 시계를 확인했다. 8시 5분. 충분. 집 앞을 나섰다. 아차, 가스벨브 안 잠궜구나. 가스벨브를 잠근 그는 시계를 확인했다. 8시 6분. 충분. 집 앞을 나섰다. 아차, 보일러 목욕 모드 안 껐구나. 집에 부모님이 없는 자유롭고 바쁜 오전이었다. 그가 버스를 탄 것은 8시 18분경이었다. 그 버스가 학교까지 도착하는 것은 넉넉잡아 30분 ± 3분이었기에 최대값을 잡아도 51분. 캠퍼스까지 걸어서 8분이 걸리는 그로써는 여유를 부릴수 있는 시간대였다. 긴장의 끈을 놓은 그는 빈 좌석에 앉아 여유롭게 졸았다. 언제나 그렇듯 오른쪽으로 커다랗게 커브를 도는 구간에서 그는 눈 떴다. 1년 반 이상 같은 버스를 탔더니 생긴 신기한 능력이었다. 커브를 돌자마자 정거장이 있고 다음 정거장이 바로 학교였다. 버스의 뒷문이 두 번째 열릴 때 안전하게 내리면 되었다.

버스의 문이 첫번째 열렸다. 앞 문으로 연세가 지긋하신, 허나 아직 검정 머리가 더 많으신 아주머니께서 탑승했다. 인상이 좋으신 아주머니는 버스에 더 이상 앉을 자리가 없다는 걸 보곤 주위를 둘러보다 성큼성큼 걸어 그의 앞에 섰다. 어느덧 버스는 두번째 문이 열릴 정거장에 다다르고 있었다. 그는 미리 뒷문에 서있을 요량으로 자리에서 일어났다. 허나 실패했다. 일어서려는 그의 어깨를 아주머니가 눌렀기 때문. 무슨 영문인지 고개를 든 그의 눈에 인자하게 웃는 아주머니의 표정이 보였다. 아주머니께서 웃으며 말했다.

"학생. 양보해줄 필요 없어요. 그냥 앉아있어요."

여기가 내릴 곳이어서 일어나려고 한다고 얘기를 하면 되지만, 그러면 아주머니가 망신스러울 것 같았다. 어쩌지? 고민하던 그는 결국, "아, 네. 감사합니다." 라며 다시 자리에 앉았다. 그는 본인이 내릴 정거장보다 네 정거장이나 지나친 정거장에서 내렸다. 아주머니와 간단한 목인사를 나눈 후 버스에서 내린 그는 반대 방향으로 달음박질했다.

현재 시간은 오전 8시 56분. 화요일. 학과 2학년생 전부 들어야만 하는 전공 필수 과목이 1교시에 있는 날이었고, 공교롭게도 그는 2학년이었다. 원래는 걸어서 8분이 걸리는 강의실까지의 거리가 뛰어도 21분이 걸리는 거리가 되어 있었다. 그는 자신이 착한건지, 아니면 사실 바보인데 착한거라고 자기합리를 하고 있는건지 자조하며 헐레벌떡 강의실의 문을 열었다. 착한지 바보인지를 떠나 그의 칭호는 '지각생'. 그 이상도 그 이하도 아니었다.

+ 배려란 맥락의 영향을 받는 놈이라 내 식대로 생각하고 하다보면 오히려 무례한 놈이 되어 있을 때도 있다. 어렵다 참.

#012, 자가 침식

"너한테 이런 말을 하게 될 줄은 몰랐어."

남자가 오른손 엄지와 검지로 왼쪽 손등을 만지작거린다. 시선은 우측 하단 45도 고정. 눈동자는 흔들리고 있었다. 목소리는 눈동자만큼 떨렸다. 분명 뭐라고 하고 있었으나 말이라고 하기 부끄러울 정도로 작았다. 듣고 있는 여자는 팔짱을 끼고 있었다. 왼손은 오른쪽 겨드랑이에 꽂고 오른손은 왼팔의 팔꿈치에 얹고 있었다. 그녀는 무표정했다. 감정이 느껴지지 않는 얼굴은 남자와 대조되어 더더욱 차가웠다.

"어, 언제부터인가 널 보면 마냥 편하지가 않아. 무슨 말을 해야 할지 고민되고, 말 한 마디에 대해서 몇 시간 동안 곱씹게 돼. 예전에는 아무렇지 않게 했던 농담도 요즘은 하고나서 네 기분이 상하지는 않았을까 나를 나쁜 사람으로 보지는 않을까 염려가 되어서 잘 하지도 못 해."

말하는 것만으로도 벅찬 듯이 숨을 헐떡였다. 그러나 근근이 이어졌다.

"미안해. 나도 내가 왜 이러는지 잘 모르겠어. 보잘 것 없고, 잘 하는 일이라곤 하나도 없어서 뭘 해도 실수투성이이고, 말도 잘 못하고 바보 같고……. 그래서 이런 내가 지금 너한테 이런 말 한다는 게 정말 너무너무 미안한데…… 나 너 좋아하는 것 같아."

어느덧 남자는 왼쪽 손등을 꼬집고 있었다. 꼬집힌 곳이 충혈되었다. 얼굴은 손등보다 더 달아올라 있었다. 여자가 팔짱을 풀었다. 손을 금새 패딩 주머니로 넣은 후 입을 열었다.

"빵 점."

남자 눈동자의 지진이 더 심해졌다. 그 안에 건물이 있었다면 이미 붕괴되었을 것이다.

"날 좋아하는 게 그렇게 미안한 일이면 대체 왜 지금 나한테 그 얘기를 한 건데? 넌 기본적으로 예의가 안 되어 있어. 지금 네 말은 '보잘 것 없고 실수투성이에 말도 잘 못 하는 바보를 사랑해주세요.' 라고 하는 거잖아. 너라면 그런 사람을 사랑하고 싶겠냐? 말도 안 되는 일이지. 너 지금 그 말 다시 한 번 곱씹어봐. 내가 얼마니 이기적인 말을 한 건지."

겨울이었지만 여자의 말이 더 매섭게 남자를 때렸다. 이어서 휘몰아쳤다.

"그래서 당연한 거지만 난 널 좋아해줄 수 없어. 일단 넌 나를 좋아할 게 아니라 너를 좋아하는 법을 먼저 배울 필요가 있어."

말을 끝낸 여자가 돌아섰다. 남자가 서 있던 자리에 우두커니 있다는 점. 흐느끼고 있다는 점. 그런 것들이 느껴졌는지 한숨을 쉬었다. 코너를 돌아 남자에게서 멀어졌을 때, "바보……." 그런 말을 했는지 안 했는지 모르겠으나 바람에 휘날렸다.

+ 나는 그 사람의 1순위가 자기 자신이길 바란다. 자기 자신을 사랑하고 존중하는 사람은 함께 할수록 풍미가 깊다.

#013, 혀칫솔

   그의 어제를 설명하고자 한다. 아침에 졸린 눈을 부비며 일어난 그는 잠에서 깨어나기 위해 정신도 없는 상태에서 옷을 벗고 샤워 물을 머리에 끼얹었다. 물기를 머금은 머리를 드라이기로 말리며 토스트기에 식빵 두 개를 꽂은 후, TV를 켜 뉴스를 봤다. 금새 빵이 익었다. 잼을 바른 빵을 입에 물고 집을 나섰다. 학교에 도착했고, 학급에 도착했다. 수업을 들었고, 수업을 들었고, 수업을 듣다가 수업이 끝났다. 학교를 나섰다. 집에 도착했고, 컴퓨터를 켰고, 컴퓨터를 껐고, 잠이 들었다.

   그의 그저께를 설명하고자 한다. 아침에 졸린 눈을 부비며 일어난 그는 잠에서 깨어나기 위해 정신도 없는 상태에서 옷을 벗고 샤워 물을 몸에 끼얹었다. 물기를 머금은 머리를 드라이기로 말리며 후라이팬에 계란 하나를 놓은 후, TV를 켜 뉴스를 봤다. 후라이가 노릇노릇 익었다. 케찹을 발라 한 입에 먹은 후 집을 나섰다. 학교에 도착했고, 반에 도착했다. 수업을 들었고, 수업을 들었고, 수업을 듣다가 수업이 끝났다. 학교를 나섰다. 집에 도착했고, 컴퓨터를 켰고, 컴퓨터를 껐고, 잠이 들었다.

   그의 그끄저께를 설명하고자 한다. 아침에 졸린 눈을 부비며 일어난 그는 잠에서 깨어나기 위해 정신도 없는 상태에서 옷을 벗고 샤워 물을 머리에 끼얹었다. 물기를 머금은 머리를 드라이기로 말리며 토스트기에 식빵 두 개를 꽂은 후, TV를 켜 뉴스를 봤다. 금새 빵이 익었다. 케찹을 바른 빵을 입에 물고 집을 나섰다. 학교에 도착했고, 반에 도착했다. 수업을 들었고, 수업을 들었고, 수업을 듣다가 수업이 끝났다. 학교를 나섰다. 집에 도착했고, 컴퓨터를 켰고, 컴퓨터를 껐고, 잠이 들었다. 그 전, 그 전의 전, 그 전의 전의 전…… 일일이 설명하지 않아도 될 것이라고 생각한다. 비슷한 이유 내일, 모레, 글피 또한 어떻게 흘러가게 될 지 설명할 필요 없다고 생각한다.

원인이 없는 결과가 있을까? 이유 없는 행동이 있을까? 잘 모르겠지만 그 날 그는 유난히 샤워보다 이빨을 먼저 닦고 싶었다. 이유가 어찌되었든 간에 그랬다. 몸에 물을 적시기도 전에 칫솔에 치약을 짜내는 것부터 시작했다. 참 그러고 싶었다. 윗니 아랫니 차분히게 닦아 내는 것보다 혀를 슥슥 닦고 싶었다. 입에서 혀를 쭉 빼내고 거칠고 씩씩하게 칫솔질을 했다. 참 그러고 싶었다.

"아야!"

무척 매운 불닭꼬치를 먹은 것보다 더, 오징어를 씹다가 실수로 같이 씹어버린 것보다는 덜한 통증이 혀를 에웠다. 아프다기보단 따끔했다. 상당히 아프게 따끔했다. 놀란 그가 칫솔을 혀에서 떼었다.

실패했다. ……응?

칫솔을 떼려는 움직임에 혀가 같이 움직였다. 오른쪽으로 돌려도 왼쪽으로 돌려도 돌리는 방향으로 혀가 따라갔다. 입에서 차오르는 침을 흘리며 거울을 보자, 놀랍게도 거울 안의 남자는, 그 남자의 입 속에는, 입 속의 혀에는, 혀와 맞닿았던 칫솔에는, 칫솔의 칫솔모들이 가닥가닥 남자의 혀를 관통해있었다. 옭아매고 있는 형상이었다. 혀 가운데를 뚫고 꽈악 매달려 있는 그 모습이 기괴했다. 그는 문득 우스꽝스러웠다. 놀랍게도 놀랍지 않았다.

메롱을 하고 다닐 수는 없었다. 혀를 입 속에 넣었으나 칫솔까지 숨길 수는 없었다. 마치 막대사탕을 문 듯한 모양새로 화장실을 나온 그는 아침을 먹을 수 없을 것 같다는 생각에 그냥 옷만 차려입고 집을 나섰다. 어차피 배 안 고프니까 괜찮아. 멋진 합리화였다.

"얌마!"

교문에선 오늘도 역시 학주의 불호령이 울려퍼지고 있었다. 익숙하지만 그와는 상관 없는 일상이었다. 그러나 오늘은 달랐다. 감흥 없이 옮기던 발걸음이 멎었다. 누군가가 자신의 어깨를 잡았기 때문이다. 반사적으로 뒤돌아본 그는 성난 얼굴의 학주를 보고 잠시 뇌를 멈췄다. 등교 중에 누군가에게 잡히는 일은 단 한 번도 없었던 일이다.

"너, 왜 칫솔을 물고 다녀? 얼른 떼어내!"

아, 이것때문인가? 이해됐다. 그는 대수롭지 않게 입을 벌렸다. 학주의 표정이 파랗게 질렸다.

"뭐야 이건? 병원 가봐야 하는 거 아냐?"

그는 고개를 저었다. 뭘 이런 것 가지고. 그는 꾸벅 인사를 하고 뒤돌았다. 교실에 들어갔다. 수업 준비를 하고 있는데, 짝이 말을 시켰다. 잡담을 나눈 적도 없는 밋밋한 사이였기에 얼떨떨한 기분으로 고개를 돌렸다. 짝은 입에 왜 칫솔을 물고 왔냐고 물었다. 그는 대답 대신 입을 벌렸다. 혀의 광경을 본 짝의 얼굴에 놀라움이 퍼졌다. 그는 흥분한 목소리로 반 아이들을 집중시켰다. 그는 모여든 학생들에게 일일이 입을 벌려주었다. 수업을 들었고, 선생님에게 입을 벌렸다. 쉬는 시간이 되고, 다시 몰려든 아이들에게 입을 벌렸고, 수업 시간이 되고 선생님이 바뀌면 또 입을 벌렸다. 이렇게 누군가와 끊임 없이 이야기를 나눈 적이 없던 그는 문득 피곤하다 생각했다. 생각 뿐이었다. 몸 어디도 뻐근하지 않았다.

집에 돌아왔다. 학교에서 친구들이 하던 역할을 이번엔 가족들이

했다. 엄마에게 보여줬고, 동생에게 보여줬고, 마지막으로 아빠에게 보여줬다. 병원을 가보자는 엄마의 걱정에 아니라고 괜찮다고 별 일 아니라고 하고는 컴퓨터를 켰다. 그러나 자꾸만 걱정을(잔소리를) 하는 엄마의 목소리가 신경 쓰여 계속 게임에서 졌다. 컴퓨터를 껐다.

주방을 나오니 아빠와 엄마와 동생이 이야기를 하고 있었다. 주제는 당연히 그와 칫솔이었다. 그는 대화에 끼지 않았으나 천천히 들었다. TV가 꺼져있었다. 문득 그런 적이 없었다는 생각이 들자 놀라웠다. 칫솔보다 더. 오늘은 늦었으니 내일 병원을 가자는 결론이 나고 TV가 켜졌다. 그는 방에 들어갔다. 침대에 누워 눈을 감은 그는 혀의 칫솔을 입 속에서 굴리며 잠에 빠져들었다. 불과 하루지만 익숙했다. 불편하지 않았다.

다음날 눈을 떴다. 침을 질질 흘린 베개는 축축했다. 역시 칫솔을 물고 자니 침이 줄줄 새는구나 그는 잠에서 깨기 위해 바로 욕실로 가다가 발을 멈췄다. 평소와 다른 온기에 주방을 보니 엄마가 있었다. 오늘 회사 쉬기로 했으니 아침 먹고 병원 갔다오자. 응 알겠어. 칫솔을 머금고 밥을 먹기 쉽지 않았다. 밥을 국에 말아 먹었다. 맛은 모르겠는데 맛있는 것 같았다. 그는 샤워를 하기 위해 욕실로 향했다.

'이는 어떻게 닦지? 생각하자 혀가 다시 따끔했다. 응? 입에서 칫솔이 떨어졌다. 욕실 바닥에 나뒹굴었다. 잘 됐네.'

물기를 머금은 머리를 드라이기로 말리며 엄마에게 말하자 엄마는 혀를 몇 차례 살펴보고는 회사에 전화를 했다. 조금 늦을 것 같은데 출근해도 될 것 같아요. 네네 죄송합니다. 부산히 출근 준비를 하는 엄마를 등 뒤로 집을 나섰다.

학교에 도착했다. 이번엔 학주가 잡지 않았다. 당연했다. 반에 도착했다. 이번엔 칫솔을 물지 않은 그에게 아이들이 괜찮냐고 물었다. 괜찮다고하니 더 이상 말을 걸지 않았다. 당연했다. 수업을 들었다. 선생님은 수업만 할 뿐 관심을 기울이지 않았다. 당연했다. 쉬는 시간이 되었다. 그는 아무 말 없이 앉아서 다음 수업을 기다렸다. 수업을 들었고 역시 조용히 지나갔다. 수업을 들었고, 수업을 들었다. 수업이 끝나고 학교를 나섰다. 집에 도착하자 가족들은 칫솔을 물지 않은 그에게 다행이네 라는 말을 하곤 방에 들어갔다. 아빠는 TV를 켰고 동생은 자기 방으로 들어갔다. 그는 컴퓨터를 켰고, 컴퓨터를 껐다. 잠이 들었다. 다음날 눈을 떴다. 주방은 차가웠다. 그 날은 유난히도 샤워보다 이빨을 먼저 닦고 싶었다. 몸에 물을 적시기도 전에 칫솔에 치약을 짜내는 것부터 시작했다. 참 그러고 싶었다. 윗니 아랫니 차분하게 닦아내는 것보다 혀를 슥슥 닦고 싶었다. 입에서 혀를 쭉 빼내고 거칠게 씩씩하게 칫솔질을 했다. 참 그러고 싶었다.

아무 일도 일어나지 않았다. 당연한 일이었다.

'아무 일도 안 일어나네……'

그는 고개를 갸우뚱하며 짧은 한숨을 쉬었다. 일단 그랬다.

+ 약점은 관심에 기생한다. 그게 달콤하여 가끔 나약함을 유지한다. 뭐가 나은 건지 모르는 저울을 오르락 내리락 반복하며.

#014, 흔한 피타고라스

"왜 그…… 피타고라스의 정리 있잖아."

"그런 거 있지. 그게 뭐?"

진희는 보통 여성보다 목소리 톤이 조금 더 높다. 그런 그녀가 목소리를 깔며 얘기를 꺼냈다. 진지하단 얘기다. 그러나 현우는 건성건성 답했다. 현우에게 진희의 얘기보다 중요한 것은 당장 눈앞에 있는 새우가 있었다. 그는 새우를 핑적으로 좋이했다.

"피타고라스의 정리라는 게 직각삼각형에서 빗면을 제외한 두 변의 제곱의 합은 빗면의 제곱과 같다는 거잖아."

"그렇지."

현우는 입에 넣은 새우의 오동통한 감촉에 감격하며 건성으로 대답했다. 시선을 진희에게로 옮긴 것은 그녀의 젓가락이 새우가 아니라 자신의 이마를 찌른 후였다. 진희는 현우를 째려봤다. 말 그대로 뿌루퉁. 새우를 나만 너무 먹어서 그런가? 하는 생각에 새우를 진희 쪽으로 밀어 넣고 다시 한 번 눈치를 봤다. 여전히 째려보네.

"하아……."

진희가 두 눈을 지그시 감고 어깨를 조금 올린 상태에서 고개를 가로저었다.

"왜 그런 거야? 그거?"

"응? 뭐가?"

"피타고라스의 정리. 그거 왜 그렇게 되는 거냐고."

현우는 수학을 잘 하는 사람이었다. 아니, 수학만 잘 하는 사람이었다. 수학에만 자신이 있었기에 피타고라스의 정리는 상식이었다. 그러나 증명 과정? 머리가 텅 비는 느낌이었다. 쉽게 말하자면 당황했다. 더 쉽게? 멘붕.

"피타고라스…… 그거 그냥 그런 거야. 원래 그래."

"원래 그런 게 어디 있어? 뭔가 증명 과정이 있으니까 그렇게 교과서에도 실린 거겠지."

얼버무리려 했지만 실패. 현우는 당장 구글을 켜고 싶었다. 하지만 그런 거 용납하지 않겠지. 어떻게든 증명을 해야 한다는 생각에 그는 머리를 굴렸다.

"밑변이 3, 높이가 4인 직각 삼각형을 그려보면 신기하게도 빗면은 5라는 것을 알 수 있어. 그리고 3의 제곱인 9와 4의 제곱인 16을 더하면 5의 제곱인 25라는 것을 알 수 있잖아? 신기하지? 그런데 더 신기한건 밑변이 6이고 높이가 8인 직각 삼각형은 빗면이 10이란 말이야. 또 제곱의 합과 같아. 해볼까? 36 더하기 64는 100이잖아. 그러니 피타고라스의 정리는……."

"어차피 그래봤자 예시 두 개만 든 거잖아. 여러 번 해서 맞는다고 해도 그건 귀납적 추론에 따른 일반화일 뿐이지 절대적인 명제는 될 수 없어. 지금까지 본 까마귀들이 다 검은색이라고 해서 까마귀가 모두 까맣다고 할 수 없는 거잖아? 그런 식으로 도출된 명제는 다른 색 까마귀가 단 한 마리라도 나온다면 깨져."

"응……?"

진희의 반박에 현우는 갈 곳 없어진 말의 꼬리를 삼켰다. 왠지 분했다. 분해지니 발끈했다. 현우는 목소리를 높였다.

"야! 그렇지만 수능 끝난 게 한 달 전이야. 알고 있는 건 싹 다 버렸다고. 게다가 난 수학과도 아니고 토목공학과라고! 아니, 아니! 게다가 이런 대화를 왜 해야 하는데? 피타고라스의 정리에 대한 진지한 고찰? 왜?"

"목소리 좀 낮춰……. 사람들이 본다……."

"아니, 그게 중요하냐? 갑자기 그 증명이 왜……."

"그래, 안 중요해."

"그렇지! 안 중요…… 응? 안 중요해?"

현우가 땡그렇게 뜬 눈으로 앞을 봤다. 증명이 안 중요해? 그럼 왜 물어봤어? 얘기가 어떻게 흘러가는 거야? 그런 그의 복잡함을 아는지 모르는지 진희가 말을 이었다.

"피타고라스의 정리를 보면 밑변의 제곱과 높이의 제곱이 빗면의 제곱과 같잖아. 그렇지만 제곱을 하지 않으면 그 세 가지에 연관성은 발견할 수 없게 돼. 원래 그 상태에서는 어떻게도 관계를 지을 수 없지. 각자가 본연의 자신에 제곱을 하면 그 둘은 빗면의 제곱이라는 결과를 얻을 수 있어."

"뭐, 그렇지……?"

"즉, 원래 그대로는 빗면의 값을 알아낼 수 없어. 제곱이 되어야만 해. 자신이 변해야 결과도 좋아져."

"그냥 제곱하면 그렇게 되는 건데……."

"시끄러. 내 말 더 들어. 둘 다 높이이거나 둘 다 밑변인 게 아니잖아. 누구는 밑변, 누구는 높이 이렇게 두 가지는 다를 수밖에 없어. 그러니 각자가 제곱을, 그러니까 성장하려는 노력 하에 그 둘의 관계도 안정적으로 되어가는 거야."

"도대체 뭔 소리야? 제곱하는 게 무슨 노력이 필요해? 같은 거 두 번 곱하는 게 뭐가 그렇게 힘들다고."

"아! 쫌! 난 빗면을 만들고 싶어! 그러니 나를 제곱할 의향이 충분해! 그러니까! 너도 제곱 좀 하란 말이야!"

"뭐? 너를 어떻게 제곱해? 아까부터 뭔 소리 하는 거야? 약 먹었냐?"

"하아……."

진희가 고개를 저었다. 바보라는 말이 목까지 차올랐지만 내뱉었다간 동시에 욕지기도 동반되지 않을까 두려워 입을 다물었다. 대신 조용히 자리에서 일어나 현우의 옆에 앉았다. 그리곤 그가 어떻게 반응할 새도 없이 힘껏 머리를 쥐어박았다.

"아! 뭐야! 아파!!"

"아프라고 때린 거야!"

+ 연관 없던 숫자가 제곱해서 새로운 의미를 만든다. 관계도 그렇다. 일방적으로 노력할 게 아니고 서로가 응당의 노력을 해야 한다.

#015. 매력 갑옷

"사실 너는 매력이 넘치지."

살짝 위로 빗겨 쓴 야구모자, 아래로 흐드러진 검은 생머리, 가슴 언저리에서 수줍게 고개를 꼬고 있는 약한 웨이브펌, 그로 인해 가려진 어깨와 목, 그 사이로 자그마한 목걸이가 빛을 내고 있는 여성 A가 맞은 편 여성 B에게 대뜸 한 말이었다. 흔히 말하는 칭찬이라 읽고 견제라고 부르는 그런 어지들의 인이기 아니다, 진실로 가슴 속에서 우러나와 하는 말이었다. 하지만 타이밍이 뜬금없었다. 두 사람은 이제 막 카페에 들어와 적당한 자리에 앉은 후였다. 아무 맥락 없이 앉자마자 처음으로 나올 얘기는 아니었다. 여성 B는 당혹스러웠다. 아직 커피가 안 나왔기에 망정이지, 마시고 있었다면 분명 뿜었을 거다. B가 곤란한 듯 웃었다.

"얘는…… 갑자기 무슨 소리야? 내가 매력이 넘치기는 무슨……"

"네가 매력이 없으면 누가 매력이 있는데? 평소 조근하고 신중한 듯 보이다가도 분위기를 띄울 타이밍이 되면 갑자기 돌발 행동으로 분위기를 띄어주기도 하고, 농담할 때 리액션 좋고, 무슨 드립을 해도 같이 드립으로 받아주고……"

"그거야 그렇게 얘기하면 같이 재밌으니까 그렇지."

"있어봐. 솔직히 세상에 너처럼 착한 애가 어디 있냐? 남들 다 화낼 타이밍에 너는 당장에 화 안 내고 다시 한 번 차분하게 생각하고 참을 수 있잖아. 난 네가 어디 가서 화를 내는 거를 본 적이 없네. 그리고 너 애교 넘치는 거 알아? 이게 그 부담스러운 억지형 애교가 아니라, 그래 예로 들어야겠네. 네 오빠 인기 완전 많잖아. 여자 마음 이해해주고 부드럽고 근데 운동 잘 하고 성격 호탕하고 그러면서도 행동 이끌어주는 리더십도 있어서 든든하고!"

"우리 오빠 그 정도는 아닌데…… 너 우리 오빠 좋아해?"

"아니! 예전에는 조금 그랬던 적도 있지만.. 지금 그게 문제가 아니고! 우리 학과 그 불여시 알지? D! 걔가 너희 오빠 볼 때마다 어떻게 하고 다니는 지 너도 봤을 거 아니야? 아주 코가 있는 건지 없는 건지 코맹맹이 쩌는 데다가 몸은 어디가 그렇게 가려운지 배배 꼬아대고 그러면서 '우웅~ 옵빠, D는 이거 오떻게 하는지 모르게떠요~' 그 지랄 떨고 있잖아."

"그렇지……. 우리 오빠 그거 조금 부담스러워 하던데……"

"그렇지? 부담스럽지? 근데 네가 가진 애교는 그런 부담스러운 애교가 아니라 마치 처음부터, 태어날 때부터 가지고 있었던 것처럼 행동을 하거나 말을 할 때 자연스럽게 귀엽고 애교가 있고 그렇단 말이야. 그래서 네가 귀여운 건 보기 좋고 깨물어주고 싶은데 고 D년은 깨물어 죽여 버리고 싶다고!"

분을 이기지 못 하겠다는 듯 A가 자신의 무릎을 팡팡 쳤다. B는 어서 커피가 나오면 좋겠다고 생각했다.

"너는 화를 내는 적도 없고 다른 사람들 얘기 잘 들어주고 누구 하나 섭섭하게 하지도 않고, 유쾌하고 귀엽고 얼굴도 예쁘고 피부도 좋고 비율도 좋고 아휴, 말하다보니 끝이 없네. 하여튼 그렇잖아."

"그 정도는 아니야……"

칭찬을 넘어 찬양을 듣게 된 B는 고개를 들지도 못 한 채 정수리를 절레절레 흔들었다. 지금 나를 부끄럽게 해서 죽이려는 목적일까? B가 어색하게 웃으며 A를 보자 A가 눈을 반짝였다.

"그건 그렇고 너 목도리 예쁘다. 나 그거 오늘 소개팅 나가는데 빌려주면 안 돼?"

"후우……"

귀가 후 가방을 내려놓는 것보다 화장실을 가는 것이 더 시급했다. 밖이 추웠다. 허전해진 목을 옷깃으로 덮으며 따각따각 집에 도착한 B는 급한 용무부터 해결했다. 가방을 내려놓고 자신을 침대 위에 던졌다. 한숨과 함께 몸을 대자로 뻗은 그녀는 방의 천장을 바라보며 살싹 눈을 감았다.

B는 착하다. 성실하다. 누구보다 열심히 한다. 어떤 일에서든 솔선수범한다. 예의 바르다. 화를 내는 법이 없다. 친구들의 그 어떤 고민이라도 잘 들어준다. 불평불만을 하는 일이 없다. 거절을 하지도 않는다. 능력 있고, 겸손하다. 그녀를 싫어하는 사람이 없고, 모두가 그녀를 천사라고 생각한다. 아, 잠깐 잠들었었나?

B는 코트가 걸리적거려서 눈을 떴다. 일단 씻자는 생각에 엉금엉금 몸을 일으켰다. 코트를 벗고, 블라우스와 치마를 벗었다. 머리띠를 풀어 컴퓨터 책상에 놓고 브래지어와 팬티를 벗었다. 알몸인 상태로 욕실에 들어가던 B는 아차 싶었는지 멈췄다. 아직 덜 벗었네. 중얼거리고는 손목부터 어깨까지 연결된 단추를 끌렀다. 벗었다. 발목부터 골반까지 연결된 단추를 끌렀다. 벗었다. 쇄골부터 배꼽까지 연결된 단추를 끌렀다. 벗었다. 마지막으로 손을 뒤로 뻗어 뒷목부터 정수리까지 연결된 지퍼를 올렸다. 언제나 느끼는 거지만 지퍼가 헐거운 건지 뻑뻑한 건지 중간 중간 걸려 잘 오르지 않았다. 하지만 벗었다. 드디어 다 벗었다. 시원해진 B는 그제야 씻었다. 새 속옷을 입고 츄리닝을 입었다. 마지막에 벗어놓은 거추장거리는 것들은 구석에 던졌다.

저것들은 밖으로 나갈 때만 입으면 되니까.

더 이상 그녀는 착하지 않았다. 성실하지 않았다. 가끔 귀찮은 일을 대충하며, 눈치를 보다가 솔선했다. 예의 바르지 않았다. 화가 언제 터질지 몰랐다. 친구들의 고민을 들으며 '오늘 저녁은 뭘 먹을까?' 하는 생각을 할 수 있었다. 불평불만을 부지기수로 하며, 집안일을 시키면 짜증부터 냈다. 능력 있는 것 같지만 사실 허당이고, 어떨 땐 근거 없이 자만했다. 잠시 방에 있다가 나오니 오빠가 샤워를 마치고 나오는 중인지 화장실 문 앞에서 알몸으로 물기를 닦아내고 있었다.

"아! 진짜! 옷은 화장실 안에서 입고 나오라고!"

"있는지 몰랐다! 그리고 뭐 어때? 가족인데?"

"아, 얼른 옷 입어! 흉해!! 더러워!!"

B의 오빠 C는 엉거주춤으로 바지를 입었다. 그런 오빠를 불만스럽게 보던 B는 갑자기 찝찝했다.

"근데 오빠……"

"왜?"

"그 상태로 씻은 거야?"

"아니, 바지는 벗고 씻었지. 샤워를 알몸으로 하는 것도 잘못이야?"

"아니…… 그 팔이랑 목이랑 발목에 있는 단추들 젖어 있잖아. 그건 안 벗은 거야? 그건 그냥 입고 씻었어?"

"무슨 헛소리래? 단추가 어디 있어?"

어느새 옷을 다 입은 오빠가 가볍게 B의 머리를 쥐어박았다.

"이상하다…… 오빠는 저게 안 보이나……?"

입는 것만으로도 갑갑한 저것을 집에서도 벗지 않는 오빠가 신기하다고 생각하며 B는 냉장고에 있는 우유를 꺼냈다. 입을 대고 벌컥

벌컥 마셨다.

+ 솔직을 숨기는 건 예의인가요? 가식인가요? 그 전에 당신은 당신을 알고 있나요?

#016, 럭키 언럭키

객관적으로 그는 운 나쁜 사람이었다. 신호등이 초록불로 바뀌길 기다려 횡단보도를 건너면 속도 조절을 못한 과속 차량에 교통사고를 당했다. 퇴근하고 돌아오는 귀갓길에 갑자기 다른 길을 가보고 싶어져서 평소에 가지 않던 외진 골목길을 골랐더니, 하필 그 날이 골목길을 공사하는 날이라 멀리 돌아간 적도 있다. 집에 돌아와 시계를 보니 30분이면 올 거리를 1시간 12분이나 걸려 왔다.

술에 취한 사람을 부축하고 토사물을 옷에 뒤집어쓰기도 하고, 그냥 멍하니 은행 옆을 지나가다 문 앞에서 나오는 손님을 기다리는 소매치기와 부딪혀 엉덩방아를 찧은 적도 있다. 이 정도에서 끝나면 차라리 다행이지만, 그 후 쫓아온 경찰은 다짜고짜 그를 소매치기 공범이라고 우겨 파출소로 끌고 갔다. 소매치기 역시 그가 주범이며 자기는 시킨대로 한 거라고 바락바락 우겼다. 결국, 그는 놀라서 달려온 가족들이 결백을 두둔해 줄 때까지 구치소에 3시간을 갇혀 있었다. 용돈 벌이로 시작한 노가다에 같이 간 친구가 실수로 떨어뜨린 쇳덩이에 맞아 오른손 약지를 절단해야만 했고, 오늘은 지금까지 사랑으로 키워온 애완견 뽀리가 그의 발목을 물었다. 그를 보는 주변 사람들의 시선은 신기함과 연민, 그리고 동정으로 가득했다.

주관적으로 그는 운 좋은 사람이었다. 대학병원이 바로 옆에 있는 횡단보도에서 사고를 당했기에 그는 곧바로 병원으로 실려 갔다. 빠른 조치를 받은 그는 별다른 부상 없이 퇴원했다. 1시간 12분이나 걸린 귀갓길에서는 평소에 보지 못하던 예쁜 경치와 근사한 가게를 발견했다. 좋은 데이트 코스와 맛집을 눈여겨 둔 그는 여자 친구를 데려가 성공적인 데이트를 했고, 감동한 여자에게 밥을 얻어먹기까지 하는 업적을 이루었다. 악취가 풍기는 토사물을 뒤집어 쓴 그가 덩달아 헛구역질을 하던 찰나 너무나도 미안해하는 취객이 눈에 들어왔다.

깜짝 놀라 술이 깬 아저씨는 연신 고개를 숙이며 지갑에 있던 5만 원권 몇 장을 그에게 쥐어주었고, 덕분에 그는 그 달 월세를 밀리지 않고 냈다. 구치소에서 괴로운 시간을 보내고 있을 때 누군가가 그의 어깨를 톡톡 두드렸다. 길에서 봤던 취객이다. 반가워서 이런 저런 이야기를 나눈 그는 그 아저씨가 심각한 알코올 중독으로 고민하고 있다는 사실을 알았다. 교통 사고로 입원했을 때 우연히 중독 치료 센터 직원과 친해졌던 그는 아저씨에게 치료 시설을 소개해주었다. 적극적으로 중독 치료를 받은 아저씨는 그에게 바다처럼 깊은 감사를 표했고, 지금은 좋은 친구로 연락을 계속하고 있다.

노가다 판에서 친구가 실수로 떨어뜨린 물체는 건장한 사내만한 크기의 쇳덩이였다. 스치기만 해도 죽을 게 불 보듯 한 상황에서 간신히 손가락 하나만 잃자 현장에 있던 사람들 모두가 기적이라고 이야기했으며, 그도 목숨이 온전한 자기 인생에 진심으로 안도했다. 그리고 오늘, 뿌리가 발목을 물어 그는 아래를 내려다봤다. 발 바로 아래에는 뚜껑을 열어놓은 맨홀이 있었다. 한 발자국만 더 내딛었다면 위험했을 거라는 생각에 그의 등줄기에 식은땀이 흘렀다. 자기 자신을 보는 그의 시선은 감사와 안도, 그리고 희망으로 가득했다.

+ 세상은 바라보는대로 보인다. 유연한 사고가 삶을 구원한다는 건 이런 얘기다.

#017, 고백 드립

"사실 난 뱀파이어야."

"하아……?"

'한가'라는 말이 잘 어울리는 어느 목요일, 늦은 아침을 토스트로 때우던 민기가 유라를 보며 한 말이었다. 김치찌개에 소금 대신 설탕을 넣은 것보다 황당해하는 그녀의 눈을 보며 그는 말을 이었다.

"지금까지 비밀로 하고 있었지만 이제 우리 결혼한 지도 6개월이야. 앞으로 죽을 때까지 얼굴 맞대고 살 사이에 비밀이라는 건 없어야 하잖아. 어차피 네가 나이 들어 갈 때도 나는 늙지 않을 거야. 그렇게 되면 내가 굳이 밝히지 않아도 밝혀지겠지. 미리 말하는 게 도리인 것 같아서 이렇게 말 해."

슬쩍 본 유라의 눈은 사실 김치찌개에 넣은 게 소금도 설탕도 아닌 모래였다는 것을 본 것 같이 흔들렸다. 민기는 재밌었다.

"사실 내가 태어났던 건 기원전이야. 예수가 십자가에 못 박히는 것을 보고 집으로 돌아가던 중 괴한의 습격을 받아 골목으로 끌려갔던 게 인간으로써 마지막 기억이었지. 정신을 차리고 보니 난 벨라라고 하는 여자 뱀파이어에게 물려서 뱀파이어가 되어 있었어. 처음에는 혼란스러웠지만 여러 나라를 돌아다니며 다양한 가상의 인물로 살아왔고, 지금은 이렇게 한국의 조유라양과 결혼을 하여 6개월을 맞이했어."

민기는 웃음을 참으며 앞을 봤다. 유라는 고개를 숙인 채 미동이 없었다. '이런 반응을 기대한 게 아닌데……?' 조금 당황스러웠다. 침묵이 불편했다. 결국 먼저 깼다.

"여기까지 들었으면…… 뭐라도 말 좀 해봐……"

돌아오는 답변이 없었다. 아니, 리액션 자체가 없었다.

"유라야? 유라야!"

살짝 겁이 오른 민기가 아내의 어깨를 잡고 흔들었다. 그제야 미동 없던 그녀의 몸이 움직였다.

"잠깐만 가만히 있어봐. 진지하게 재고 중이니까."

"응?!"

"응, 우리들의 관계에 대해서……"

"그 쪽이냐?!"

적절한 딴지에 그제야 고개를 든 유라는 감정 없는 눈으로 민기를 쳐다보았다. 기세 없는 행동이었지만 어쩐지 위압당한 민기는 상반신을 움츠렸다.

"조금 더 자세히 말하자면 방금 너의 근본도 없고 재미도 없는 개그를 받아줄 의무가 나에게 있는가 진지하게 고민 중이야."

"그렇게 재미없었어……?"

"응."

명료했다. 왠지 민기에겐 '그러니까 당장 고개를 땅으로 조아리고 나에게 사과해.' 라는 말로 들렸다.

"하지만, 생각해본 결과 난 네 재미없는 드립을 재미있게 들을 만큼 너를 사랑하고 있다는 결론이야. 응, 쳐줄게. 박수."

마치 여왕님의 손길 같은 고고한 박수 소리를 들으며 민기는 멍하니 자신의 부인을 쳐다보았다. 그 멍한 눈을 가리듯 여왕님이 주머니에서 무언가를 내놓았다.

"이게 뭐야?"

반사적으로 물어본 민기였지만 무엇인지 알 것 같았다. 오늘은 그 날이니까.

"오늘 줄 거라면 당연하잖아. 초콜릿 하나 샀어. 밸런타인데이라고 해서."

"고맙네 이건."

"자기가 뱀파이어인 줄 알았으면 마늘향 초콜릿을 십자가 모양으로 만들어서 줄 걸 그랬네. 다음 밸런타인데이에는 꼭 그럴게."

"그건 뱀파이어가 아니라 드라큘라 아니야?"

"뭐 어때. 피 빨아 먹는 건 걔나 걔나……"

끝까지 시크한 태도로 유라가 접시를 정리했다. 부엌으로 들어가는 그녀를 민기는 사랑스러운 눈으로 쳐다보았다.

"깜짝 놀랐네……"

남편의 눈이 닿지 않는 곳까지 간 유라는 다리에 힘이 풀리는 것을 느꼈다. 튀어나올 것 같은 심장을 애써 진정시키며 그녀는 심호흡을 했다.

"설마 알고 말한 건 아니겠지……?"

여전히 가쁜 숨으로 그녀가 중얼거렸다. 중얼거리는 그녀의 송곳니가 긴장을 잃고 길어졌다. 인간의 그것보다 두 배는 길고 날카로웠다.

+ 소중한 관계일수록 숨기는 게 없어야 한다. 하지만 꼭 숨겨야 할 게 있다면 평생 들키지 않을 각오를 해야 할 것이다. 연인과 부부의 차이는 좋은 것을 보는지, 좋지 않은 것도 품고 살 수 있는 지라고 생각한다.

#018, 살신성인

"야, 진짜 대박이라니까? 완전 속상해 죽겠어!"

효미가 가지고 온 바닐라 라떼를 낚아채듯 가져가서 두모금 쪽쪽 빤 은솔이가 소리쳤다. 동네 바리스타가 한땀한땀 정성스레 만든 커피 무늬를 확인조차 안 하고 스트로우로 쑤시는 그 손길에 짜증이 가득했다. 조용히 한숨을 쉬며 효미는 본인꺼 핫초코를 입에 가져다 댔다. 들어준대도 얼른 말이나 해버리라는 뜻이었다.

"글쎄, 효미야. 나 이번에 무슨 일이 있었는지 알아?"

"모르니까 여기 왔고 이제부터 들어줄테니 말해봐."

"나 있잖아. 발표 하나 맡았다니까?"

"발표?"

"응, 나 이번에 듣는 그 수업 있잖아. 꽃과 생활! 거기에서 7명이 조가 됐는데 야, 대박이라니까? 그 중에 중국인이 두 명이야 두 명! 얼마나 중국인이냐면 아예 한국말을 안 해! 아니, 못 해! 하는 건 당연하고 알아듣는 것도 못 해가지고 그냥 버렸다니까? 아, 진짜 내가 짜증나서 진짜!"

효미가 지그시 눈을 감았다. 은솔은 씩씩거리더니 다시 숨을 들이쉬고 말을 뱉었다.

"그렇게 중국인 두 명은 없다치고 이제 5명 남았잖아? 근데 그 중에 또 두 명은 4학년이다? 자기는 취업 준비 때문에 여러모로 바빠서 시간을 낼 수 없다고 죄송하다고 죄송하다고 사과를 해대는데 참 나, 야! 그럴 거면 수업을 듣지 말던가! 그렇게 협조적으로 안 해줄 거면 왜 수강신청은 해가지고 애꿎은 나한테까지 민폐를 끼치냐고! 그렇게 생각 안 해?"

"그렇지. 예의가 아니지."

"맞아!! 완전 무례하다니까? 나이를 도대체 어디로 먹은 건지, 생긴 것도 완전 삭아가지고 이번에 취직한 인식이 오빠 있잖아? 그 오빠보다 훨씬 늙어보인다니까? 그러면서 무슨 학생이라고 수업 듣고 있는 건지…… 아오! 짜증나!!"

분함을 못 이겨 파닥거리는 은솔이를 보며 효미는 잠시 인식이 오빠를 생각했다. 얼마전 취직했지만 생긴 건 과장처럼 생긴 오빠였다. 그 오빠보다 늙어보인다면 도대체 어떻게 생긴거지? 차장급? 부장급?

"그래서 결국 남은 세 명이서…… 야, 지금 듣고 있어??"

"으, 응? 당연하지. 듣고 있어. 말 해."

"다시 말할게. 팀이 7명인데 결과적으론 중국인 빼고 늙은이들 빼면 이제 3명 남은 거잖아? 근데 여기부터가 진짜 대박이야. 남은 두 명은 나랑 학년은 똑같은데 예비역인거야. 그래서 뭐만 시키면 그건 자기가 잘 못 하겠다는 둥, 시간이 없다는 둥 어려운 일 빠져나가려고 별별 핑계를 다 대더라고. 아니, 군대까지 갔다 왔으면 좀 믿음직하고 듬직한 그런 게 있어야지 않아? 이렇게 같이 해야 하는 일에 다 편한 일만 맡으려고 하면 어떡하냐고? 아, 완전 짜증나서 내가 진짜 다 뒤집어 엎고 욕을 한 바가지 해주려다가…… 아, 정말!!"

"해주지 그랬어. 다들 책임감도 없고, 너 화날만 한데."

"으우우우. 효미야아…… 그래도 어떻게 그렇게 해? 다들 나보다 나이도 많고 다들 사정이 있는건데…… 게다가 거기서 화 내버리면 분위기 엄청 이상해지잖아? 사람들이 다 나만 이상한 사람으로 볼거고……."

우거지상이었다. 표정만 보면 이미 F학점을 맞은 것 같았다.

"그럼 어떻게 하려고? 너 혼자 다 할 순 없잖아."

"그렇지만 어떡해. 나까지 안 하면 완전 망하는 건데 별 수 없지."

"헐? 그래서 설마 너 혼자 다 준비하려고?"

"아니, 그 예비역 오빠들한테 자료 준비는 조금 하라고 했어. 안 할 것 같긴 한데 조금 기다려보다가 이제 그걸로 PPT 만들고 발표 준비하고 그러려구. 몇 일 또 밤새야 될 것 같아."

은솔이가 머리를 부여잡고 테이블에 엎드렸다. 지나가던 사람도 홀린 듯 어깨를 토닥일 것 같은 측은함이 흘렀다. 효미는 규칙적으로 들썩이는 어깨로 손을 뻗었다. 은솔이 갑자기 벌떡 상체를 일으키는 바람에 실패했지만. 효미를 바라보는 은솔의 눈이 촉촉했다.

"효미야. 난 정말 왜 이렇게 바보 같을까?"

"뭐가?"

"아니, 그렇잖아. 사실 다들 사정이 있어서 그러는 걸 텐데 그거 하나 이해를 못 해줘가지고 이렇게 화나 내고 있고, 어차피 이렇게 투덜투덜대봐야 달라지는 것도 없는데 너도 힘들게 하고 있구…… 차라리 나도 너처럼 아닐 땐 아니라고 딱 부러지게 얘기할 수 있는 성격이면 좋겠다. 그러면 맘 안 불편하게 남들한테 싫은 얘기 하고 거절도 잘 할 수 있을텐데…… 넌 여러 가지 일 거절 못해서 머리 터질 것 같고 그런 일도 없지?"

"아니, 나도 사람인데 당연히 그럴 땐 맘도 불편하고 그렇지."

"아냐, 그래도 나보단 나을 거야. 효미야 들어봐봐. 난 사람들 대할 때 되게 위축되고 그 사람들이 나를 어떻게 볼까 신경이 너무 쓰여서 내가 싫은데도 좋다고 할 때가 많아. 그런다고 내가 많은 일들을 다 완벽하게 할 정도로 똑똑하지도 않다? 실수 엄청 많아서 빼먹는 것도 되게 많아. 저번에는 서울 갈 준비 죄다 해 놓고 버스 시간에 맞춰서 터미널에 딱 갔는데 있지, 글쎄 지갑을 집에 놓고 온 거야. 내가 얼마나 바보 같은지.. 그래가지고 버스 놓치는 바람에 약속들 다 미루고 원망 엄청 듣고 아, 진짜 난 바보야. 병신이야."

은솔의 얘기를 듣던 효미가 앞으로 기울이고 있던 몸을 폈다. 그리곤 의자 등받이에 등을 기댔다. 하지만 은솔은 그것을 보지 못 했는지 말을 이었다.

"나 이거 말고도 할 거 엄청 많은데 제대로 끝낸 게 없어. 그런데 괜히 바쁜 너 붙잡고 이렇게 하소연 하면서 또 시간이나 잡아먹고 있잖아. 나 분명 이러고는 집에 가서 또 시간 없다고 징징댈걸? 그냥 다 내 잘못인데 그냥 막 짜증이 나. 난 착하지도 않고, 화도 잘 내고, 일도 하나 제대로 하는 게 없어. 그런데 놀기는 또 얼마나 노는지 저번에는 과제 놔두고 5시간 동안 인터넷만 했던 적도 있다니까? 아, 속상해. 진짜…… 내가 너무 모자란 것 같아."

그 말을 끝으로 길고 길던 은솔의 얘기가 마무리 되었다. 효미에게 무슨 말이라도 듣기를 원하는 눈치였다.

"음, 은솔아. 나 너 만나러 여기 오는 길에 이런 일이 있었어."

효미가 말을 꺼냈다.

"나 매번 2호선 타고 오잖아. 이번에도 2호선 타고 왔거든. 그런데 거기서 한 아저씨가 주저 앉아서는 너무 서럽게 울고 있는 거야."

"응? 왜?"

"나도 궁금해서 옆에 앉은 사람들한테 물어봤는데 자기들도 모른다고 하더라고. 사실 뭐 당연한 얘기지 그 사람들도 아저씨를 처음 보는 걸 텐데. 근데 너 내가 궁금한 거 못 참는 거 알고 있지?"

"응, 알지."

"그래서 다가가서 물어봤거든? 아저씨, 무슨 일이 있어서 그렇게 슬프게 우세요?"

"어머, 너도 진짜 대책 없다. 그 아저씨가 어떤 사람일지 알고 그렇게 막 다가가?"

"위험한 일 없었으니까 지금 이렇게 네 앞에 있는 거잖아. 아저씨는 그 아저씨가 왜 울고 있는지 말하는데 이랬어. 대충 어감만 얘기해볼게. '학생. 사실 나는 지금까지 내가 신이라고 생각하고 살았수. 아직은 그 힘이 발현되지 않았지만, 내가 열심히 우주의 정기를 받고 훈련하면 신의 힘을 되찾을 수 있을 거라고 여겼지. 근데 이 놈의 우주가 어제부터 아무런 연락을 주지 않고 있단 말이우. 그러니 내가 울지 않고 배길 수 있겠는가? 우주가 나를 믿고 정기만 계속 준다면 전지전능한 신의 힘을 쓸 수 있을텐데 이렇게 협조를 안 하니 답답해 죽겠단 말이우.' 라고 하더라."

말을 마친 효미가 핫초코 한 모금을 입에 머금었다. 오히려 안색이 퍼렇게 질린 것은 말을 꺼낸 당사자가 아니라 들은 사람이었다.

"헐 대박, 완전 미친 놈이었네. 너한테 무슨 해코지는 안 했어?"

"안 했어. 근데 왜 그 사람이 미친 놈이라는 거야?"

"그럼 그게 미친 놈이지 뭐야? 자기가 신인 줄 알고 있다는 게 증거잖아. 한낱 인간일 뿐이면서."

"인간이랑 신이 다른 게 뭔데?"

"응? 글쎄? 인간은 그냥 인간인데 신은 뭐든지 다 할 수 있다는 거?

전지전능이라고 하잖아."

"그래, 전지전능……"

효미가 마지막 말을 다시 되내었다. 그리고 은솔의 눈을 똑바로 마주 보았다. 그 기세에 순간 움찔한 은솔이 어깨를 움츠렸다.

"뭐, 뭐야? 갑자기 왜 그렇게 봐?"

"그렇지? 인간은 신이 아니니까 항상 착할 수만도 없고, 화도 나고, 실수도 하고, 남들에게 상처도 입힐 수 있는 거겠지?"

효미가 숨을 한 번 쉬고 말을 이었다.

"똑같잖아. 넌 왜 신이 되려고 하는건데?"

+ 인간적이기에 부족하고 실수하고 모자라다. 열등감은 숨기는 게 아니라 극복하는 것이다. 그 과정은 떳떳해야하고.

#019, 정기 외식

고급 레스토랑의 조명이 화려했다. 그 화려한 조명을 피하고 피해 그나마 가장 어두운 곳으로 간 그는 누가 봐도 초조해보였다. 가게에 들어설 때 한 직원이 "몇 분이세요?" 물어봤지만 대답하지 않았다. 의자를 빼 상대방이 앉을 자리를 마련한 다음 그 반대편에 털썩 앉을 때까지 그가 한 말은 단 하나 "이 자리 예약 된 자리입니까?" 였다. 그는 앉자마자 테이블 맞은 편을 향해 상세를 기울였다.

"뭐 먹을래? 오늘은 네가 원하는 거 다 사줄게."

주문을 받을 겸 남자의 컵에 물을 따라주던 직원이 놀랐다. 맞은편에서 돌아오는 대답은 없었다. 대답을 기다리는 듯 했지만 이내 남자는 고개를 숙였다.

"나랑 얘기하지 않을 생각이구나."

이번에도 대답이 없었다. 미동조차 없었다. 직원은 그 침묵이 오싹했다. 최대한 빨리 주문을 받고 자리를 떠야겠다고 생각했다.

"손님, 주문하시겠습니까?"

"토마토파스타 하나, 스테이크 미디움으로 하나 주세요."

남자의 주문은 막힘이 없었다. 그렇게 시키는 것이 익숙한 것 같았다.

"토마토파스타 하나, 스테이크는 미디움으로 맞으신가요?"

직원이 재차 물었다. 주문서에 체크를 하는 손이 떨렸다. 남자의 어둡고 깊은 눈이 너무나도 괴기스러웠다.

"맞습니다."

"네, 잠시만 기다려주세요. 손님."

남자는 정중하고 상냥했다. 직원은 그런 그에게 목례를 한 채로 뒤로 물러났다.

"후우…… 매번 먹던 것대로 시켰어. 괜찮지?"

남자의 시선이 직원에서 다시 파트너에게로 향했다. 그의 눈에 보이는 그녀가 마지못해 고개를 끄덕였다. 여전히 말은 없었지만 그 미세한 몸짓만으로도 남자의 표정이 한층 밝아졌다. 남자는 슬슬 얘기를 꺼내야겠다고 생각했다. 계속 그녀를 슬프게 할 수 없었기 때문에.

"네 입장에서 봤을 때 네가 서운하고 화가 난 건 어떻게 보면 당연한 일이야. 나 역시 충분히 이해해. 하지만 주미야. 네가 병상에 누워 있던 2년 동안 네 곁에 가장 오래 있었던 것은 바로 나잖아? 그건 네가 가장 잘 알고 있잖아."

그가 주미라 불린 여자의 눈을 쳐다보았다. 그의 눈동자 속에서 주미는 여전히 토라진 모습이었으나 아까에 비해 경계심은 많이 풀고 있었다.

"그 날 너를 놔두고 친구들과 술을 먹은 건 정말 미안해. 내가 아무리 생각해봐도 그 때 술을 먹으러 가기 전에 너에게 얘기를 했어야 해. 그게 맞아. 그래, 내가 잘못했던 거야. 네가 너무 곤하게 자고 있길래 깨우기가 뭐해서 그냥 나갔던 건데…… 일어난 네가 얼마나 나를 찾았을지."

그는 자신의 약지에 끼워져 있는 반지를 만지작거렸다. 그러다가 주미를 향해 들어보였다.

"그러니 그 때 일은 용서해줘. 맛있는 음식 먹으면서 풀자. 혹시 갖고 싶은 거 있으면 다 사줄게."

남자가 웃으며 손을 뻗었다. 손은 잡을 수 없었다. 그러나 그녀의 표정이 한결 밝아진 것을 보고 안심했다. 남자가 손을 거두었다.

"주문하신 음식 나왔습니다."

때에 맞게 직원이 파스타를 가지고 왔다. 파스타는 남자 앞으로 놓여졌다.

"잠깐, 파스타는 이 쪽이 아니라 저 쪽에 놓아주세요."

"네?"

"파스타는 제가 먹을 게 아니라고요."

직원은 실수에 익숙하지 않은 듯 뭇었다. 그도 그럴 것이 파스타를 주미 자리에 놓는 직원의 안색이 파랗게 질려 있었다. 남자는 '내가 좀 과했나' 싶었지만 사과하지 않았다. 그가 주미를 바라봤다. 주미 역시 양 팔을 꼰 채로 남자에게 심했다고 하고 있었다. "미안미안." 남자가 자그맣게 얘기했다. 안색이 파래진 직원이 주방으로 들어갔다. 매니저를 보기 위해서였다. 매니저는 직원의 안색을 보더니 그럴 줄 알았다는 듯 웃었다.

"왜 그렇게 땀을 흘려?"

"아, 매니저님…… 그게……"

직원은 더 이상 말을 하지 못 했다. 그는 검지를 들어 아까 그 손님을 가리켰다. 매니저는 "아하~" 하며 손을 퉁겼다.

"윤택이는 여기 들어온지 얼마 안 돼서 아직 저 손님 본 적이 없지?"

"네? 여기 자주 오시는 분이세요?"

"응, 두 달에 한 번꼴? 자주는 아니지만 정기적이라서 기억하고 있지."

매니저가 목소리를 낮추고 속삭였다.

"약혼을 한 여자가 결혼식을 몇 일 앞두고 교통사고를 당했다나봐. 목숨은 부지했는데 식물인간이 되었다지? 그래서 남자가 하던 일도 다 관두고 병수발을 2년 정도 했대."

"허어…… 대단하네요."

"그렇지. 그런데 남자가 오랜만에 친구들이랑 술자리를 가지고 있는 사이에 여자쪽 부모님이 여자를 안락사를 시켜버린 모양이더라고."

"네?! 어떻게 그런……"

"가망성이 없으니까 그 쪽 부모님도 울며 겨자 먹기로 그렇게 한 거겠지. 그 다음부터 저래. 처음에는 다 자기가 그 때 자리를 비워서 일어난 일이라면서 속죄한답시고 맛있는 걸 샀는데, 이젠 정신이 조금 돌았나봐. 아직 여자가 살아있는데 그 때 일 때문에 삐져 있다고 여기는 것 같던데……"

"아…… 그래서……"

직원은 아까 갔던 테이블을 봤다. 여전히 남자 한 명이 건너편의 빈 의자에 대고 이런 저런 얘기를 하고 있었다.

"비프 나왔다. 가져가!"

"네? 네!"

셰프의 외침에 점원이 쟁반을 들었다. 스테이크를 올려놓은 그는, 이번엔 남자의 반대편에도 물을 따라야겠다는 생각을 했다.

\+ 트라우마란 현재가 아니라 기억을 바라보며 사는 것

#020, 손톱이 어느새 길어있었다.

자경은 본인의 손톱을 보았다. 쥐 파먹은 듯 부분부분 매니큐어칠이 벗겨져있었다. 검지는 아세톤이 밀물처럼 들어왔는지 밑부분만 홀랑, 중지는 지진이라도 난 듯 금이 쩌적, 약지는 홀라당 날아가고 가운데 눈꼽만큼 붙어있는 게 전부였다. 언제 바른 건지 기억도 안 났다. 손톱의 밑둥은 핑크빛 미가공의 상태였다.

'언제 이렇게 자랐대······'

그녀의 손톱은 길었다. 누가 봐도 자를 필요가 느껴질 정도였다.

'또 잘라야 하나······ 귀찮은데······'

보이지 않지만 방구석 어딘가 처박혀있을 손톱깎이를 찾을 걱정을 하며 그녀가 한숨을 쉬었다.

그녀는 손톱이 빨리 자라는 스타일이었다. 선천적인 것에 스타일이라는 단어를 붙이는 게 웃긴가? 특출날 정도의 생장 속도여서 특기라는 명칭을 붙이기에 어색함이 없었다. 뽀얀 속살에 핑크가 감도는 그 손톱은 남들에게, 특히 손톱이 빨리 자라지 않는 친구들에게 동경의 대상이었다. 문제는 정작 그 손톱의 주인은 번거로웠다는 것. 자르고 나서 조금만 방심해도 감당하지 못 할 정도로 자라나있었다. 그런 손톱을 보며 그녀는,

"성가셔······" 짜증낼 뿐이었다. 이상하게 손톱은 자르면 자를수록 빨리 자라났다. 저번에 결이 상해서 잘라낸지 얼마나 됐다고 이렇게나 자랐을까? 저번엔 어땠더라? 이럴바엔 아예 갈고 다듬어서 길러보려고 했었지. 넘어지면서 계단턱에 부딪히는 바람에 깨지기 전까지만 해도. 그 당시엔 진짜 슬퍼했던 것 같은데. 시간은 잔인하구나. 쓥

쓸. 그녀는 이번에 난 손톱을 지그시 보았다. 매니큐어에 가려 보이지 않았는데, 자세히 보니 많이 상했다. 군데 군데 하얗게 바란 곳도 있었다. 영양결핍이 있으면 이런다고 했던가? 잘 모르겠다. 잘 먹는다고 먹었던 것 같은데…… 이번엔 기필코 예쁘게 다듬겠다고 다짐했던 몇 일 전이 부끄러웠다. 이번에도 실패다.

손톱깎이를 찾는데 한참의 시간이 걸렸다. 매번 찾느라 고생하면서도 깎을 때가 오면 예전에 어디다가 놨는지 기억 못 하고 고생하는 자기가 너무 바보 같았다. 더 끔찍한 사실은 지금 이렇게 후회하면서도 다음에도 헤매고 있을 거라는 것. 어우, 그녀는 돋아나는 소름을 애써 뿌리쳤다.

'아, 찾았다.'

'똑!'

엄지부터 시작하여 하나씩 손톱이 깎여나갔다. 이번엔 기를 생각이었는데…… 하는 아쉬움과 예쁘게 관리하지 못 한 자신의 바보스러움이 동시에 몰아닥쳤다. 아, 어차피 다음에도 이렇게 깎게 되겠지? 하지만 손톱을 뺄 수 없는 한 계속 해야 한다. 누구나 그러겠지만 그녀는 유독 손톱 없이 살수 없는 사람이었다.

'똑!' 손톱이 잘려나갔다. 어차피 또 자라날.

+ 후회를 반복하면서도 우리는 같은 실수를 반복한다. 내 신체의 일부가 된 마음들은 뿌리 뽑으려 해도 남는다. 그리고 자란다.

#021, 두 장의 베개

올해 그는 동생과 같은 반으로 배정 받았다. 하지만 집에서조차 별다른 대화를 나누지 않는 두 사람이었기에 당연하다는 듯이 그 사실은 비밀이 되었다. 둘 다 숨기려는 의도는 없었다. 굳이 말하지 않았을 뿐. 굳이 말할 필요성을 못 느꼈기에 하지 않은 건데 결과적으로는 받아들이는 사람들이 듣고 놀랐기 때문에 비밀처럼 되어버린 경우다.

당시자들이 덤덤했기 때문일까? 둘이 남매라는 사실을 알게 된 사람들도 처음에만 놀랄 뿐 조금 지나면 '그냥 그런 일이 있나보다.' 식으로 받아들이게 되었다. 그렇게 두 사람은 묵묵히, 또 무난한 학교생활을 해나갈 수 있었다. 학급을 배정 받은 당일은 그도 조그마한 고민을 했었다. 괜한 자존심일 수도 있는 그와 동생과의 기묘한 관계가 고민의 시작점이었다. 대개 같은 나이의 오빠 동생 사이라고 하면 당장 떠오르는 것은 쌍둥이 관계다. 하지만 이 둘은 그렇지 않았다. 그의 생일은 1월 4일. 그리고 동생의 생일은 다음연도 2월 2일. 1년이 넘게 차이가 나는 두 사람은, 오빠는 빠른 생년을 따지지 않아 학교를 동년배와 다니게 된 것에 비해, 동생은 빠른 생년을 적용하여 같은 학년으로 다닐 수밖에 없는 사이가 되었다. 여기에서 그의 미묘한 자존심이 고개를 들었다. 1년이 넘게 차이가 나는 사람과 같은 학년이라니. 그 애매한 관계가 짜증이 났다. 그가 찾은 방법은 '무심'이었다. 굳이 동생을 보며 불편하다면 아예 같이 있을 시간을 없애면 되는 게 아닌가? 그의 결론이었고, 그 때부터 실행 중인 행동이었다.

동생 역시 신경이 쓰이는 문제였다. 동생은 사람을 배려하는 성격이었다. 오빠에게도 마찬가지였다. 오빠와 같은 학년으로, 또 오빠보다 보다 더 우수한 성적으로 타인의 인정을 받는다는 것이 신경쓰였다. 자연스레 오빠의 눈치를 보게 되었고 행여 구겨진 자존심을 발견할 때면 불편한 마음에 아무 말 없이 자기 방으로 들어가곤 했다. 결국 동생은 자신과 오빠가 관계 없는 사람일수록 타인들의 비교에서 벗어날 수 있음을 깨달았다. 그제서야 동생도 숨통이 틔는 느낌이었다. 그래서 하고 있는 행동들은 우연스럽게도 오빠의 결론과 맞아떨어지는 방향이었다. 무관심. 그래서 그와 동생은 불편하지 않은 각자의 학기를 보냈다. 그러고 있었다.

그가 힐끔힐끔 바라보는 동생의 이미지는 컴퓨터였다. 자신이 맡은 일이 있으면 최대한 완벽하게 처리하고 깔끔히 쉬는 그녀의 모습에 그는 놀라움을 느끼고 있었다. 자신의 계획 없고 즉흥적인 일처리와 비교 할 때 스스로가 너무 초라해보였다. 성적면으로 보나 대인관계면으로 보나 여동생은 그보다 뛰어난 점이 많았다. 그렇기에 둘이 등교를 같이 하는 일도 드물었다. 먼저 일어나서 먼저 씻고 먼저 아침을 먹은 사람은 책가방과 함께 집을 나섰다. 기다림은 없었고 이들에겐 그게 당연했다. 혹시라도 타이밍이 맞아 함께 등교할 때는 아무런 대화 없이 걸었다. 매번 그랬기에 이젠 불편하지도 않았다, 혼자 가든 둘이 가든 서로 신경을 쓰지 않았다.

그 날도 원래 같으면 그가 먼저 출발을 했어야 했다. 적어도 집에 부모님이라도 있었다면 당연히 그렇게 되었을 것이다. 하지만 그 날은 아침부터 아버지와 어머니가 안 계셨다. 결혼 기념일을 맞이한 두 분이 모처럼 큰 계획을 세워서 제주도의 어딘가로 가신 게 전날 밤. 이른 아침 집엔 둘 뿐이었다. 기상 시간에 맞춰 알람이 울리고 느릿느릿 등교 준비를 하며 아침밥을 먹을 동안 동생 방은 어떤 인기척도 없었다. 그에겐 부모님이 없는 집의 책임자가 연장자인 본인이라는 묘한 압박감이 있었다. 그 압박감이 동생의 동향을 살피는 원인이 되었다. 현재 상황에서 집의 모든 일은 자신의 책임이라고 생각하니 등교 시간이 거의 다 되어가는데도 미동조차 없는 동생 방이 영 신경이 쓰였다. 그는 굳게 닫힌 동생 방을 두어번 노크했다.

아무런 반응도 없었다. 순간 '나보다 먼저 학교에 갔나?' 싶었으나 굳이 그렇게 일찍 움직일 필요가 없었다. 그래서 그는 두 번째 노크를 하였다. 그리고 들려온 소리에 편온하던 ㄱ의 눈이 넓었나. ㄴ겠은 신음이었다. 아파서 앓고 있는 소리. 그는 놀란 마음에 바로 문을 열었다. 문이 열리는 소리에 고개를 돌리는 동생이 보였다. 가까이 가보니 식은 땀이 흥건했다. 초점도 흐렸다. 그는 순간 자신의 귀에 심장박동이 들리는 것을 느꼈다.

동생은 굉장히 아파보였다. 동생의 이마에 댄 오른손은 자신의 이마에 댄 왼손보다 훨씬 뜨거웠다. 그는 집에 있는 수건 두 개를 꺼내서 재빨리 물을 묻히고 짜내었다. 언뜻 시계를 보자 이제 출발하지 않으면 안 되는 시간이었다. 학교 갈 마음이 들지 않았다. 말 없이 수건을 갈며 동생의 옆을 지키던 그는 대야에 담고 있던 물을 바꾸기 위해 다시 일어나고서야 점심 시간이 훌쩍 지났음을 알았다. 동생의 열이 점점 낮아지고 있음에 안도했고, 의욕이 올랐다. 거친 숨을 몰아쉬며 동생은 자다 깨다를 반복했다. 열이 내려감과 동시에 숨소리가 고요해졌고 그제서야 그는 허기를 알아챘다.

한 숨 돌릴 수 있게 되자, 그는 자고 있는 동생을 가만히 쳐다보았다. 컴퓨터라고 생각하고 있던 동생이 지금은 한 명의 나약한 동생으로 보였다. 동급생으로서 어느 정도의 견제와 질투를 해왔는데 이렇게 약한 사람이었나? 내심 놀라웠다. 열이 내렸나 확인해보려 올렸던 손이 이마를 거쳐 동생의 볼을 향했다. 살짝 꼬집어 당겨보니 놀랍게도 부드러웠다. '아, 얘. 내 동생이구나.' 싶었다.

  동생이 정상 체온을 찾은 것은 모두가 퇴근할 무렵이었다. 정상 체온을 찾은 후 동생이 가장 먼저 한 일은 옷을 갈아입고 머리를 묶더니 말 없이 저녁을 준비하는 거였다. 오늘은 쉬라고 해보았지만 보일 듯 안 보일듯 고개를 젓고는 오므라이스를 만들었다. 맛있었다. 먹고 나서 설거지를 하려고 하는 8시경 부모님이 집에 도착하셨다. 동생은 자신이 아팠다는 얘기를 하지 않은 채 방으로 들어갔고, 오빠 역시 굳이 말할 필요없겠다 싶어 자기 방으로 들어갔다. 침대에 눕자 생각났다. 오므라이스는 그가 가장 좋아하는 음식이었다. 이후에 두 사람 사이에 달라진 것은 없었다. 여전히 밖에서는 아는 체도 하지 않았고 등하교 역시 따로 했다. 하지만 그의 관점이 바뀌어 있었다. 동생이 더 이상 컴퓨터로 보이지 않았다. 한 번 신경을 썼던 부분이라 그런지 이전에는 눈에 보이지 않던 부분이 많이 보였다. 동생은 잔병치레가 많은 편이었다. 동생이 아파할 때 오빠는 동생의 방 앞으로 말 없이 수건 두 개와 대야를 놓아주었다. 간병은 그 때 이후 하지 않았다.

  시험 날이었다. 내일 보는 시험 과목에 대한 공부가 어느 정도 끝났다고 생각한 그가 침대에 누웠다. 눕고나서 조금 지났을 때 방문이 열렸다. 들어온 것은 동생이었다. 이 시간에 무슨 일이지? 하며 쳐다보자 손에 쥔 베게 하나가 보였다. 고개를 갸우뚱 하며 동생을 쳐다보자 그녀는 그런 그의 눈을 똑바로 쳐다보며 성큼성큼 다가와 침대 밑에 베개를 놓고 누웠다. 이유를 물어보려던 그는 굳이 물어봐서 뭐 하겠냐는 생각에 그냥 잤다. 천둥 소리가 들리는 밤이었다. 이후에도 천둥이 치는 날이면 동생은 어김없이 베개 하나를 들고 그의 방으로 왔다. 그리고는 당연하다는 듯 침대 아래에 베개를 놓고 누워 잠을 청했다. 그도 어느덧 그러려니 했다.

동생이 천둥이 치는 날에도 베개를 들고 오지 않게 된 건 그녀가 28살이 된 해 여름이었다. 더 이상 그녀는 베개를 들고 집을 돌아다닐 수 없었다. 결혼을 했기 때문이다. 동생의 남편은 그녀를 무척 아끼고 사랑했으며 성실하고 믿음직스러운 사람이었다. 그는 동생의 결혼식에서 그 누구보다 기쁘고 행복하게 박수를 쳤다. 우는 어머니를 가장 열심히 위로해드렸다. 독립하기 위해 자신의 짐을 가지고 집을 나서던 그 때도 둘은 별다른 말을 하지 않았다. 잘 살라는 말이 끝이었고, 동생도 응이라고 대답했다. 동생이 비우게 된 방은 조만간 자신의 신부가 될 같은 직장 동료가 쓰기로 하였다. 그는 어지간한 가구가 사라져 휑해진 동생의 방을 정리하기 위해 들어갔다가 옷장에 있는 물건 두 개를 보고 어이없게 웃었다. 수건과 대야.

"왜 이걸 아직까지 가지고 있었대."

웃으며 그 물건을 치운 그는 어느 정도 방 정리를 끝낸 후 잠을 청하기 위해 자신의 방 침대에 누웠다. 잠을 청하는 그의 침대에는 그가 베고 있는 베개와 아무도 베고 있지 않은 베게 이렇게 두 장의 베개가 있었다.

+ 보지 않아도 보이고 멀어도 붙어있으며 무던할수록 끈끈한 것. 정말 미운데 싫지 않고 중요하지 않은데 가장 소중한 게 가족 아닐까.

#022, 고장 확정 스피커

"치지직 치직!"

또 시작이다. 효미는 양껏 찌푸린 채 컴퓨터와 연결된 스피커의 머리를 톡톡 때렸다. 그러나 그런 상냥한 손길로 한국 제품이 말을 들을 리 없지. 여전히 스피커에선 답답한 사운드가 나오고 있었다. 흡사 입을 틀어막은 채 노래를 부르고 있는 것 같네. 이런 소리가 스피커에서 나온 것은 한 달 전이었다. 좋아하는 가수의 신곡을 감상하던 중 수도꼭지에 물이 잠기듯 노래 소리가 점점 줄어들었다. 당황한 효미가 스피커 볼륨을 조절하려 버튼을 굴리자 "치직! 치지직!" 하고 불쾌한 소리가 났다. 그 때부터였다. 노래를 들으면 소리가 커졌다 작아졌다를 반복하기 시작한 게.

'6년을 썼더니 결국 이것도 고장 났네. 이 정도 썼으면 오래 쓴 거지. 스피커나 하나 새로 장만해야겠다!' 라는 생각을 하며 애써 짜증을 덜었다. 효미가 이렇게 긍정적이지 않았다면 아마 그녀는 스피커를 주먹으로 꽝꽝 내려치고 있었을 것이다. 그녀는 여유가 생길 때 스피커를 하나 사야겠다고 생각했고, 한 달이 지난 지금까지 여유가 나지 않았다. 달리 말하자면 이 말 안 듣는 스피커와 씨름을 한 지 한 달째라는 이야기. 효미의 긍정력도 바닥을 드러낼 만 한 시간이었다. 치직 치지직을 대여섯 번 더 들은 후에야 음악 듣는 것을 체념한 효미는 짜증 섞인 한숨을 쉬며 의자에서 일어났다. 노래 한 곡 빠방하게 틀어놓고 외출 준비를 하려 했는데 좀처럼 안 도와 주는구나.

효미가 약속 장소에 도착하자 미리 와 있던 은솔이 반갑게 손을 흔들었다. 뭐야, 몇 시에 왔어? 나도 온 지 얼마 안 됐어. 우리 뭐 먹으러 갈까? 맛있는 거 먹으러 가자. 그녀들의 간만의 재회는 통상적인 대화들로 시작했다.

"후우……"

방금까지 빨아먹던 사이다를 다 토해낼 셈인가 싶을 정도로 무거운 한숨을 쉰 건 은솔이었다. 효미는 그 한숨이 뜻하는 것을 잘 알고 있었다. 물어봐달라는 거군.

"왜? 무슨 일 있어?"

"아, 들어봐. 너 경석이 알지?"

"경석이? 알지. 동기잖아."

"응, 그래. 그 경석인지 개새끼인지 하는 그 놈!"

은솔이 주먹을 부르르 떨었다. 오늘의 주제는 욕인가? 효미는 허리를 폈다. 마냥 누군가를 흉보고 욕하는 거라면 맞장구만 쳐주면 되니 편하다.

"걔가 왜? 뭐 했대?"

"뭘 했다기보단 걔 좀 이상한 것 같지 않아?"

"뭐가……?"

"아, 그……"

얘기를 하려던 은솔이 상체를 낮추고 목소리를 줄였다. 여기 아는 사람도 없는데 왜 목소리는 낮추는 걸까? 아무도 관심 없어하는 얘기가 이어졌다.

"저번에 수업 받다가 걔 울었던 적 있잖아. 그게 잘 생각해보니까 지선이랑 형우랑 사귀기 시작한 시기랑 똑같더라고. 야, 찌질 하지 않냐?"

"응? 뭐가 찌질 하다는 거야?"

물음에 은솔이 상체를 더 숙였다. 테이블 밑으로 들어갈지도 모른다는 생각이 들었다.

"정황 보면 모르겠어? 경석이가 지선이 좋아했던 거잖아. 그런데 형우한테 뺏기니까 어디에 하소연도 못 하고 끙끙 앓다가 결국 엉뚱하게 수업 시간에 눈물이 터진 거지. 남자가 되어가지고 용기 있게 밀어붙여보기라도 했으면 내가 말을 안 해. 걔 엄청 찌질 하고 소심한 거 알지? 안 봐도 비디오야. 분명 좋아하는 마음 표현도 안 해 봤을 걸? 그런 놈은 남자할 자격이 없어."

은솔의 얘기는 테이블을 쾅 하고 내려치는 것으로 일단 끝이 났다. 속닥였던 건 도대체 무얼 위한 것이었을까? 그런 건 아무래도 좋았다. 효미는 어이가 없었다.

"경석이가 지선이 좋아했어? 난 전혀 몰랐는데……?"

"타이밍 맞게 수업 시간에 울었잖아. 뻔할 뻔자지."

"흐음…… 겨우 그거 하나 가지고 확신하는 건 위험하지 않아? 알고 보면 다른 이유가 있었을 수도 있는 거잖아."

"아니라니까. 나 사람 보는 촉 좋은 거 너도 알잖아! 이건 100%야 100%"

은솔의 단정적인 말투에 효미는 머릿속에 쌓이고 있는 딴지를 삼켰다. 뱉어봤자 그 이상의 소설이 쏟아질 게 뻔했다. 차라리 이런 주제는 흘려버리고 다른 얘기를 하자.

"그래. 그건 그렇고 나도 오늘 집에서 나오기 전에 일이 하나 있었어."

"응? 일? 무슨 일인데? 전 남친한테 전화라도 왔어?"

"호주 워홀 가 있는 애가 뜬금없이 전화가 왜 오겠니. 그거 아니고 스피커랑 씨름하다가 왔어."

"스피커? 무슨 스피커?"

"컴퓨터에 연결하는 스피커 있잖아. 몇 일 전부터 계속 소리도 안 나고 소리 조절하려고 하면 치지직 거리기나 하고 해서 짜증이 많이 났는데 오늘도 그러는 거 있지?"

"고장난거네. 얼마나 쓴 건데?"

"6년."

"고장 날 만하네 이참에 바꿔. 요즘 스피커 싸고 좋은 것도 많아. 야, 잠깐만. 내가 자주 쓰는 인터넷 쇼핑몰에서 싼 거 한 번 찾아볼게. 만약 있으면 내 아이디로 구매 해주라. 나 여기 포인트 모으고 있거든."

빛나는 눈으로 스마트폰을 꺼내는 모습이 마치 보험 계약서를 꺼내는 판매원을 보는 듯 했다. 효미는 그 폰을 내리누르며 말했다.

"안 찾아도 돼. 나 요즘 돈이 없어. 사도 못 사."

"어머? 그래? 얼마나 있는데?"

"다음 달 용돈 가불 받았는데도 지갑이 텅텅~"

"앞 일 좀 생각하고 살아라. 얘……"

이번엔 한심 섞인 시선이 효미를 찔렀다. 문제 될 거 없다. 사실 거짓말이니까. 이렇게 극단적인 예를 들지 않는 이상 은솔의 무대포 행동을 막을 수 없다는 것을 알고 있는 사람만이 할 수 있는 대응이었다.

"하아……"

은솔이 한숨을 쉬었다. 그리고 하품을 했다. 지루한가 싶어 눈을 보자 눈이 마주쳤다. 눈동자에 생기가 스며들었다. 아.

"앞 일 생각 안 하고 사는 건 경석이도 마찬가지지. 그렇지 않아? 어쩌자고 수업 시간에 그렇게 울었을까? 그렇게 하면 학과에 소문 쫙 날거고, 지선이랑 형우도 불편해 할 텐데. 아! 혹시 그렇게 불편한 마음 들게 해서 둘이 깨버리려는 속셈이었으려나? 이야, 맞네! 맞아! 그거네! 경석이 진짜 악독한 애네. 진짜 개새끼잖아?"

"하아……"

어찌해도 결국 그 얘기로 돌아가는 건가? 효미는 짙은 한숨을 쉬었다. 어차피 화내봤자 달라지는 건 없다는 걸 알면서도 목에서 욕지기가 올라왔다. 참나 어이가 없어서!

"야, 너 말이 심하지 않아?"

"응? 뭐가?"

"뭐가 심한지도 모르면 진짜 중증이다! 경석이가 너한테 무슨 피해를 주길 했어? 아니면 널 때리기를 했어? 평소 조용히 얌전히 있던 애가 수업 시간에 울었으면 무슨 슬픈 일이 있었는가보다 하면서 걱정을 해주는 게 정상 아니야? 넌 어떻게 된 애가 단박에 그런 애를 개새끼로 만드니?"

가게의 모든 사람들의 시선이 쏠렸다. 효미도 자기가 내는 소리가 크다는 것을 알았으나 아무래도 상관 없었다.

"뭐? 경석이가 지선이를 좋아해? 지선이랑 형우랑 사귄다고 발표하고 얼마 안 돼서 울었으니까? 야, 그런 식으로 따지면 나도 그 날 하품하다가 눈물 흘렸으니까 형우 좋아하는 거겠다?"

"아니, 무슨 말을 그렇게 해?"

"그 말은 경석이가 너한테 할 소리지! 경석이 겉모습만 보고 뭐가 어쨌느니 저쨌느니 판단하지 마! 걔 알고 보면 되게 속도 깊고 배려심도 있는 애야. 착하고! 너 경석이랑 한 번이라도 제대로 얘기해 본 적 있어? 네가 알고 있는 건 그냥 걔가 엄청 조용하고 친구 관계 잘 못 한다 이 정도잖아? 그런 모습 조금 아는 걸로 걔의 전부를 판단하려고 하지 마! 걔 알면 알수록 진국인 애야. 그런 꼴같잖은 억측으로 욕 먹을 만큼 잘못한 거 없어!"

은솔의 얼굴이 빨갰다. 그게 자기 때문인지 아니면 가게의 집중되어 있는 시선 때문인지 모르겠지만 확실한 건 화났다는 거겠지.

"아! 뭐야 니? 니 정식이 좋이하냐? 왜 그맇게 걔 편을 들고 그래?"

"이런 상황에선 누구라도 걔 편을 들걸? 네가 하는 말이 워낙 엿같으니까!"

"뭐? 엿? 씨바! 너 말 다했냐?"

"다 못 했는데 더 하면 내가 복창이 터질까봐 더 안 해! 넌 사람 함부로 판단하고 욕하는 버릇 좀 고쳐야 돼! 기분 잡쳤어. 나 갈 거야"

효미는 들고 온 가방을 낚아채듯 집어 들고 의자를 박찼다. 한시라도 빨리 은솔이 꼴을 보고 싶지 않았다. 조금 더 얘기했다간 은솔이에게 맞을 것 같기도 했고. 그렇기에 뒤도 돌아보지 않았다.

"야!! 전효미!!"

그런 그녀의 등 뒤로 외침이 박혔다. 뒤는 보지 않은 채 잠시 멈춰서자, "네가 먹은 건 네가 내고 가! 돈 없다기에 오늘은 내가 쏘려고 했는데 어림도 없어!"

발걸음을 재촉할 수 있었다. 어차피 너한테는 얻어먹고 싶지도 않네요!

"하아……"

집에 돌아온 효미는 컴퓨터 의자에 철푸덕 앉았다. 그리고 컴퓨터

전원 버튼을 켜고 다시 한 번 크게 한숨을 쉬었다. 아직도 은솔의 어이없는 발언이 언짢았다. 도대체 걔는 무슨 생각으로 사는 거지? 스트레스가 뻗쳤다. 그냥 노래나 커다랗게 켜놔야지.

컴퓨터 부팅이 끝나자마자 음악 재생을 했다. 그러나 <치지직, 치직!> 역시 예상대로였다.

"아!!! 이 고물 스피커!! 진짜 확 부셔서 버려버릴까보다!!!!"

주먹으로 스피커 머리를 내리쳤다. <치지직, 치직!> 스피커의 대답이었다. 내려친 주먹이 아팠다. 노래를 들을 마음도 깨져버렸다. 그녀는 컴퓨터를 끄고 바로 침대로 다이빙해서 잠을 청했다. 스트레스가 극심할 땐 일단 자버리는 것이 효미의 스트레스 풀이였다.

눈을 떴다. 밖을 보니 어둑어둑한 게 아무래도 새벽인가? 시계를 보니 시침이 2랑 3 사이…… 아, 새벽이 맞았다. 애매한 시간에 자니 눈을 뜨는 것도 애매한 시간이구나. 다시 잠을 청하기엔 정신이 또렷했다. 오늘 잠은 다 잔 것 같다는 생각을 하며 효미는 컴퓨터를 켰다. 조용하고 차분한 외국 노래나 들으면서 웹서핑을 할 생각이었다.

<치지직 치직>

아, 젠장. 맞다. 이 스피커 고장 났지? 효미는 혀를 찼다. 아무래도 잠을 잔 것만으로는 기분이 나아지지 않았나보다. 익숙한 일임에도 불구하고 이렇게 짜증이 나는 걸 보면. 포기할까 하는 생각도 들었지만 음악이 너무 듣고 싶었다. 어쩌지? 음악 진짜 듣고 싶은데…… 스피커 없이 음악 들을 방법 없나? 아, 진짜 듣고 싶은데.

주위를 살폈다. 많은 것이 눈에 띄었지만 그 중에 가장 돋보이는 것은 이어폰이었다. 아, 이어폰! 저거면 들을 수 있겠다! 효미는 이어폰을 집어 들었다. 분명 이 이어폰 잭을 컴퓨터 본체 뒤에 있는 어디에 꽂으면 노래가 나온다고 들었는데⋯⋯ 잘은 모르겠지만 아무데나 꽂다보면 되겠지? 일단 본체를 꺼냈다.

<칙!> 하는 소리와 함께 스피커가 아예 소리가 안 났다. 아까까지는 그나마 입 틀어막힌 우물거림이라도 했는데. 다른 걸로 음악 들으려고 하니까 제대로 고장이 났네. 참 타이밍도.

"응?"

무언가 이상하다는 생각이 든 건 그 후였다. 본체를 만지자마자 스피커가 아예 소리를 못 내게 되었다. 본체가 움직이니 타이밍 좋게 스피커에서 소리가 안 나게 되었다.

⋯⋯설마? 효미는 급하게 본체를 움직였다. 책상과 선에 파묻혀 평소에는 전혀 보이지 않던 본체의 뒷면이 먼지 자욱한 모습으로 눈에 잡혔다. 인터넷 선이 꽂혀있었고, 마우스 선이 꽂혀 있었고, 키보드가 꽂혀 있었고, 모니터 선이 꽂혀 있었고, 스피커 선이 빠져 있었다. 스피커 선을 잡았다. 잭을 손에 쥐고 본체의 스피커 잭을 꽂는 구멍에 꽂았다. 스피커에서 그 어떤 때보다 맑고 선명한 소리가 났다.

"허⋯⋯!"

어이없는 한숨이 효미의 심정을 대변했다. 그녀가 다시 한 번 한숨을 쉬었다. 스피커에선 조용하고 잔잔한 노래가 나오고 있었다. 그 음질은 정말 그 어떤 때보다도 깨끗했다.

+ 자세히 살펴보지도 않고 단정을 내리는 경우가 많다. 물건도, 사람도, 마음도, 자기도.

#023, 강압 순대

"흐아아암~!"

늘어지게 하품을 하는 그의 쩍벌어진 입에서 그 날의 노곤함을 느낄 수 있었다. 자그마한 디자인 회사에서 일을 시작한지도 어언 네 달. 정식 퇴근 시간이 6시인 그의 회사에서 그가 가장 빨리 퇴근한 건 오후 7시 17분이었다.

시계를 보았다. 오후 10시 13분. 오늘은 유난히 더 늦게 끝났다. 집에 도착하면 할 수 있는 게 씻고 자는 것 뿐이라니 하품의 뒷 맛이 자꾸만 찝찝했다. 게다가 오늘은 저녁을 먹는둥 마는둥 했다. 배고팠다. 역시 아까 걸어오는 길에 보이던 감자핫도그를 샀어야 하나? 후회도 했지만 이미 지하철 탑승 구간까지 내려온 이상 다시 올라가는 건 낭비였다. 조금 더 참다가 우리 동네 도착해서 뭐라도 사먹자. 뭐가 좋을까? 쫄면을 먹을까? 면 종류는 내일 얼굴 부으니 안 되겠고, 그럼 핫도그? 우리 동네에는 맛있게 파는 집이 없고, 닭꼬치? 아, 그거 10시 되면 문 닫지 요즘…… 음, 뭐 먹지? 고민이 심해졌다. 뇌는 그의 주머니 사정은 고려하지 않는 듯 온갖 산해진미를 그에게 추천해댔다. 군침을 삼켰다. 위장의 데모가 심하다. 아, 젠장 더 배고파.

그는 고개를 두어차례 저었다. 목적은 배고픔 망각. 그러나 허기가 심했다. 음식 리스트는 머리에 붙어 끈덕치게 위장을 흔들었다. '우와, 미치겠네.' 그는 혼잣말을 했다. 평소라면 속으로만 내었을 내용이나 신기하게도 오늘 지하철역은 그 빼고 없었다. 저 멀리 몇몇 사람이 노란 선에 서서 지하철을 기다리는 게 보였으나 저 멀리였다. 그가 탈 열차 칸을 기다리는 이는 아무도 없었다. 무슨 상관이야. 으, 그래. 집 가는 길에 있는 포장마차에서 떡볶이 1인분에 순대 좀 사서 집에 들어가야겠다. 갑자기 순대가 엄청 땡기네.

    그는 일주일 전에 집에서 끓여먹었던 순대국을 떠올렸다. 간과 허파를 아낌없이 넣고 거기에 순대를 넣어 당면이 퉁퉁 불 때까지 얼큰하게 끓인 그 국은 해장이 절실하던 그의 위장에 구원자였다. 음식을 먹고 감격의 눈물을 흘릴 기회가 생긴다면 망설임 없이 그 순간을 택하겠다고 생각했을 정도. 물론 순대가 당면이 있는 그 종류만 있는 것은 아니다. 피순대도 그 짓민의 풀짓하면시 입에서 바스러시는 식감이 일품이지 않은가? 진짜 결정. 오늘 야식은 순대. 머리 속에 일어나던 음식 간의 전쟁. 거기서 순대가 최종 승리를 하자 마음에 안정이 찾아왔다. 그리고 때를 맞추어 지하철 도착을 알리는 소리가 울렸다. 땡 땡 땡 열차가 도착할 예정입니다. 승객 여러분은 안전선 밖으로 나와주시기 바랍니다. 지하철을 기다리는 사람들이 응당 그러하듯 그 역시 고개를 왼 쪽으로 돌리고 있었다. 열차가 들어왔다. 그의 눈이 커졌다. '참, 황당하게도. 어이없게도.'

    지하철 대신 커다란 순대 한 줄이 역에 정차를 하였다.

    '아니, 세상에.' 길게 늘어선 거대하고 길죽한 순대가 푸쉬쉭하면서 속도를 늦추더니 이내 순대피를 열었다. 네모반듯하게 칼집이 있는 걸 보니 아무래도 거기가 문인 듯 했다. 열린 껍질을 통해 순대의 당면들이 쏟아졌다. 드문드문 검은 색 덩어리나 파 같은 것도 보였으나 가장 많은 비중을 차지하는 건 당면이었다. 뛰쳐나온 당면들은 아무 일 없다는 듯 꼿꼿이 걸어서 계단 위로 이동했다. 바빠서 에스컬레이터를 성큼성큼 올라가는 몇몇 당면을 제외하곤 모두 질서 정연한 모습이었다. 모두 무척 자연스러웠다. 혼란스러운 건 오직 그 뿐이었다.

멀찌감치 떨어져서 지하철을 기다리던 사람들을 보았다. 아무렇지도 않은 듯 지하…… 아니, 순대에 타고 있었다. 당면들의 하차도 끝났고, 안전선 밖에 있는 건 그 뿐이었다. 뭐지? 어쩌라는 거지? 이거 타야하는 거야 말아야 하는 거야? 스피커에서 익숙한 소리가 나왔다. 열차, 열차 문이 닫힙니다. 승객 여러분들은 신속하게 탑승을 해주기 바랍니다. 에라이, 모르겠다. 그는 순대 안으로 발걸음을 옮겼다. 순대 안은 비교적 한산했다. 당면들이 좌석에 앉아있었다. 피곤한지 꾸벅꾸벅 졸고 있는 당면, 간 덩어리를 지그시 쳐다보는 당면, 당면 가닥을 나누어 두 자리를 차지하고 있는 당면, 임산부석에 앉아 있는 쭈글쭈글한 당면 등. 당면 사이에 빈 자리가 있었지만 차마 앉을 수 없었다. 그냥 손잡이처럼 보이는 순대줄을 잡았다. 열차, 열차 출발합니다. 순대가 출발했다.

"자네, 즐거워 보이는구만." 그 소리는 기타 소리와 함께 들려왔다. 디리링. 그 두 소리를 좇아 고개를 돌리니 그 곳엔 선글라스를 낀 피순대 하나가 다리를 꼬고 그를 쳐다보고 있었다. 불그스름한 껍데기 안에 오동통 들어있는 순대살이 유난히 까만 색이었으나, 그것보다도 더 진한 선글라스를 쓰고 있었다. 피순대씨는 넓적한 간에 당면 줄을 이어놓은 기타를 허벅지 위에 올려놓고 있었다. 저 올려놓은 하얀색은 머리고기인가? 데코레이션인지 장식인지 모를 것을 끼릭끼릭 튜닝하더니 다시 한 번 디리링 하는데 확신이 들었다. 얘는 이 이상한 것들 중에서도 가장 이상할 거라는.

"자네는 신기한 패션 감각을 가지고 있구만. 몸에 두른 그것들은 천쪼가리인겐가? 그런 걸 왜 두르고 있는 거지?"

모든 얘기는 디리링을 동반하고 있었다. 다행히 귀에 거슬리지 않았다. "아, 이건 옷이라는 건데요."

"뭐? 옷?? 이걸 말하는 겐가?"

피순대씨가 자신의 허리를 가리켰다. 순대피가 유달리 두터운 부분이었다. 뭐 순대로 따졌을 때 그게 옷이려나. 그는 고개를 끄덕였다.

"꾸익, 자네는 순대피를 천 쪼가리로 걸치고 있구만! 참 특이한 친구야!"

아니, 당신보단…… 이라고 하려는데 피순대씨가 좌석에서 벌떡 일어났다. 그리고 그에게 싱글싱글 다가왔다. 역시 느리덩 폭발.

"난 자네가 마음에 들어!"

피순대씨가 그의 어깨에 간을 얹었다. 비린내가 났다. 뒷걸음질 쳤다. 반사적 행동이었다. 피순대씨가 말을 이었다.

"순대피를 천으로 입는 실험적인 센스하며, 묘하게 풍기는 체취(향수를 말하는 듯 했다), 그리고 굳이 자리에 앉지 않고 자네 홀로 고고히 서있는 그 주관! 그 초연함과 독특함이 우리 초장선을 더욱 부흥시킬 거야!"

흥분하고 있는지 피순대씨의 얼굴이 더 커졌다. 조금은 조용히 얘기를 했으면 좋겠는데. 이미 여러 당면들이 잠에서 깨 그들을 째려보고 있었다. 아니, 그렇지만 석연찮은 건 좀 물어봐야겠다.

"네? 초장선이요?"

"허어? 자네, 여기가 초장선이라는 것도 모르고 들어온 겐가? 혹시 자네 순대와 가장 어울리는 소스가 뭐라고 생각하는가?"

"어, 당연히 초장입니다." 흐름상 그렇게 얘기했다.

사실 거짓말이었다. 그는 떡볶이 국물에 찍어먹는 걸 선호한다. 하지만 그의 그런 마음을 알 리 없는 피순대씨는 호탕하게 웃었다. 꾸익

꾸익하고 웃는 것이 정말 돼지 같고 순대 같았다.

"그래! 우리의 친구는 초장이야! 그건 염통의 쫄깃함 마냥 당연한 진리이지! 그런데 저 빌어먹을 것들은 순대를 소금에 찍어먹거나 새우젓에 찍어먹는 미친 짓을 벌이고 있어! 바로 옆에 있는 선이 아니라서 모르겠지만 다른 차실에선 또 다른 것을 찍어 먹는다고 들었어! 이게 무슨 순대 옆구리 터지는 소리란 말인가?! 자네가 생각해도 어이 없지 않은가?"

분개한 피순대씨의 순대피가 펄럭였다. 어느새 디리링도 사라져 있었다.

"저기……"

"응! 그래! 어서 자네 생각을 말해보게!"

"초장이건 소금이건... 그게 그렇게 중요한 건가요?"

"뭐……?"

공기가 얼었다. 비린내는 여전했지만. 사색에 질린 피순대씨의 안색에 순댓빛이 감돌았다, 뒷걸음질을 치며 확보된 시야에는 믿기 힘든 상황이 잡혔다. 당면들이 그를 향해 걸어오고 있었다. 모두 화가 났는지 탱탱 불어있었다.

"그럼 그것만큼 중요한 게 어디 있단 말인가?! 순대엔 초장이야! 다른 소스에 찍어먹는 건 이단이야! 사이비야! 우리에 대한 모독이라고! 근데 그게 그렇게 중요하냐고? 당연히 중요하지! 우리의 최종 과제이고 최종 목표라고 할 수 있어! 이 세상 모든 순대를 초장과 접목시키는 것만큼 아름답고 고고한 일이 어디 있단 말인가?"

피순대씨가 소리쳤다. 속살이 삐져나오지 않을까 걱정이 되었다.

"자네, 지금 보니 굉장히 이상한 친구구만! 초장을 좋아하면 다들 초장을 먹게끔 해야 하는 거 아닌가? 초장을 안 먹는 어리석은 것들이 우리 옆 칸에 타고 있는데 그걸 보고도 아무렇지 않다니 이해가 되지 않아! 자네 혹시 미친 거 아닌가??"

피순대씨가 달려들었다. 아무래도 멱살을 잡으려는 것 같았다. 피하려 했지만 이미 그의 등도 당면들이 막아서고 있었다. 이건 위험하다. 피순대씨가 간기타를 들어 휘둘렀다. 간신히 피하기는 했으나 머리에 쓸려 머리카락이 몇 가닥 뜯겼다. 젠장, 내가 지금 왜 여기에서 이러고 있어야지? 누피의 아픔과 동반된 그의 생각이었다.

순대 열차의 문이 열린 것은 그 때. 아무래도 소란스러운 와중에 역에 정차를 한 모양이었다. 어디 역인지는 중요하지 않았다. 그는 그의 옷을 잡고 있는 당면들을 뿌리치며 필사적으로 순대 열차를 빠져나왔다. 그와 함께 내린 당면은 단 한 가닥이었고, 그 당면은 좌우 눈치를 보다가 다시 열차에 몸을 실었다. "잡아!!!" 하는 피순대씨의 외침은 순대피가 닫히면서 점차 흐려졌다. 순대가 출발했다. 그 증기에선 역시나 비린내가 났다. 다음 열차를 탈 수도 있었지만 도저히 그러고 싶지 않았다. 처음 보는 역에서 내린 그는 택시를 잡아타고 집 앞까지 데려다 달라고 얘기했다. 야식 생각은 없었다. 그냥 얼른 집에 가서 샤워를 하고 자고 싶었다.

'이젠 살다살다 순대한테까지 깨지는구나. 진짜 쉬어야지. 내일은 기필코 6시 땡 치면 퇴근하고 말리라……'

\+ 편을 가르면 내 편 외엔 전부 적이다. 쓸데 없는 것에 구태여 편 가르고 피 보는 사람들은 오늘 순대나 먹었으면 좋겠다. 뭘 찍어먹어도 맛있거든.

#024, 옷 도난

"이상하다…… 분명 여기다 널어뒀는데……."

오씨는 도무지 이해가 안 된다는 듯 고개를 갸웃했다. 이걸로 벌써 세 개째다. 처음엔 그냥 그러려니 하면서 넘겼지만 상황이 이 정도가 되니 이제 좌시할 수만은 없다는 생각이 들었다. 그 일이 처음으로 일어난 것은 일주일 전이었다.

중요한 약속이 있어서 주말인데도 불구하고 늦잠을 반납한 채 아침 일찍부터 꽃단장을 한 후 마지막으로 멋진 옷 코디에 들어가려 옷들을 들춰보았는데 무언가 이상했다. 분명 어제까지만 해도 있었던 애장품인 노란색 동그라미 무늬 와이셔츠가 사라진 것이다. 처음에는 '에이, 아무리 그래도 혼자 사는 자취방인데 옷이 어딜 갔겠어? 발이 달리지 않은 이상 집 안 어딘가에 있겠지.'라고 생각했지만, 집 안 빛이 들지 않는 구석까지 뒤져본 후엔 자신의 생각을 수정할 수 밖에 없었다. 진짜 없어졌다. 감쪽같이! 하지만 천성이 태연한 오씨는 그 문제에 대해 큰 심각함을 느끼지 않았다. 자취방에 공간은 많으니 그 공간 중 하나에 누군가가 쑤셔 박아놓은 것이리라. 그 누군가는 당연히 자신일 테고, 단지 그게 생각나지 않는 것일 뿐. 오씨가 내린 최선의 결론은 그 것이었다. 그런데 이틀 후 같은 사건이 일어나게 된다. 이번엔 양말이었다.

오씨는 현재 여자 친구가 없는 몸이지만 이전까지의 여자 친구들이 준 선물은 모조리 알뜰살뜰 챙기는 검소하고 비축력 있는 사람이다. 특히 세 번째 사귀었던 여성이 준 양말 두 켤레와, 다섯 번째 사건 여성이 준 양말 한 켤레를 즐겨 신었다. 그런데 아무리 찾아봐도 세

번째 여자 친구가 생일날 선물로 줬던 곰돌이 캐릭터 양말이 없었다. 낡고 해져서 이제 슬슬 버려야 하나 고민하고 있었던 중이었지만 다시 말해 그 곰돌이는 낡고 해지게 될 만큼 오씨가 버리지 않고 쓰던 애장품이었다. 그렇기에 이번에 오씨가 느낀 상실감은 예전 사건의 곱절은 됐다. 또한 그저께는 단순한 분실이라고만 여겼던 일에 누군가의 의도가 들어가 있을 거라는 의심도 들었다. 하지만 여전히 그 누군가가 자신일 확률이 컸다. 근데 내가 그 곰돌이 양말을 아무데나 버려둔다고? 상상도 할 수 없는 일이었다. 그런데 오늘 그 일 이후로 다섯 밤이 지난 후 이번에는 자신의 고등학교 졸업 기념으로 학교에서 받았던 사은 수건이 사라져 버린 것이다. 곰돌이 양말보단 덜 했지만 그 것 역시 꽤 소중히 생각하고 있는 물건이었다. 무엇보다 이번엔 확실히 빨아서 건조대에 널어놓은 것까지 기억이 있었다. 절대 자신의 실수가 아니었고, 누군가의 소행이었다.

'내가 아니라면 누구?'

옷 도난이라니. 굉장히 껄끄러운 일이 아닐 수 없다. 당장엔 뉴스에서 여러 번 봤던 <혼자 사는 여성의 속옷만을 노리는 변태들>에 대한 얘기가 생각났다. 근데 난 남자잖아. 더 끔찍했다. 만약 룸메이트라도 있었다면 이건 대수롭지 않은 일이었을 거다. 룸메이트인 그 친구가 잠깐 입고 갔다고 생각하면 되니까(사실 오씨네 어머니도 더운 날 집에 혼자 있을 때는 오씨 아버지의 사각 팬티를 입고 누워 있곤 한다. 요즘은 오씨 것을 이용할 때도 많은 것 같지만.) 하지만 오씨는 화목한 가정집의 귀한 외동아들로 태어나 부모님을 제외한 그 누구와도 방을 함께 써 본 적이 없었다. 이 사실은 대학교에 다니는 현재도 마찬가지다. 그러니 용의선상에 설 수 있는 사람은 바로 오씨 본인 또는 본 적 없는 낯선 누군가였다. 오씨는 등골이 서늘했다. 그 서늘함을 떨치기 위해 재빨리 뒤를 돌아봤으나 당연히 그 곳에는 누구도 없었다. 이런 때일수록 침착해야 한다는 생각에 이른 오씨는 집 현관에서부터 시작해서 차근차근히 집에 있는 물건들을 확인해보았다. 결과적으로 허탕이었다. 자질구레한 것까지는 기억이 안 난다손 쳐도 자기 집에서 가장 값어치가 나가는 물건들은 누군가의 손을 탄 흔적이 없었다. 전혀.

오씨는 안도감을 느꼈지만 동시에 황당함을 느꼈다. 물건이 사라지지 않았다면 도대체 이건 무슨 일일까? 상식적으로 생각을 해보면 아니, 비상식적으로 생각을 해봐도 힘들게 집 문을 따고 들어온 누군가가 값 비싼 어떤 물건도 만지지 않고 건조대에 걸린 옷 쪼가리 하나만 가져간다는 것은 말이 안 된다. 만약 정말 이것이 누군가의 도난 행위라면 전혀 상상도 하지 못 할 특이 취향일 게 분명했다. 오씨는 다른 식으로 생각을 정리했다. 첫 번째로 사라진 것은 노란 색 동그라미 무늬 와이셔츠. 워낙 호불호가 갈리는 옷이었던지라 즐겨 입었던 것은 아니지만 오씨 자신은 굉장히 좋아하는 옷이었기에 다른 이들의 이목을 신경 쓰지 않아도 되는 곳으로 움직일 때는 주로 입었었다. 이게 사라졌다는 것은 범인도 동그라미 무늬를 좋아한다는 뜻이겠지. 아니면 노란색을 굉장히 좋아하던가.

두 번째로 사라진 것은 곰돌이 캐릭터 양말이었다. 범인은 귀여운 것을 좋아하는 건가? 오씨에게 바로 든 생각은 이것이었다. 하지만 곰돌이 캐릭터 양말은 오씨가 가진 양말 중에서도 가장 조상 뻘인 오래된 양말이었다. 수많은 세탁으로 인해 처음에는 선명하고 귀엽게 자리매김하고 있던 곰돌이 캐릭터도 흐릿해지고 뜯어지기도 했고, 무엇보다 처음 곰돌이가 있었다는 정보를 알지 못 하는 사람이 볼 때는 그게 곰돌이인 것도 못 알아 볼 정도였다. 그런데 그런 낡은 양말을 가져갔다고? 곰돌이인지 잘 구분도 안 가는 것을? 오씨의 생각이 복잡해졌다. 범인이 귀여운 것을 좋아한다는 건 한 가지의 가설에 불과했으나 왠지 범인이 오래 전부터 오씨를 지켜보고 있었을 수도 있다는 께름칙한 기분이 들었다.

부르르 몸을 떤 오씨가 씩씩하게 생각을 전개했다. 세 번째 사라진 게 뭐였지? 그래, 고등학교 졸업 때 받았던 사은 수건이었다. 여타의 수건처럼 보송보송한 솜의 연속으로 이루어진 수건이 아닌, 부드럽고 매끈한 면을 가지고 있는 이른바 스포츠 타월이었는데 그 만지는 느낌이 안경닦이 천과 비슷하여 간혹 보드라운 기분을 느끼고 싶을 때 사용하던 수건이었다. 이 수건에는 ○○고등학교 28회 졸업 기념이라는 문구가 써져 있다. 두 번째 물건까지 사라지면서 세웠던 가설은 '범인은 귀여운 것을 좋아하는 타입'. 그런데 그것과 어울리지 않는 도난품이었다. 뭐지? 오씨는 다시 한 번 눈가를 찌푸렸다. 범인의 특성을 잡을 수가 없었다. 아니, 그 전에 범인이라는 게 정말 있는건가? 결국 오씨는 자신이 덜렁거려서 잃어버렸다는 결론을 내고 다시 한 번 집 안을 샅샅이 뒤진 후 편치 않은 마음으로 잠자리에 들었다. 결국 찾은 것은 없었다.

다음 날 오씨는 등 줄기에 흐르는 오싹함에 마른 침을 삼켰다. 이렇게 바로 일어날 거라고 생각하지 못 했다. 오씨는 건조대의 가운데에 널려 있던 갈색 카고 바지가 사라진 것을 보고 반사적으로 주위를 둘러보았다. 학교를 가야하는 시간이었지만 그런 건 아무래도 좋았다. 한 시간 정도 결석을 하고서라도 집을 지켜야겠다는 생각이 들었다. 범인의 존재 여부가 확실해지는 순간이었다.

'도둑이 있다.'

희미하던 가설에 힘이 붙기 시작하니 오씨의 마음속에서도 무언가가 확실하게 자리 잡았다. 철없던 10대 시절에도 학교에서 기르는 토끼가 사라지는 사건을 해결하기 위해 부모님의 만류를 뿌리치고 토끼우리 가까이에 있는 나무 위에 숨어 잠복을 했던 그였다. 좋게 말하면 불의를 보면 절대 참지 못 한다고 할 수 있고, 단순하게 말하면 궁금한 걸 참지 못 하는 거였다. 게다가 이건 단순히 궁금한 게 아니라 자신의 안위와 관련이 있다. 오씨는 생각했다.

'잡는다. 이 범인!'

결심이 서자 몸을 움직이는 건 쉬웠다. 오씨는 씩씩하게 자리를 박차고 일어나 어제 뒤졌던 순서대로 다시 한 번 집을 샅샅이 뒤졌다. 그 몸짓은 어제 집을 수색할 때와 흡사했으나 목적이 달랐다. 어제의 목적이 사라진 옷을 찾는 것이었다면, 오늘의 목적은 혹시라도 집에 숨어있을지 모르는 범인을 찾기 위해서였다. 집에는 개미 한 마리도 숨어있지 않았다. 오씨의 입에 비열한 미소가 번졌다. 다음 작전을 시행해야겠다.

오씨는 다시 집을 빙빙 돌며 바깥과 통하는 창문이라는 창문엔 전부 커튼을 쳤다. 싱그럽게 아침임을 알려주던 햇살이 더 이상 집 안으로 들어오지 않는 것을 확인한 오씨는 서랍 깊숙이 들어있던 캠을 꺼냈다. 그리고 그 캠은 컴퓨터와 연결하여 모습을 녹화할 수 있는 제품이었다. 이 정도 용량과 화질이라면 반나절은 녹화가 가능할 것 같았다. 녹화가 시작되었다는 표시가 떴고, 그 캠 화면 중앙에 건조대를 놓았다. 거실의 불을 켜놓은 후 커튼을 열었다. 그리고 집을 나섰다.

찜질방에서 잠을 잔 다음 날 아침, 상쾌한 기분으로 눈을 뜬 오씨는 몸을 일으킴과 동시에 튀어나가가듯이 집에 있는 건조대로 달려갔다. 어제 하도 숙지하였기에 건조대의 몇 번째 줄에 어떤 색깔의 어떤 옷이 어떤 형태로 널려있는지 까지 기억할 수 있었다. 그러나 이럴 수가. 오씨는 아예 건조대 자체가 사라진 것을 보고 주저앉았다. 그 건조대에는 오씨가 가장 좋아하는 검은색 바탕에 회색 줄이 그어져있는 모자까지 있었다. 이제 아예 대놓고 훔치겠다는 생각인 건가라는 생각이 들어 기분이 나빠진 오씨였지만, 그래도 이제 이 옷 도난 사건의 범인을 찾을 수 있다는 사실에 컴퓨터 앞에 앉았다. 이제 영상만 확인하면 범인이 누군지 알 수 있다.

오씨는 녹화를 중단했고, 긴장되는 손으로 녹화 장면을 재생했다. 처음 부분은 아무런 미동도 없었기 때문에 빠른 속도로 돌렸다. 그 상태로 녹화 화면은 인기척 없이 저녁을 맞이했다. 오씨는 왠지 이 즈음에서 범인이 등장할 것 같다는 막연한 생각을 하며 빠른 속도로 돌리던 화면을 정상 속도로 바꿨다. 그러고 보니 아침도 먹지 않았다는 것을 떠올린 오씨는 여전히 미동이 없는 화면을 뒤로 한 채 간단한 토스트를 만들어 방으로 복귀했다. 화면은 정지된 듯 조용했다. 그러나 이제 곧 건방지게 자기 옷을 훔쳐가고 있는 범인의 상판 떼기를 확인할 수 있다는 생각이 들어 지루하지 않았다.

오씨는 가볍게 토스트를 베어 물었다. 시선은 화면을 향해 있었다. 토스트를 네 번 정도 베어 물었을 때 드디어 정지되어있던 화면에서 무언가가 움직이기 시작했다.

"왔다!"

눈을 반짝이며 화면에 집중하기 시작한 오씨는 녹화된 화면에서 나오는 광경을 지켜보았다. 그리고 그 화면이 채 끝나기도 전에 들고 있던 토스트를 떨어뜨렸다. 토스트를 씹는 것조차 잊은 그는 순간 30년은 늙은 잿빛안색으로 멍하게 화면을 바라보았다. 화면에서 움직인 것은 다름 아닌 건조대였다. 분명 옷을 걸고 있던 건조대가 갑자기 줄과 줄 사이에 있던 틈을 입처럼 쩌억 벌리더니 몸을 부르르 떨어 다른 옷을 땅으로 떨어뜨렸다. 대에 마지막까지 걸려있던 모자를 으적으적 씹어 먹은 건조대는 떨어진 봉을 몸에 붙이기 시작했다.

"이게 무슨……."

반사적으로 뒷걸음질을 친 오씨는 건조대가 자신의 모습을 재조립해 위에는 동그라미 무늬의 와이셔츠를, 발에는 곰돌이가 그려진 양말을, 목에는 OO고등학교 28회 졸업 기념이라고 적힌 수건을, 아래에는 갈색 카고 바지를, 그리고 마지막으로 머리에는 검은 색 바탕에 회색 줄이 그어져 있는 모자를 쓰고 거울을 보며 자신을 뽐내는 녹화 화면을 멍하니 쳐다봤다. 그렇게 사람의 모양이 된 건조대가 저벅저벅 걸어, 옷장으로 들어갔다. 오씨는 자기 뒤에 있는 옷장이 열리는 소리를 듣고 뒤를 돌아보았다. 방금까지 화면에 있던 것이 눈에 직접 보였다. 그것은 단단한 무언가를 휘둘러 오씨의 머리를 때렸다. 그가 쓰러졌다. 집 주인이 바뀌는 순간이었다.

+ 학교 마치고 집에 왔는데 건조기 한 쪽이 내려앉아 있더라. 무너진 게 아니라 일부러 움직인 걸 수도 있겠다 싶었다. 우린 친숙한 것을 보고 흉내를 낸다. 어쩔 때는 그보다 내가 낫다고 생각할 때도 있다. 그건 근데 중요하지 않다. 당신은 당신일 때 의미가 있다.

#025, 합법적 금기

　그녀의 어머니는 그녀의 다섯 살을 기억한다. 그녀는 기억하지 못하지만, 그녀의 어머니는 기억한다. 왜냐하면 그녀의 어머니가 그녀를 보며 소름이라는 게 돋았던 날이었기 때문이다. 그녀는 초등학교 의자만한 키를 가졌지만, 칠판만한 생각을 하는 아이였다. 그녀는 여느 아이들처럼 "왜?"라는 질문을 즐겨하였지만, 다른 애들과는 다른 구석이 있었다. 예를 들자면 이런 식이다.

　보통의 아이들에게 도둑질은 나쁘다는 것을 알려주는 방법은 이러하다. 완전히 정답은 아니지만, 한 아이가 남의 물건을 탐한다. 그러면 그 아이의 부모님은 그 아이에게 주의를 준다.

　"이 물건은 네 것이 아니니까 마음대로 들고 가면 안 돼."

　그러면 아이는 물을 것이다.

　"왜 내 것이 아닌 물건은 들고 가면 안 돼? 가지고 싶은데?"

　대답은 이어진다.

　"아무리 가지고 싶어도 남의 물건을 가져가는 건 도둑질이야."

　"왜?"

　"허락을 받지 않은 거잖아. 그러면 물건을 뺏긴 사람은 너 때문에 물건을 잃은 거잖아. 그러면 네 욕심 때문에 그 사람은 불행해진거지?"

　"그래?"

　"입장을 바꿔 생각해보자. 네가 소중히 여기는 곰돌이 인형을 누가 말도 없이 가져갔다고 생각해봐. 기분이 좋겠니?"

　"아니, 안 좋아!"

"다른 사람도 그런 거야. 자기 물건을 누군가가 가져가는 건 기분 나쁜 일이고, 그런 일은 하면 안 돼."

"응, 알았어!"

이것이 정상적인 흐름이라고 했을 때 그녀는 마지막을 납득으로 끝내지 않았다. 그녀는 정말로 궁금하다는 순수한 얼굴로 그녀의 어머니를 보며 이렇게 말했다. 그 순수한 눈망울에서 오싹함을 느낀 건 비단 그녀의 어머니가 겁이 많아서 때문만은 아닐 것이다. 그녀는 물었다.

"그럼 그 사람이 자기가 물건을 잃어버렸다는 것을 모른 채로 훔치려면 어떻게 해야 돼?"

그녀는 금기를 깨는 것을 좋아했다. 어릴 적부터 룰을 깨는 것을 좋아했던 그녀는 상당히 여러 분야에서 일탈을 했다. 그럼에도 불구하고 그녀에게 따라오는 수식어에는 <모범생>, <우수생>이었는데, 그 이유는 그녀의 일탈을 누구도 눈치채지 못 했기 때문이다. 학창시절 그녀는 복도에서 뛰지 말라는 선생님의 잔소리에 의구심을 가졌다. 왜 복도에서 뛰면 안 되는 걸까? 다른 이들은 말했다.

"뛰다가 다치면 큰일이잖아."

그녀는 생각했다. 뛰지 않더라도 다치면 큰일이라고. 그러니 다치지 않도록 조심히 뛰면 아무 문제없다고. 그런데 어째서 학교에서는 무작정 복도에서 뛰지 말라고 하냐고. 하지만 그녀는 그 궁금증을 입 밖으로 표현하지 않았다. 그녀가 자라면서 얻은 경험 중 하나는 '자기 생각에 너무 솔직해지면 사람들은 기겁한다.' 였다. 그녀는 원했다. 복도를 뛰어다니고 싶다고. 그 이유는 명백했다. 금기였으니까. 하지만 그냥 뛰는 정도로 만족할 수 없었다. 그녀는 복도를 뛰어다니지 말라고 하는 여러 선생님 앞에서 이것보세요 뛰어다니면서도 혼나지 않고 싶었다. 그녀는 고민했고, 결국 적절한 방법을 생각해냈다. 그녀의 입이 초승달처럼 미소 지었다. 그녀는 교무실에 찾아가 선생님의 책상 앞에 섰다. 끔뻑끔뻑 졸고 있던 선생님은 드리워진 그림자에 잠을 깼다. 그리고 눈앞에 익숙한 여자 교복이 있는 것을 보고 고개를 들어 올렸다. 당연히 눈에 보인 건 득의양양한 미소를 짓고 있는 그녀였다. 그녀는 미리 준비해둔 물병과 장미꽃 한 송이를 주임 선생님의 책상에 올려놨다. 선생님은 이게 뭐냐고 물어보았지만 그 질문엔 대답하지 않았다. 그녀가 한 건 대답 대신 질문이었다.

"선생님. 방과 후에 복도 청소를 제가 해도 괜찮을까요?"

그걸 왜 네가 하냐는 질문은 이미 예상한 바였다. 그녀는 좋아하는 학교의 복도를 매일 방과 후 닦으면서 경외감을 가지고 싶다는 말도 안 되는 핑계를 댔다. 여러 선생님이 갸우뚱했지만 굳이 말릴 일도 아니었기에 허락되었다. 그녀는 방과 후 청소 담당이 되었다. 조금 더 자세히 말하자면 방과 후 청소 반장이 되었다. 선생님들은 그녀에게 기특하다며 칭찬을 아끼지 않았다. 그것은 그녀에게 굉장히 좋은 일이었다. 그녀는 자기와 함께 복도 청소를 하게 된 친구들에게 복도의 쓰레기를 쓸어 담아달라고 부탁했다. 그리고 그렇게 복도에 걸림돌이 없게 되었을 때, 왁스가 묻은 대걸레로 복도를 밀었다. 그 힘찬 출발은 걷기에서 시작하여 나중에는 달음박질로 변했다. 아무도 복도를 뛰어다니는 그녀에게 뭐라 나무라지 않았다. 오히려 그녀는 칭찬을 받았다. 인정을 받고 배려를 받았다. 복도를 뛰어다니면 혼난다는 잔소리는 그녀에게 해당되지 않았다.

    그녀가 독서실에 있는 한 문구를 유심히 지켜보던 때가 있었다. 그 문구의 내용은 <독서실에서 떠들지 마시오.> 였다. 집 앞에서 5분 정도 거리에 있던 독서실은 최근에 지어진데다가 방음 효과마저 좋았다. 완벽한 면학 분위기였기에 많은 학생들의 공부 명소가 되어가고 있었다. 그녀는 좋아하지 않는 일에 집중을 하지 못 하는 사람이었다.

그녀는 공부에 관심이 없었다. 가뜩이나 집중 안 될 때 주변이 소란스러우면 얼마나 큰 방해가 되는지 알고 있었다. 하지만 그저 부스럭거리는 소리, 무언가 씹는 소리, 요란하게 책장을 넘기는 소리마저 아니꼽게 쳐다보는 일부 이용객들을 이해할 수 없었다. 결국 자기도 내는 소리가 아닌가? 남이 냈다고 소음이고 자기가 냈을 때는 필요한 소리라는 그 생각이 그녀를 다시 한 번 불만에 젖게 하였다. 그녀는 원했다. 독서실에서 그 누구보다 시끄럽게 얘기하고도 문제가 되지 않기를. 그녀는 고민했고, 결국 적절한 방법을 생각해냈다. 그녀의 입이 초승달처럼 미소 지었다. 그녀는 당장 독서실을 찾아가 독서실의 관리자를 만났다. 관리자는 태생적으로 움직이는 것을 싫어하는지 살가죽이 디룩디룩 팽창한 사람이었다. 그는 자기 앞에 있는 그녀를 귀찮음 가득 담은 눈으로 쳐다보았다. 보나마나 시설 이용에 불편한 건의 사항이나 불량 이용자 제보를 하려고 온 것이라 생각했겠지. 허나, 그런 그에게 그녀가 한 말은 참으로 엉뚱하고도 솔깃한 얘기였다.

"매주 목요일 6시부터 7시까지 독서실 청소하시죠? 그 청소 앞으로 제가 해도 될까요?"

관리자의 볼살이 푸드덕거렸다. 당장 소녀의 의중을 파악하기가 힘들었다. "알바를 원하는 거냐?" 물었지만 "주시면 감사하지만 굳이 안 주셔도 돼요. 그냥 제가 하고 싶어서 하는 일이니까요." 라는 정체불명의 대답이 나왔다. 잠시 생각하던 돼지는 인심 좋은 얼굴로 "그래준다면 고맙지! 알바비는 못 주더라도 주말에 너는 공짜로 독서실을 이용하게 해주마!" 라고 하였다. 그녀는 자신의 작전이 성공에 임박했음에 흥분했으나, 그걸 감추기 위해 불가피하게 자기 아랫입술을 물어야 했다. 마침내 목요일 6시가 되었다. 빗자루를 든 그녀가 사람들이 공부하고 있는 독서실 문을 활짝 연 후 소리쳤다.

"6시부터 7시까지 청소 시간입니다! 조금 있다 이용해주세요!!"

그 소리는 일반적으로 독서실에서 낼 수 있는 소리를 아득히 넘는 소음이었다. 하지만 그 소리에 아무도 뭐라 하지 않았다. 독서실에 있던 사람들은 아무 말 없이 자기 책을 챙겨 일어났다. 독서실에 혼자 남은 그녀는 그제야 커다랗게 웃음을 터뜨렸다. 독서실에서 떠든다는 금기를 어긴 그녀는 그럼에도 불구하고 오히려 칭찬과 격려, 그리고 주말 간 독서실 이용 공짜라는 혜택을 얻었다. 그녀를 에우는 쾌감에 1시간의 청소는 힘들지도 않았다. 그녀가 유달리 목요일을 기다리고 좋아하기 시작한 것은 아마 이때부터이다.

목요일은 그녀에게 큰 쾌감을 선사해주는 날이었다. 그녀는 금기를 합법적으로 깨뜨리는데 희열을 느끼는 사람이었다. 그녀의 이러한 취미는 그녀 앞을 가로막고 있는 많은 제한점을 극복하게 했다. 그녀는 자기 마음대로 했지만 그럴수록 주변 사람들은 칭찬과 인정을 해주었다. 간혹 가다 걱정 어린 눈으로 그녀에게 "그렇게 살면 힘들지 않으세요? 남들이 아닌 자기를 위한 삶을 살아보는 건 어때요?" 라고 묻는 사람도 있었으나, 그녀는 그 걱정을 이해할 수 없었다. 지금 나처럼 내 쾌감을 위해 사는 사람이 어디 있는데? 이로써 얻게 되는 그 묘한 성취감을 모르는 사람만이 그런 얘기를 할 수 있는 거야!

그녀는 그런 생각을 바탕으로 오늘도 온전히 자신만을 위한 삶을 살고 있다. 그녀는 경찰 공무원이다. 순찰을 하던 그녀의 눈에 불법 유턴을 하는 차가 보였다. 그녀는 빨간 불이고, 유턴 금지 구간이었지만 사이렌을 켜고 당당히 유턴을 했다. 그녀의 입이 초승달처럼 미소 지었다.

+ 신호를 무시하며 과속하는 119 응급 차량을 보며 이런 생각을 했다. 저 차를 모는 사람은 떳떳하게 금기를 어기고 있네. 그러다보니 무엇이 정의일까 고민이 됐다. 법을 지키지 않더라도 상황과 맥락에 따라 오히려 추앙 받는 이들도 있는 걸 보면 법이 전부는 아니라는 생각이 들었다. 그렇게 찾고 찾다보니 결국 중요한 건.

#026, 먹고 싶은 걸 먹을 수 없는 저주

　자칭하길, 그는 저주받은 사람이었다. 아무런 문제가 없다고 생각하는 사람도 있었지만 실제로 그와 관계되는 많은 사람들은 그가 괴로워하는 저주의 내용에 연민을 내비추었다. 그렇다. 그의 저주는 연민을 받을 정도의 수준이었다. 그 이상은 아니었다.

　처음 그의 저주를 듣게 된 사람은 당장에 믿지 않았으며, 그 후에는 상낯이 새밌이했고, 그 저주와 관계 되었을 땐 불편해 했다. 그 누구도 그의 터질 듯한 답답함을 가슴 깊이 이해해주지 않았다. 저주를 명명할만한 이렇다 할 명사는 없었다. 현상 그대로 설명하는 것이 최선이었는데 그 저주는 이러했다.

　'먹고 싶은 걸 먹을 수 없는 저주.' 그가 중국집에 가서 자장면을 달라 하면 어김없이 종업원들은 짬뽕을 대령했다. 매운 걸 먹지 못 하는 그에게 짬뽕은 웃으며 먹을 수 없는 그러한 음식이었다. 주문을 하며 혹여 잘못 알아들을까 무조건 자장면이라고, 짬뽕 아니라고 신신당부를 해도 소용이 없었다. 종업원이 자장면이라고 말해도 요리사는 짬뽕을 내어왔다. 짬뽕이 아닐 땐 울면을 내올 때도 있었다. 확실한 건 자장면을 먹고 싶은 그에게 자장면이 오는 일은 없었다. 다른 곳에서도 그랬다. 분식집에 가서 튀김을 시키면 떡볶이가 나왔다. 순대가 나올 때도 있었지만 참 신기하게도 그런 날에는 평소엔 괜찮던 순대가 참 비위 상했다.

　여자 친구와 함께 갔던 파스타 집에서 여자 친구를 위해 그녀가 좋아하는 해물토마토파스타를 시켰는데 돈가스리조또가 나왔던 날 그는 더 이상 음식점에 클레임을 걸지 않게 되었다. 배달에서도 이러한 일은 똑같이 발생했다. 후라이드 치킨을 시키고 기다리면 어김없이 배달원은 양념 치킨을 가지고 왔다. 그것도 매장에서 가장 매운 맛으로 핏빛 양념이 뚝뚝 떨어지는 그러한 치킨이었다. 편육을 먹고 싶어 보쌈을 시키면 뼈가 가득한 진성 족발이 왔고, 피자를 시키면 무조건 다른 종류의 피자가 왔다. 그는 아직도 그 흔한 고구마 피자가 어떤 맛인지 알지 못 한다.

야근으로 몸도 마음도 지쳤던 어느 날, 짜파게티가 너무 먹고 싶어서 매장에 들어간 그는 매장에 짜파게티 재고가 있다는 것에 놀라움을 금치 못 했다. 이렇게 간절하게 먹고 싶을 때는 그의 주변 그 어떤 매장이든 그 상품이 재고가 떨어져 있던 터였다. 물론 딱 하나 남은 짜파게티였지만 그에게 그 매물은 그 어떤 보물과도 바꿀 수 않을 소중한 것이었다. 두근거리는 가슴을 진정시키며 자취방으로 돌아온 그는 씻을 생각도, 아니 그 전에 옷을 벗을 생각도, 아니 하마터면 신발을 신은 채로 집에 들어갈 뻔 했다.

신발만 겨우 벗은 그는 바로 냄비에 물을 담고 가스레인지에 불을 켰다. 심장이 가슴 안에 결박당해 있지 않다면 필시 비글 마냥 집을 헤집고 다녔을 것이다. 떨림을 넘어 오히려 경건해진 그는 냄비의 물이 끓는 것을 보고 조심스레 짜파게티 봉지를 뜯었다. 그 봉지 안에는 익숙한 것들이 들어있었다. 면이 있었고, 기름이 든 작은 봉지가 있었고, 스프가 있었다. 딱 한 가지 달랐다. 스프가 신라면 스프였다. 참 빨갛게 생긴 신라면 스프였다. 이미 냄비 안에 면을 투하했던 그의 손이 굳었다. 냄비 바로 위에 있어서 참 뜨거울 텐데도 그는 미동조차 하지 않고 굳었다. 스프 봉지가 참 빨갰다. 그가 가스 불을 껐다. 익고 있는 면채로 하수구에 물을 버린 그는 그제야 무기력하게 웃옷을 벗어 옷

걸이에 걸었다.

+ 사람마다 운세가 있을까? 그런 기운이 있다면 인생의 어느 정도를 좌우할까? 돈이 부족해 먹고 싶은 치킨 대신 라면을 끓이며 문득 그런 생각을 했다.

#027, 그녀의 입을 막는 두 가지 방법

"아, 정말 그 애랑 얘기하다보면 시끄러워 죽겠어. 이것 조금 쫑알, 저것 조금 쫑알, 하루종일 나만 보면 왱알왱알 말하는데 뭐 그렇게 하고 싶은 말이 많은지 듣다보면 짜증나 죽겠다니까?"

"두서없이 말 많이 하는 사람이다 이거지? 그런 사람 말 막는 방법을 난 두 가지나 알고 있지."

"오, 뭔데? 제발 좀 알려줘라. 나 이러다가 스트레스 때문에 돌아가실 것 같다!"

"첫 번째 방법은 상대방이 한창 얘기하고 있을 때 전혀 상관없는 주제를 이야기하는 거야. 그 주제는 상대방이 듣기 싫은 주제일수록 더 좋아. 예를 들어 지금 네가 얘기하고 있을 때 갑자기 내가 지구와 태양 간의 인력과 거기서 파생되는 자연현상에 대해 논하면 네가 입을 다물겠지."

"오…… 좋은데? 그럼 두 번째 방법은 뭔데?"

"상대방이 한창 얘기하고 있을 때 정말 온전히 그것에 관해 듣는 거야."

"응……? 그건 아까 방법이랑 완전 반대잖아. 그렇게 하면 더 떠들어대지 않겠어?"

"너한테 그렇게 이것저것 다 얘기하는 이유가 뭘 지를 생각해봐. 너에게 전하고 싶은 말이 있다는 거잖아. 헌데 아무리 말해도 너에게 전해졌다는, 자신을 알아줬다는 느낌을 받지 못 하니까 그렇게 악을 쓰고 말을 하는 거 아니겠어?"

"……"

"불만하기 전에 반성부터 해봐. 네가 불만을 가지는 게 합당한지. 일단 너부터가 그 사람에게 아무것도 해준 게 없는데 무언가를 바라고만 있는 건 아닌지."

"야! 무슨 말을 그렇게 하냐? 내가 지금 너한테 혼나려고 이런 얘기했겠냐고! 아, 그래그래. 넌 항상 이런 식이야. 말만 하면 매번 '너한테 문제가 있어!' 식으로 충고하거나 하지. 됐어. 너한테 앞으로 이런 불만 얘기하나봐라!"

"더 할 얘기 없어?"

"있겠냐!?"

"그래. 이런 거야. 충고 듣기 싫어하는 너한테 충고를 하니까 바로 입을 닫잖아. 이게 바로 아까 말한 첫 번째의 대표적인 예시인거지."

"……"

"이해됐……"

(말을 끝마치기도 전에 그는 그녀가 날린 핸드백에 얼굴을 맞았다. 아파하는 그를 등지며 그녀는 지금 이 짜증남을 공유할 친구를 찾기 위해 카톡 목록을 뒤적였다.)

\+ 본론을 말하기 위해 에둘러 하는 표현들을 좋아하는 편이다. 그 말 속에 깃든 초조함과 수줍음을 느끼며 본론을 잡아가다보면 내가 매우 친절한 사람이 된 듯하다. 말을 들으려면 마음에 귀를 기울여야 하더라. 우습게도.

#028, 봄은 태어났다.

그렇게 그 봄은 모두를 살리며 태어났다. 한 떨기 꽃 한 방울 휘적휘적 날아가며 배경에 수놓는 관용적인 아름다움에 모두들 하나같이 황홀하고, 싱그럽다 지칭하는 달콤한 내음에 의식들이 맑아지며, 그간 쉬고 있던 유채색 물감들이 때를 알고 물들이도록.

그렇게 그 봄은 모두를 살리며 태어났다. 전기장판과 이불을 좋아하여 좀처럼 얼굴을 볼 수 없었던 옆집의 뚱보 아이도, 미끄러진 길을 도저히 짚을 수 없어 집에만 전전하던 그 옆 집 환자 아가씨도, 밖에선 오랜 시간 있을 수 없다며 따뜻하고 음침한 곳만 고집하던 응큼한 이 씨, 박 씨 닭살 커플도 밖으로 이끌면서.

그렇게 봄은 모두들 살리며 태어났다. 눈을 녹이고 피어난 그 흔한 민들레에 기뻐하며, 얼음이 깨진 곳에 짚어지는 할머니의 지팡이에 긴장을 풀며, 그간 에웠던 찬바람을 얇은 외투 자락으로 전송하며.

그렇게 봄은 살리며 태어났다. 살리며 태어났다. 태어났다. 죽이며 태어났다. 나부끼는 가디건이 그간 불었던 찬바람을 원망하며, 종종 걸음 걸었던 한 아가씨의 높은 힐의 불안감을 녹이며, 개나리의 고개 듦이 얼음을 뚫으며, 아픔을 모르며, 모두가 환호하며, 그렇게 봄은 죽이며 태어났다. 그렇게 단 하나 죽이며 모두를 살리며 태어났다.

+ 벚꽃놀이가 한창이던 어느 날 불현 듯 겨울에게 감정이 이입됐다. 겨울 입장에선 자기가 죽이며 모두를 탄생시키는 봄이 어떻게 보일까? 웃으며 받아들일까? 사실은 많이 원망스러울까?

#029, 회사원 서씨의 하루

　서씨는 게으른 사람이었다. 왼쪽 스니커즈에 작은 돌멩이 하나가 있음에도 그걸 빼는 게 귀찮아 5일째 함께 신고 다니는 그런 사람이었다. 그의 하루는 언제나 '10분만 더 자자.' 라는 혼잣말로 시작되었으며, 출근 시간에 언제나 이 말을 후회하는 반복이었다. 그는 출근 시간을 앞두고 전전긍긍 다리를 떨었다. 어제 밤늦게까지 작업한 사업계획안을 뽑기 위해서였다. 그의 노트북은 부팅만 30분이 걸릴 정도로 느렸으며, 덩달아 프린트도 신선들의 바둑놀이만큼 여유로웠다. 급한 건 서씨 혼자였다. 허나 지금 권력을 가진 건 노트북이니 뭐라 할 수도 없었다.

　프린트가 일을 마친 건 출근 시간을 3분 남겨놓은 때였다. 그는 다 뽑은 계획안을 탁탁 정리해선 책상 위에 던져놓고 배에서 전해져 오는 야릇한 복통을 해결하기 위해 화장실로 달려갔다. 그는 장이 좋은 사람이었다. 볼일로 1분 이상을 허비하지 않는 사람이었기에 그 것은 그에게 큰 부담이 되지 않았다. 돌아온 책상 위엔 A4 용지가 즐비했다. 가방을 열 시간도 없다고 생각한 서씨는 노트북 가방에 부랴부랴 A4 용지를 넣었다. 그리곤 냅다 노트북과 가방을 챙겨 집을 나섰다. 왼 발에서 느껴지는 작은 돌멩이의 거슬림이 익숙했다. 하지만 그걸 빼내기엔 시간이 없었다.

　돌멩이와의 동거가 6일째에 접어드는 순간이었다. 현관문을 열쇠로 걸어 잠그던 서씨가 멈칫하더니 다시 문을 열고 들어갔다. 침대에 노트북 가방을 던져놓곤 냉장고를 열어 첫째 칸에 첩첩이 쌓여있는 보약 한 봉을 뜯었다. 이걸 먹지 않다니 큰 일 날 뻔 했잖아? 약을 원

샷하는 그의 마음에 안도가 쌓였다.

비로소 그가 출근길을 나섰다. 눈웃음치며 죄송하다고 하면 큰 일 없이 넘어갈 수 있는 시간이었다. 지각이었지만. 그렇기에 그가 밟는 악셀엔 낭만이 살아있었다. 그 낭만이 사라진 건 침대에 던져놓은 채로 가지고 오지 않은 노트북이 생각났을 때였다. 브레이크를 밟는 그의 오른발이 절망과 짜증으로 가득했다. 좌절이라고 해야 할까? 재빨리 유턴을 하여 집으로 돌아온 그는 널브러진 노트북을 잡아채곤 계단을 세 칸씩 내려갔다. 어떤 변명을 해야 좋을까 하는 생각으로 그의 머리가 지끈했다. 이렇게 객관적으로 정신없고 분주한 그의 오전이 시작되었다. 동시에 하루 전체를 놓고 보았을 땐 비교적 평온하다고 할 수 있는 그의 하루 시작이기도 했다.

노트북에 들어있는 A4 용지 내용이 일주일 전에 책상에 던져놓았던 폐기 기획안이라는 것을 그는 언제쯤이나 알게 될까? 그의 집 책상 위에 누워 열기를 식히고 있는 오늘의 계획안은 그런 의문을 띄우다가 오지랖이라는 걸 알고 생각을 그만 두었다. 집 안 공기는 평온했다.

+ 나는 챙기고 챙겨도 정말 중요한 것을 빼먹게 되는 걸 신이 인간에게 내린 필연적 저주라고 생각한다. 엉뚱한 과제를 제출한 직후 썼던 글이기에 더더욱 한스러웠다.

#030, 어떤 고백

"저기, 아무리 생각해도 난 너한테 뭔가를 바라고 있는 거 같아."

농담이라기엔 엉뚱하고 무거운 얘기였다.

"뭐야, 요 며칠 수업도 안 나오고 연락도 없더니 3일 만에 나타나선 한다는 첫 소리가 이래?" 라는 표정을 짓고 있었나보다. 그 녀석은 내 얼굴을 보더니 "집에 일이 있었어. 그래서 학교 못 나왔어." 라고 대답했다.

"무슨 일?"

"중요한 일."

수분 없는 말투였다. 태양에 건조시킨 듯한 뻣뻣. 뭐 평소에도 이러니까 상관은 없었다. 다만 이 녀석에게 중요한 일? 그건 관심이 갔다.

"사적인 일?"

"집안일이니까 사적이긴 해. 근데 말하기 곤란한 그런 일은 아니야."

"그럼 말해줘." 궁금했다.

"근데 그렇게 중요한 일 아니야."

"아까는 중요하다며."

"상대적으로. 중요하긴 한데 지금은 중요하지 않은 일."

뭐라는 걸까 이 병신은. 이해가 안 되니 슬슬 짜증이 난다.

"그런 게 어디 있어?"

"있네. 여기."

때릴까. 하찮은 비밀 가지고 잰 척하는 모습을 보니 왠지 분해졌다. 궁금해 하지 않을 테다. 아니, 사실 처음부터 안 궁금했다. 학교도 안 나오고 집에서 뭘 하다가 온 건지 그런 거 전혀 궁금하지 않았다. 하나도. 전혀.

"말해줘?"

"안 중요하다며."

"궁금해 하면 말해줄 수는 있어."

"됐네요."

"응. 사실 말 안 해줄 생각이었어."

'퍽!' 때렸다. 정확히 묘사하자면 배꼽이 있을 거라 생각되는 배의 중앙 하단 부분에 오른손 주먹을 비틀어 넣었다. 이 녀석이 나보다 15cm 정도 크다. 항상 분하지만, 이 순간은 매우 마음에 든다. 어퍼컷 날리기 딱 좋은 각도이기 때문이다. 쑤욱 들어가는 걸 보니 방심하고 있었군.

"우우…… 아, 컥……!"

아파한다. 잘 됐다. 아파하라고 때린 거다. 어느 정도였냐면 오랜만에 엄지손가락을 말아 쥐고 때릴 정도였다.

"아파……."

"잘 됐네. 아프라고 때린 거야."

"너무 아파."

"응, 그럼 더 잘 됐네."

"때리지 마."

"이제 안 때릴 거야."

뻥이다. 허리를 세우면 품 안으로 파고들어가 다시 한 번 복부를 가격할 거다.

"야, 우리 집에 중요한 일 있었댔잖아."

"응."

이 녀석, 허리를 세우기도 전에 화제를 바꾸었다. 공격을 예상한 걸까?

"사실 되게 큰일이었어."

"응."

"정신이 쏙 빠질 정도로 큰일이었어."

"응."

슬슬 허리가 펴신다. 근데 차마 공격을 할 수가 없다. 이리? 얘 눈이 이렇게 진지할 수가 있나? 눈동자만 다른 사람꺼를 박아놓은 듯한 이질감이다. 생전 처음 보는 눈이다. 그런 눈이 달린 얼굴이 말을 한다. 참 그런 얼굴에 어울리는 말을 한다.

"그런데 그런 큰 일 중에도 자꾸 네가 보고 싶고 궁금하고 생각나더라."

"어?"

"아무래도 나한텐 너 며칠 안 보는 게 더 큰일인가 보더라."

진지한 눈빛에 어울리는 말이었다. 근데 얘한테는 어울리지 않는 말이었다. 진지라니. 차라리 소젖으로 카레를 만든다고 해라. 아이유가 음치라고 해라. 그러나 이런 황당함을 아는지 모르는지 진지함이 이어졌다.

"난 아무래도 네가 나를 좋아하기를 바라고 있나보다. 그래야 계속 너를 내 큰 일로 만들 수 있으니까."

"……"

"사귀자. 좋아한다."

전미가 경악할 순간이었다. 카레의 원재료는 소젖이었다. 아이유는 음치였다. 단어끼리 엮는다고 말이 되는 줄 아는 건가 얘는? 앞에 보이던 녀석이 성큼 한 발짝 다가왔다.

'퍽!'

나는 지체할 것도 없이 복부에 어퍼컷을 질렀다. 그리고 도망쳤다. 뒤도 돌아보지 않았다. 귀 끝에 "안…… 때린다며……" 라는 신음이 튀었다.

안 보이 길래 걱정했더니 고작 와서 한다는 소리가…… 아니, 음…… 모르겠다. 수업 시간에 갑자기 안 보이면 걱정되고 궁금한 거 당연하잖아. 그래서 연락했는데 답변 없고 읽지도 않으면 이상하게 느끼는 거도 당연하잖아. 혹시 저번에 장난 쳤던 게 레알 기분 나빴나? 그래서 연락 안 받나 초조해도 보다가 사고가 난 건 아닐까 그런 허무맹랑한 생각까지 하다가 갑자기 복도에서 보이니까 잔뜩 심퉁나서 사과 안 하고 틱틱대는 거 당연하잖아? 별 내용 없이 편하게 잡담 떨려고 하는 사람한테 왜 그런 말을 하고 난리야……? 앞으로 얘를 어떻게 보지? 어떻게 놀지? 어떻게 장난치지……?

머리가 복잡하다. 치마 입은 채로 질주를 했더니 숨이 차기 전에 쪽부터 팔린다. 역시 더 쎄게 때려줄 걸 그랬다. 다음에는 급소를 발로 차야겠다.

+ 익숙함이 낯섦으로 변할 때가 있다. 더 나빠질까 걱정하느라 그대로를 선택한다. 하지만 신기하게도 바뀔 건 어떻게든 바뀌더라.

#031, 엄지를 물렸다

엄지를 물렸다. 오른손 엄지를 물렸다.
나는 오른손잡이인데 오른손 엄지를 물렸다.
물려버렸다.

간단히 알 수 있었다. 눈만 떴을 뿐 좀비마냥 이불 속을 허우적대는 게 매일 하루의 시작이었다. 귀한 아침 시간 30분을 이불에서 보낸 후에야 일어나는 루틴이다. 학창시절엔 내 30분을 존중해주지 못하는 엄마에게 결국 등짝을 두들겨 맞곤 했지…… 뭐 그런 일상이었다. 그렇다고 아무 것도 하지 않는 건 아니다. 눈을 뜨고 머리맡을 더듬으면 스마트폰이 있다. 켠다. 간밤에 무슨 연락이 왔지? 어떤 소식이 있지? 재밌는 영상은 뭘까?

오른손 엄지가 평소와 다름을 눈치 챈 건 그 때였다. 불현 듯 자기 전의 상황이 생각났다. 후텁지근하고 찝찝한 밤 공기가 계속 되던 7월. 웬일로 선선한 바람이 들어왔다. 그 바람에 기분이 좋아져 항상 켜고 자던 선풍기도 끄고, 산뜻한 마음으로 누웠다. 매일 발로 차던 이불까지 배에 덮었다. 뿌듯했다. 발을 높게 하고 자면 혈액순환에 좋다는 기사를 본 기억이 나서 남은 베개 하나를 발 밑에 깔았다.

익숙하지 않았다. 평소 베개를 안고 자기 때문이다. 안아야 할 베개가 발 밑에 있으니 오던 잠도 달아났다. 옆으로 돌아누웠다. 안 되겠다. 발 밑에 베개를 뺐다. 왼 쪽 다리를 ㄱ자로 구부린 채 오른쪽으로 돌아 누운 이른바 4 자세를 했다. 그때였다. '위이잉' 하는 소리가 왼쪽 귀를 자극했다. 눈에 보이지 않았지만 분명했다. 모기 소리였다.

불현 듯 저녁 먹을 때의 상황이 생각났다. 눈으로는 TV를 보며 김치찌개 국물에 밥을 말아먹고 있을 때였다. 예능을 보며 피식대다가 이내 박장대소를 터뜨렸다. 그래서 시선이 천장 쪽으로 갔다. 어? 모기다. 벽에 작은 모기 한 마리가 보였다. 웃음이 가셨다. 더 이상 나에게 TV는 중요하지 않았다. 살금살금 다가갔다. 서두르다가 소리라도 냈다간 "나 잡아주소." 하며 앉아있는 저 녀석을 잡을 수 없다. 다행히 그 모기는 내가 벽 근처에 도착할 때까지 가만히 있었다. 손을 뻗으면 닿을 거리다. 미안하다. 모기야. 너도 너 나름대로 원대한 포부를 가지고 태어났겠지. 그렇지만 난 너 같은 녀석을 많이 만나봤어. 우습게 보고 놔뒀다가 혹여 물리기라도 하면 결국 고생하는 건 나거든.

불현 듯 여러 가지, 구체적이지 않은 시간의 여러 상황이 생각났다. 자그맣게 여러 곳을 물어서 온 몸을 긁게 했던 모기, 예상도 못 했는데 물고는 홀연히 자취를 감추어 다시는 볼 수 없었던 모기, 있는 듯 없는 듯 하더니 어느 날 갑자기 왼쪽 가슴 전체를 뻘겋게 할 정도로 커다란 흉을 만들어 낸 모기. 지금까지 살면서 다양한 모기를 겪어보고 물려봤지만 언제나 가려웠다. 다 그런 지는 모르겠다만, 난 유독 모기에 물리면 참을 수 없을 정도로 가렵다. 지금 이 모기에게 물린다면 나는 또 여러 날 동안 괴롭겠지. 그렇기에 물리기 전에, 물려서 그 흉이 커지기 전에, 커진 흉이 옷에 쓸려 시도 때도 없이 가렵기 전에 잡아야 한다. 나와 모기 사이는 손 내밀면 닿을 거리다. 지금이 중요하다. 여기에서 확실히 쳐내지 않으면 눈치 빠른 모기가 눈과 손에 닿지 않는 곳으로 사라질 것이다.

앞서 말한 모든 비극들이 시작되겠지. 더 이상은 싫다. 간지러운 건 신물이 난다. 오른 손을 정갈하게 펴고 있는 힘을 다해 스매싱을 날렸다. 그게 저녁 먹을 때의 일이었다. 결국 모기를 잡지 못 했다. 모기는 이리저리 날아다니다가 자취를 감추었다. 귀를 자극하는 이 기분 나쁜 소리는 그 때 그 모기가 분명했다. 땀 냄새를 맡고 재림한 것임이 분명해. 목적은 산책이 아닌 흡혈일터. 허락할 수 없었다. 하지만 문제는 내가 이미 잠잘 준비를 마쳤다는 거였다. 모기를 잡아야 한다는 생각과 달리 내 의식은 몽롱해졌다. 결국 그냥 귀를 몇 번 휘적이는 행동으로 모기를 내쫓은 나는 단잠에 빠져들었다.

그게 자기 전의 일이었나. 뗑뗑하게 부어있는 엄지 손가락을 보며 어째서 더 조심하지 않았는지, 이렇게 될 때까지 내버려두었는지 후회했다. 그렇다고 뭐 어쩔 것인가? 엄지는 이미 부은 것을. 처음 발견할 땐 자그맣게 튀어나오는 정도였는데 어느새 손가락 전체가 부을 정도로 흉이 커져있었다. 이렇게까지 커지니 심지어 아프다. 왼쪽 손톱을 세워 오른쪽 엄지에 ┼자를 꾹꾹 내고 침대를 박찼다. 별로 좋지 않은 아침이었다.

"……라는 얘기야." 라는 말로 오늘 아침에 있던 일을 요약했다. 커피 잔을 집어들다가 엄지가 닿았다. 아파……! 젠장, 이 세상엔 엄지를 쓰는 일이 너무 많다. 몰라도 될 지식을 이렇게 알게 되는구나.

"그래서 그 모기는 잡았어?"

맞은 편 친구가 물었다.

"아니, 못 잡았어. 신경질이 나서 잠깐 찾아봤는데 안 나오더라."

"그럼 어쩔 생각인데?"

"어쩌긴? 불편한 채로 있어야지."

어느덧 새살이 봉긋 올라와 있는 엄지에 무자비한 열십자를 날렸다. 연고를 바르기도, 물파스를 바르기도 애매한 부위이다. 그러다보니 할 수 있는 최소한의 조치(열십자)를 반복할 수 밖에 없었다.

"많이 불편해?"

친구의 질문은 올바르면서도 상투적이었다. 내가 고개를 끄덕이자,

"모기 물려서 아프다는 사람은 처음 본 것 같다. 그런 곳을 물리면 아프기도 하구나……"

"아픈 게 문제가 아니야. 엄지는 눈에 너무 잘 보이잖아? 그래서 그런지 신경이 너무 많이 쓰여, 다른 거 조금만 하려고 해도 엄지를 쓰지 않고 하는 일이 없더라? 오히려 모든 신경이 엄지로 집중되는 느낌이야. 차라리 엄지를 어디에 묶어놔야 하나? 차라리 잘라버릴까? 이런 생각까지 든다니까?"

"모기도 참 별나네. 하필이면 물어도 그런 곳을 물었대!? 다른 피 많아 보이는 곳 다 놔두고."

"그러게……"

납득. 이 모기 참 별나다. 살집 많고 혈관 탱탱한 곳 놔두고 왜 이런 협소한 곳을 물었을까? 아픈 기억이 떠오른다. 애매한 부분 많이 물렸었지. 작년엔 발바닥에 물려서 고생했고, 코 가운데를 물려서 마스크 쓰고 다닌 적도 있다. 하지만……

"누굴 탓 하겠어. 모기 있는 거 알면서도 방치한 내 탓이지."

"그래. 결국 네 잘못이지."

"그렇지만 모기에 물리게 된 것 자체는 내 의지가 아니고 자다보니 결국 그렇게 된 거잖아."

"그것도 그렇지."

"…… 뭘 말하고 싶은거야?"

"그러는 넌 뭘 말하고 싶은건데?!"

"…… 뭘 말하고 싶은걸까?"

"그러게. 뭘 말하고 싶은거야?"

"몰라……"

정말 모르겠다. 이런 거 따져본들 어쩌겠는가? 지금 당장 급한 건 물려서 땡땡해진 내 엄지였다. 이 엄지를 누가 문 거든, 모기를 안 잡은 걸 후회하든 안 하든 지금은 엄지만 보인다구! 난 내가 놓친 모기가 작은 모기라고 생각하고 있었다. 그런데 아니었다. 작은 모기든 큰 모기든 일단 물리면 물린 거였다. 모기에게 물리면 어쨌든 가렵다. 아메리카노를 쭉 빨더니 친구가 다시 입을 열었다.

"집에 가서 어쩔 거야? 너 문 모기는?"

"음…… 글쎄? 보이면 잡고 안 보이면 별 수 없지 뭐. 나 없는 새에 다른 어딘가로 갔을 수도 있는 거고."

"똑같은 모기한테 두 번 물릴 수도 있는 거잖아?"

"내 인생이 이런 건가 해야지."

"도 닦냐?!"

"매일 몸 닦기는 하는데……"

맞았다.

"아파."

"아프라고 때린 거야. 애가 엄지 하나 물린 거 가지고 뭐 그렇게 무기력해있어?"

"나 무기력해보여?"

"엄청! 지금 네 말 들어보면 모기 다 클 때까지 가만히 키우겠다는 소리로 들리거든?"

"그런가……"

"그래."

엄지를 보았다. 다시 봉긋이 올라있었다. 손톱으로 꾸욱꾸욱. 젠장, 아팠다.

"야."

"왜?"

"모기에 안 물리고 살 수는 없을까?"

"죽으면 가능할걸?"

"…… 물려야겠네. 이렇게나 괴로운데도……"

"죽는 것보단 나을테니까."

"응."

잔인한 녀석. 하지만 맞는 말이었다.

+ 내 마음을 무는 모기도 얄짤 없다. 아프고 가려운 걸 알면서도 그 조금을 못 해서 반복한다. 그리고 후회하고 다시 돌아온다.

#032, 습수 신발

"습수 신발이라고 혹시 들어봤냐?"
"습? 그게 뭐냐?"
무심한 시선에 호기심이 담겨 돌아왔다. 의기양양하게 대답했다.
"방수 신발은 들어봤지?"
"들어봤지."
"이건 그거의 반대 개념이야."
"앙?"
"내가 그 존재를 알게 된 건 몇 달전에 비가 오는둥 마는둥 애매하게 가랑비가 내리던 그 날이었어. 너도 아마 기억할 거야. 비가 오랜만에 오기는 했는데 "어? 비온……" 까지만 말하고 그쳤을 정도로 엄청 잠깐 왔잖아. 그래서 땅도 젖긴 했는데 물 고인 곳 하나 없이 애매했던 날."
"확실히 있었지. 그런 날……"
"그 때 우산을 가지고 오지 않았던 사람들은 하나같이 안도의 한숨을 내쉬었어. 나 역시 마찬가지였지. 혹시 비가 또 내리기 전에 집에 가야겠다 판단한 나는 네 숟가락에 먹을 수 있는 새우볶음밥을 단 두 숟가락에 먹고 일어났어. 하늘은 쾌청했어. 급한 볼일 마치고 상당히 평온해보이는 그런 날씨와 구름이었지. 그런데 그런 하늘 아래를 걷던 나는 평소와는 다른 이상한 기분을 느꼈어. 발 아래에서."
"발 아래에서?"
"그래. 그건 참 이상하고 익숙한 기분이었어. 이걸 뭐라고 형용해야 알맞을까? 음…… 그래. 그건 즙즙한 느낌이었어."

"그게 뭐야……."

"비 엄청 와서 신발 젖었을 때 양말이랑 신발 밑창이랑 닿으면서 나는 그 끈적찐적한 그 느낌 있잖아. 넌 밑창이 아니고 깔창이겠네."

"죽는다? 여튼 어떤 느낌인지는 알겠어. 근데 말이 안 되잖아. 그때는 물 고인 곳도 없이 애매하게 비 왔다며?"

"그래! 그러니 이 대발견을 할 수 있었던 거야. 분명 그런 날씨였어. 땅 살짝 젖은 그런 날씨였는데 내 신발은 습수 신발이었던 거야! 모을 습에 물수! 이 신발은 지면에 고루 퍼져있는 물기를 모두 신발로 흡수하여 덜마른 대지에서도 바다 위를 걷는 느낌을 느끼게 해주는 이 시대의 혁명 아이템이었던 거야! 난 이 신발 덕에 모두가 무더워하는 그 날씨 속에서 혼자 백사장을 거니는 착각을 할 수 있었지. 이 신발은 최고야! 건조한 현대사회의 인심과 정서에 시원한 등목 한 사발을 찌끄려줄 수 있는 레볼루션에코그린 아이템이라구……!"

자랑스레 엄지를 뻗으며 말을 끝낸 나를 보며 친구는 떡볶이 하나를 집어먹었다. 어묵에 휘감아 상당히 효율적인 한 포크질이었다. 오물오물. 다 씹고 삼킨 친구가 포크로 날 삿대하며 말했다.

"헛소리말고 신발이나 하나 사. 밑창 다 떨어진 걸 대체 왜 신고 다녀……?"

"네……." 엄지발가락이 부끄러운지 고개를 움츠렸다.

\+ 가끔 긍정은 쉽게 갈 일도 돌아가게 만든다. 현실에 발을 붙인 채 긍정적이어야 하는 이유이다.

#033, 그리 많은 환승역

딱히 그녀는 게임을 좋아하지 않았다. 하지만 음악 감상을 좋아했기에 리듬게임 하나를 핸드폰에 깔아놨다. 킬링타임용이었다. 기본 곡을 전부 클리어한 뒤 질려 하지 않았는데 얼마 전 공지를 봤다. 대규모 업데이트로 신규 곡이 늘어난다는 소식이었다. 어떤 노래일까? 흥미가 생겼다. 업데이트 버튼을 눌렀다. 실패했다. 왜? 용량이 큰 게임이라 폰에 사여공간이 부족했기 때문이다. 그급해졌다. 몰랐다면 상관 없지만 업데이트 사실을 안 이상 이제 꼭 해야만 했다. 그녀는 궁리하였다. 잔여공간을 마련하기 위해 일부 어플을 지웠다. 쓰지 않는 SNS도 지우고, 쇼핑몰 앱도 지웠다. 카카오톡도 지울까하다가 말았고, 리듬게임도 지웠다. 업데이트된 버전을 새롭게 깔 생각이었다. 이게 문제였다.

우여곡절 리듬게임 2.0버전이 깔렸다. 그리고 심장이 덜컥했다. 아뿔싸. 기존에 이루었던 업적이 대부분 초기화되었다. 그제서야 떠올랐다. 오랫동안 이 게임의 동기화를 하지 않았다는 것. 자동 동기화 버튼을 해제했었다는 것. 온전히 본인의 부주의라서 복구 요청을 할 수도 없다는 것. 그녀는 무거운 한숨을 쉬었다. 이걸 언제 다시 하나…… 하지 말까? 하지만…… 이미 알아버렸잖아. 업데이트 곡이 많이 있다는 거. 궁금했다. 다시 폰을 잡았다. 이걸 어느 세월에 다시 하지? 짜증이 났다.

근데 의외로…… 재밌었다. 기존에 얻었던 곡 상당 수가 사라졌지만 되찾는 즐거움이 있었다. 무엇보다, 이미 했던 곡인지라 올 콤보도 쉬웠다. 원래 상태로 돌아가는 거 간단하겠는데? 그녀는 그런 마음으로 지하철에 앉아 열심히 게임을, 재기를 노력했다.

그런 그녀의 옆에 한 남자가 한숨을 쉬며 꾸벅꾸벅 졸고 있었다. 그는 자신감이 넘치는 사람이었다. 어릴 때부터 어머니에게는 아버지 욕을, 아버지에게는 어머니 욕을 경청하며 부모의 분노를 풀어주던 사람이었다. 그는 그 스트레스 가득한 상황 속에서도 '내가 남의 말을 잘 들어주는구나.'를 발견할 수 있는 사람이었다.

그는 밖보다 속으로 말하는 사람이었다. 그 장점을 이용해 남들과 대화할 때 경청하는 이미지가 될 수 있었다. 그는 이러한 강점을 발휘할 수 있는 직업을 찾았다. 여러가지가 있었으나 경청 후 상대방의 밝은 웃음까지 볼 수 있는 직업으로는 심리상담사가 있다고 판단, 상담사가 되기 위해 노력했다. 그는 자신이 있었다. 어릴때부터 남의 이야기를 들어주었으니까. 그것만 해온 사람이니까 최고의 경청자가 될 수 있을거야. 이게 문제였다.

전문가가 되기 위한 과정에서 지도교수에게 들은 첫 번째 피드백은 "자네는 다른 사람의 이야기를 잘 듣지 못 하는군." 이었다. 믿을 수 없었다. 그가 구축한 세상에 있을 수 없는 이야기였다. 지도교수는 객관적인 정보로 그의 반박을 반박했다. 결국 그는 처음으로 인정했다. '나는 사람 얘기를 잘 듣는게 아니다. 다른 사람 이야기에서 떠오른 내 생각에 빠져있는 사람이다.' 그는 무거운 한숨을 쉬었다. 이걸 언제 다 다시 하나…… 목적을 상실하니 내가 지금까지 잘못하고 있었구나 싶고, 무엇보다 이미 했던 공부들이 아무짝에도 쓸모없었구나 싶었다. 되돌리기엔 이미 늦어버렸네? 그는 그런 절망감으로 졸았다. 허무하게 지나가는 시간을 그렇게 외면하였다.

지하철이 멈췄다. 게임에 열중하던 그녀가 정차역을 확인하고 일어났다. 그 역시 깜짝 놀라 일어났다. 내린 역은 동대문 역사문화공원이었다. 온갖 환승역이 모인 곳이었다. 그와 그녀는 각자 집을 향했다. 얼굴 한 번 제대로 보지 않은, 그저 지하철 옆자리에 잠시 있었던 인연이었기에 목례도 없었다.

있는 지도 모를 것이다.
모를 것이다. 둘이 참 닮은 마음이고, 다른 마음이라는 걸.

+ 지금 같은 상황이라고 어찌 결과도 같을까. 선택이 다른데.

#034, 문이 꽉 잠겨 있는 방

그 소리는 예사 소리가 아니었다. 그가 듣기에.

쇠가 끌리는 듯했다. 하지만 쇠보단 가벼운 것이었다.

소리는 끌리는 소리였으나, 왠지 뭐가 떨어지는 소리 같았다.

규칙적이지 않았다.

뚝. 투둑. 뚜둑. 툭. 투툭. 뚝투두둑. 뚜둑. 툭.

불쾌했다. 듣기 싫은, 무시할 수록 귀로 파고드는 소리였다.

그는 주변을 살폈다.

두 사람이 더 두리번거리고 있었다. 들었나보다.

그는 확실히 알고 있었다.

문이었다. 문 너머 방에서 그 소리는 들렸다.

범상치 않은 일이 벌어지고 있음이 분명했다.

그는 달려갔다. 문을 열어 확인해봐야 했다.

허나. 잠겨있었다. 이런.

문을 쾅. 콰앙. 끼긱. 끼기긱. 안 열렸다. 이런.

차면 열릴까? 쾅! 부딪히면 열릴까? 콰왕!

그 소리는 예사 소리가 아니었다. 그들이 듣기에.

달려가는 발소리가 다급했다. 그리고 숨은 가빠보였다.

쾅. 콰앙. 끼긱. 끼기긱. 쾅! 콰앙!

갑자기 뭐지? 그들은 그를 살폈다.

문이었구나. 그는 문을 열고 싶은가보다.

범상치 않은 일이 벌어지고 있음이 분명했다.

그들은 지켜봤다. 문을 열어 확인해봐야 했다.
소리는 잠시 계속 되는 듯 하더니 이내, 열렸다.

깨끗했다. 아무 것도 없었다. 당연히, 아무, 일도 없었다.

그 소리는 예사 소리가 아니었다. 그가 듣기에.
그 소리는 예사 소리가 아니었다. 그가 생각하기에 그들이 듣기에.
그 소리도 예사 소리가 아니었다.
그들이 듣고 그를 보고 판단하기에.
방에는 아무 일도 없었다. 하지만 그들에겐 이미 일이 있었다.
방에는 무슨 일이 있었다. 하지만 일부에겐 아무 일도 없었다.

그는 생각했다. 필시 무슨 일이 있었다고. 아무 일도 없는 것처럼 보이니 필시 굉장히 커다란 일이 있었을 거라고.

사실…… 그가 옳았다. 아니, 옳지 않았다.
옳으면서 옳지 않았다. 옳지 않으면서 옳지 않지만도 않았다.

+ 진실을 보는가 판단을 보는가? 그 전에 진실을 볼 수 있는가? 진실을 진실이라 알 수 있는가?

#035, 범국민적 궁상맞음

그가 스스로 생각하기에 그에겐 참으로 쓸모없고 하찮은 능력이 있었다. 능력? 뭐, 능력이라고 해두자. 놀랍게도 이 하찮은 능력을 꽤 많은 사람이 부러워했다. 일부는 혀를 내둘렀고, 일부는 혀를 찼다. 능력이 뭐냐고? 그의 능력은 궁상맞음이었다. 조금 더 이해하기 쉽게 설명하겠다.

그는 부서부서라는 과자를 좋아했다. 생라면의 와득아그작한 식감을 살리면서도 다양한 스프로 매력을 선보이는 부서부서가 과자계의 혁명이라고 생각했다. 이전에 그는 시토스 바비큐맛을 주로 먹었다. 하지만 부서부서가 나온 이후 더 이상 시토스를 사지 않았다. 그 때부터였다. 과자의 가격이 오르기 시작했다. 시토스를 동반한 많은 과자들이 1,000원을 넘는 고가 음식이 되어버렸다.

하나 더 추가하겠다. 대부분의 인류가 그러하겠지만 그도 치킨을 좋아했다. 고기 3대장이라고 불리는 소고기, 돼지고기, 닭고기 중에 닭고기를 가장 좋아했다. 그 중에서도 치킨을 가장 좋아했다. 소고기는 좋아하지 않았다. 그래서인지 세 고기 중에 소고기가 가장 비쌌다. 반면 닭고기는 쌌다. 적어도 그의 집에서 치킨은 '축하'의 다른 표현이었다. 그가 우수상을 타오거나 좋은 성적을 받으면 어김없이 그 날 저녁에 치킨이 배달되었다. 물론 계산은 아버지가 했다. 그런 치킨이기에 그에게 '치킨'은 기쁨이었다. 하지만 대학교에 들어가고 회식이 잦아지며 치킨이 흔해졌다. 더 이상 기념일에만 먹는 소중한 음식이 아니었다. 조금씩 천천히 그는 치킨이 질렸다. 몇 달 뒤 치킨의 가격이 올랐다. 2만원이 넘는 치킨이 생겼고 적지 않은 야식인들이 충격을 먹었다.

 이랬다. 그가 가장 좋아하는 것은 언제나 궁상맞은 자리를 지켰다. 그가 좋아하는 건 어김없이 다른 것보다도 쌌다. 저렴했다. 적어도 그에게 그 능력은 실감 나지 않았다. 다른 것이 비싼들 무슨 소용인가 안 사먹는 것을. 그의 세상은 언제나 저렴한 좋아하는 것으로 가득한 것을. 애석하게도 그에게 의식주는 그 이상의 의미를 가지지 못 했다. 의는 입는 것, 식은 먹는 것, 주는 사는 곳이었지 그 이상이 아니었다.

 내 집 바닥이 더러워지고 옷이 비싸지고 식비가 부담스러워지는 이유가 그의 궁상맞음 때문이라는 걸 누가 알아 챌 수 있을까? 그는 자기도 모르는 새 세상의 경제권을 쥐어잡고 있었다. 비극은 그의 흥미가 고작 부서부서 수준이었다는 사실이다. 그 덕에 아직도 부서부서는 1,000원을 넘지 않았다. 그가 조금만 세속적이었다면, 흔한(어쩌면 권장하는) 욕망을 가졌다면 세상은 지금과 많이 달랐을테지만⋯⋯

 어쩌겠는가. 그는 사는데 만족하는 사람이었다.

 그에게는 자연스러웠고, 많은 사람들에겐 비극이었다.

+ 행복과 만족의 기준이 내게 있을 때 세상은 바뀌지 않은 채 풍족하다. 그럼에도 불구하고 여전히 밖에서 찾아 헤매는 사람이 더 많다니 아쉬운 일이다.

#036. 생기는 것과 사라지는 것.
아, 잘못 썼다. 생기면서 사라지는 것.

그 변화는 누구도 예상하지 못 했지만 빠르게, 그리고 확연히 왔다. 심지어 치명적이었다. 임박사의 어린 시절은 가난했다. 전형적이지만 가장 확실한 표현으로 '찢어지게' 가난했다. 도박과 알콜에 중독된 아버지는 아빠라고 부르기에 지나치게 민폐인 존재였고, 위암이 전이되어 간과 췌장까지 번져 있는 어머니는 엄마라고 부르기에 지나치게 나약한 존재였다. 하루하루 살아갈수록 늘어나는 빚 앞에 3일을 물밖에 먹지 못 한 여느 점심. 길을 가다가 우연히 무언가를 주움으로써 그의 일상에도 묘한 변화가 찾아왔다. 그 물건은 기차표였다. 누가 예매해놓고 잃어버린 것이리라. 이틀 후 새벽 1시 13분 용산행 무궁화호 열차의 기차표를 가지고 고민고민하던 그는 마침내 엄마 방을 보며 '내가 돈 많이 벌어서 엄마 꼭 살려줄게!' 라는 결심과 함께 출가를 감행했다. 마음은 무거웠지만 어깨는 가벼운 새벽이었다.

변화란 게 항상 밝은 쪽만 있을까, 꼬질꼬질한 열 다섯 살 짜리가 쉽사리 돈을 벌 수 있도록 사회는 허용하지 않았다. 여차저차 일을 하고, 이용당하고 배신당하고 버림받고 어떨 땐 맞기도 하며 처절하게 살기를 3년. 아직도 성년이 되지 않은 그의 눈엔 독이 서렸다. 헌 책방 구석 허름한 지하방에 살던 그는 밤이 되고 문이 닫히면 방을 기어나와 닥치는대로 책을 읽었다. 책에는 무한한 세상이 담겨 있었다. 그 세상에 따라 생각을 키우며 그의 독기에 오기가 얽혔다. '성공하자' 라는 오기였다. 그는 하루하루 그 전날보다 독해졌다. 그는 즐겁지 않고, 즐기지 않고, 그렇게 세간에서 말하는 '성공'을 했다.

생명공학계열 석사를 마친 그가 12년만에 집에 돌아가 본 광경은 신식 병원 건물이었다. 기억 속 집이 형체도 없이 사라져 있었다. 물어 물어 소식을 들으니 이미 아버지도 어머니도 돌아가신 지 오래였다. 아버지는 술 취한 채 귀가하다 논바닥에 떨어져 실족사, 그런 아버지만 기다리며 몸 하나 가누지 못 하던 어머니는 끔찍하게도 고독한 아사. 둘 다 개죽음이었다. 어느 정도 예상했던 그는 딱히 슬프지 않았다. 그냥 가슴 한 곳이 막힌 듯 뜨거워지는 불쾌한 기분을 안고 다시 용산 가는 기차에 탔을 뿐. 그가 지금 <NSV-366>을 만든 데에는 이런 바탕이 있었다. 그는 가난한 사람도 알약 하나로 일일 영양과 포만감을 유지하게 하겠다는 일념으로 움직였다. <NSV-366>은 그 바람을 이뤄줄 결과물이었다. 정부와 식약청, 보건복지부 등을 상대로 혼신의 싸움을 하며 NSV의 상용화를 이루어냈고, 한 알 당 2,500원에 도장을 찍었다. 오늘은 늘어지게 잘 수 있겠다는 희망으로 잠자리에 든 그는 만면에 행복한 미소를 띄운 채로, 영원히 일어나지 못 했다. 과로사였다.

식량난이 사라지면서 변화가 왔다. 그 변화는 누구도 예상하지 못했지만 빠르게, 그리고 확연히 왔다. 심지어 치명적이었다. 인간에게 있어서 필수적인 3요소 의,식,주. 이에 풍요가 자리잡으며 의,식,주에는 여러 가지 부가적인 의미가 붙었다. 단순히 입는 것이 아니라 나를 나타내는 개성이자 또 다른 얼굴이 바로 옷이었다. 단순히 먹는 것이 아니라 선택하여 기호대로 이용할 수 있는 스트레스 해소가 바로 식이었고, 단순히 자는 곳이 아니라 나의 부와 능력, 심신의 안정까지 나타내는 곳이 바로 주였다. 그런데 이 3요소에서 더 이상 '식'이 필요하지 않다니! 많은 학자들이 "요식업은 죽었다."고 선언했고, 음식점의

줄줄이 폐업을 예상했다. 예상대로였다. 이제 굳이 아무 식당이나 가서 끼니를 떼울 필요가 없었다. 밥을 못 먹게 되면 안 먹으면 그만이었다. 애써 돈을 써가며 맛 없는 음식을 소비할 필요가 없으니까. 하지만 세상엔 여전히 맛있는 게 많았다. 그리고 맛있는 기억은 사람들 뇌리에 떠나지 않았다. 더 이상 음식을 먹을 필요가 없었지만 사람들은 점점 맛있는 무언가를 위해 자신의 지갑을 열었다. 맛이 없거나, 그저 그런 가게들이 망했다. 동시에 많은 가게가 번창했다. 맛이 있거나, 독특한 가게였다. 싸구려 식재료나 비위생적인 환경이 한 번이라도 걸리면 즉시 폐업 조치였기에 철저하게 관리되었다. 검증된 맛집을 찾아주는 '맛집캐스터'라는 직업이 각광받기 시작했고, 맛의 평점을 통계로 잡아 부가 수익을 창출하는 음식 주식 사업 역시 끝을 모르고 발전했다. 이제 먹는 건 고상하고 사치스러운 일이 되었다. 필요에서 선택이 되어버린 <음식>은 어느새 있는 것들의 전유물이 되었다. 전주 맛집으로 유명한 분식집 탕수육이 1인분에 62,000원이었으나 고객들의 입가엔 행복과 미소만 가득했다.

44,600원 하던 비빔냉면집이 겨울 마감 세일로 20% 할인 판매를 시작했다. 시내를 엄마와 같이 걷던 임모 어린이가 엄마 치맛자락을 잡아당겼다. 엄마는 안 된다며 고개를 저었다. 몇 번을 당겼지만 이내 가던 길을 그대로 걷게 된 아이는 입이 뾰죽 튀어나온 채로 생각했다.

'내가 나중에 크면 원하는 사람 누구나 음식을 먹을 수 있게 해주는 그런 사람이 되어야지……!'

+ 그대의 결핍을 살펴보라. 그대에게 필요한 것인가? 그저 없는 것인가?

#037. 흔한 시나리오

1. 약을 팔기 위해 우선 질병을 판다. 질병에 걸리게 하고나면 약을 판다.

2. 약을 팔기 위해 우선 질병을 판다. 질병에 걸리게 하고나면 더욱 간절하게 만들기 위해 기다린다. 약값이 오른다. 약을 판다.

3. 약을 팔기 위해 우선 질병을 판다. 질병에 걸리게 하고나면 더욱 간절하게 만들기 위해 기다린다. 약값이 오른다. 기다린다. 약값이 더 오른다. 약을 판다.

4. 약을 팔기 위해 우선 질병을 판다. 질병에 걸리게 하고나면 더욱 간절하게 만들기 위해 기다린다. 약값이 오른다. 기다린다. 약값이 더 오른다. 이미 기존 약을 샀었던 이들은 그 약을 살 값이 없다. 일부가 질병으로 인해 죽는다. 질병으로 인해 죽는 이의 입을 막기 위해 약값을 내린다. 살아남은 이에게 약을 판다. 약을 판 이는 겸손 및 구세주 마케팅으로 부수입 역시 챙긴다.

5. 약을 팔기 위해 우선 질병을 판다. 질병에 걸리게 하고나면 더욱 간절하게 만들기 위해 기다린다. 약값이 왜 오를 수밖에 없는지 기존 피해자 및 현 피해자들이 의구심을 갖는다. 이미 충분한 약이 있는데도 불구하고 배포하지 않았음이 밝혀진다. 이 사실을 알린다. 전국민이 들고 일어난다. 기다린다. 잊혀진다. 몇몇 잊지 않은 이가 노력한다. 재정이 끊긴다. 생업이 막막하다. 점점 잊는 이가 많아진다.

6. 그럼에도 불구하고 약을 팔기 위해 우선 질병을 판다. 질병을 보자마자 모든 이들이 의심부터 시작한다. 기다린다. 나와 같지 않으면 모두 의심한다. 기다린다. 의심한 이들끼리 갈등한다. 기다린다. 의심

한 이들끼리 다툰다. 기다린다. 잊혀진다. 기다린다. 재정이 끊긴다. 생업이 막막하다. 기다린다. 질병때문에 싸우기 시작했다는 자체도 잊혀진다.

7. 질병이 생긴다. 전 국민이 의심한다. 전 국민이 갈등한다. 전 국민이 다툰다.

8. 전 국민이 의심한다. 전 국민이 갈등한다. 질병이 생긴다. 전 국민이 다툰다.

+ 무엇이 질병인가? 그 구분에 질병이 끼지 않았다고 확신할 수 있는가?

#038, 100개보다 2개

맹수를 만났을 때 대처법을 100가지나 알고 있는 여우가 있었다. 어느 날 소가 와서 "너 진짜 대단하다. 난 두 개밖에 모르는데……" 라며 부러워했다. 당연히 여우는 우쭐했다. 그러던 도중 사자가 나타났다. 소는 곧바로 자신이 알고 있는 '바위 뒤로 숨기'를 시전하였다. 여우는 자신이 알고 있는 100가지 방법 중에 가장 효과적인 것이 무엇일지 장단을 재어보나가 사자에게 그대로 물렸다.

배가 그득이 찬 사자는 만족스런 표정으로 그 자리에 드러누워 이내 드르렁 코를 골았다. 사자가 자는 걸 확인한 소는 그제서야 바위를 나와 안도의 한숨을 쉬었다. 소가 아는 방법은 두 가지였다. 하나는 바위에 숨기, 둘은 인근 멍청해보이는 놈을 미끼로 던져놓기.

+ 멀티태스킹이 이렇게 삶에 도움을 준다. 퓨전 만세.

#039. 그는 새우잠을 잤다. 자기 위해 새우잠을 잤다

그의 유년 시절은 가난했다. 겨울이 되면 헐거운 문틈으로 추위가 들어오곤 했다. 집에서 덜덜 떠는 경험은 그에게 낯설지 않은 것이었다. 그는 그럴 때마다 새우잠을 자곤 했다. 추워서도 그러했지만, 허리를 최대한 구부린 채 베게로 배를 압박하는 그 자세는 배고픔을 잊게 하는 요긴한 자세였다.

나이를 먹고, 이사를 가면서 더 이상 시골 문틈이 만들어내는 매서운 추위와 싸우지 않아도 됐다. 버튼 한 번으로 집 전체를 따뜻하게 덥힐 수 있었다. 그는 더 이상 집 안에서 떨지 않아도 되었으며, 언 발을 녹이기 위해 동생 품으로 발을 들이밀지 않아도 되었다. 새우잠 역시 필요가 없었다. 당연한 것이었다. 더 이상 춥지 않으니까. 그러나 그는 잘 때가 되면 어김없이 새우 모양새를 내었다. 특히 베게로 배를 누르지 않고서는 절대 잠에 들지 못 하였다. 베게로 배를 누르지 않으면 이내 배에서 꼬르륵 소리가 나면서 허기를 느꼈기 때문이다. 그래서 그의 베게는 배는 용과 배에 가는 용 두 개였다. 배는 용이 보충용이라면 배에 가는 용은 필수였다. 그래서일까. 그는 벨트를 허리 깊숙이 압박하고 다니는 것을 선호하였다. 촌스러운 배바지에, 보기 위태할 정도의 졸라맴은 주변 사람들을 불편하게 하였다. 그가 낸 해결책은 헐렁하고 긴 티셔츠를 입는 것이었다. 그가 후줄근하게 다니는 것에는 그러한 이유가 있었다.

어느 날은 술 한 잔 먹지 않은 채로 음식으로만 3차를 다녀왔다. 저녁을 먹고, 카페에서 후식을 먹은 그는 친구의 주장에 따라 야식까지 먹고 온 것이었다. 지칠대로 지친 그는 신발을 아무렇게나 나부낀 채

집으로 들어섰다. 씻어야지 하는 마음은 바람이 아니고 당위였다.

    재꼈다. 밸트를 풀자 장기간의 압박에 쪼여있던 뱃가죽이 선명한 압박 자국으로 드러났다. 조금만 더 진했다면 자국이 아닌 피로 여겼을 것이다. 그는 던지듯 침대에 앉았다. 스프링이 깜짝 놀라 끼긱거렸다. 여전히 배가 불렀다. 이렇게 거침없이 많이 먹어본 적이 언제던가. 단짠의 사슬에 묶여 허용치 이상을 먹었다는 느낌이 후회와 함께 몰려왔다. 먹는 것으로 피곤하다니 복에 겨운 일이었다.

    피곤한 그는 침대로 이기직 기어들어갔다. 겨울이었지만 속옷 바람이었다. 걱정 없었다. 보일러를 켜놨기 때문이었다. 또한 걱정 없었다. 전기 장판이 있기 때문이었다. 폭신한 베게 하나를 머리에 벤 그는 비교적 단단하고 꽉 차있는 베게를 배로 가져다 대었다. 걱정 없었다. 배가 가득 차 있기 때문이었다. 베게를 강하게 누를수록 기분 나쁜 토악감을 느낀 그가 베게를 배에서 떼어냈다. 걱정이 생겼다. 베게가 없이는 잠을 잘 수 없기 때문이었다. 그는 다시 베게를 배로 가져다 대었다. 문제가 있었다. 배가 가득 차 있기 때문이었다. 토악감에 베게를 떼어내자 그는 잠에 들 수 없었다. 베게를 누르자 그는 포만감에 잠에 들 수 없었다. 그는 그렇게 한참을 강약 조절을 하다가 신경질적으로 몸을 일으켰다. 잠에 들 수 없었다. 그는 일어났다. 운동을 하기 시작했다. 소화를 시켜야 했기 때문이다. 이 소화가 어서 되어야 나는 배고픔을 참으며 잠에 들 수 있을거야. 그는 생각했다. 걱정 없었다. 베게는 그대로였기 때문이다.

\+ 습관은 무지성이다.

#040, 사회 부적응자

또 혼났다. 그녀는 부장 방을 나서자마자 몸을 부르르 떨고 머리를 털어냈다. 장장 30여 분간 먹었던 욕과 인신공격이 몸에 덕지덕지 붙어있는 느낌이었다.

"씨발"

작지만 확실한 어조로 한 마디 뱉은 그녀는 잠시 앉아있을 자리를 찾다가 여자 화장실 빈칸으로 들어갔다. 뚜껑 위에 쪼그려 앉았다. 억울한가? 억울하진 않았다. 납득이 가는 꾸지람이었다. 시키는 일을 미루고 미뤘다. 마감 시간이 아직 남았지만 시킨 지 한참 된 일이니 부장이 열 받을 만 했다. 그녀는 일을 자주 미뤘다. 대외적으로 볼 때 성실하지 않았다. 그러니 혼 날만 했다. 그렇지만 그럼에도 불구하고 기분이 좋지 않았다. 미뤄놓은 이유가 있었다. 그녀가 게을러서 그런 것이 아니었다. 그렇기에 그녀는 기분이 좋지 않았다. '이게 내 문젠가?' 답이 나오지 않는 물음이었다.

그녀가 회사에서 가장 많이 한 생각은 '참 쓸데없다.'이었다. 실제로 그러했다. 참 쓸데없었다. 부장이 시키는 업무는 쓸데없는 것들뿐이었다. 왜 회의를 일주일에 네 번이나 해야 하는지 이해되지 않았다. 그럴 거면 차라리 아예 한나절을 잡아서 식순을 잡고 몰아서 하면 될 일이었다. 왜 같은 종류의 서류를 네댓 개를 만들어야 하는지 이해되지 않았다. 폰트가 통일되지 않았다는 이유로 반려되는 것이 이해되지 않았다. 줄 간격을 맞추라더니, 언제는 공식서류는 아무것도 손대면 안 된다면서 줄 간격을 맞추지 말라는 변죽이 이해되지 않았다. 어차피 실제로 그렇게 이루어지지도 않을 업무 계획서를 뭘 그렇게 세부적으로 짜야하는지 이해되지 않았다. 다급해지면 어차피 꼼수로 하잖아? 편하고 합리적으로 할 수 있잖아? 애초에 시스템을 왜 그렇게 잡지 않았는지 이해 되지 않았다. 그녀의 첫 이해는 '편하게, 간략하게, 절차 줄여서 진행' 할수록 부정과 비리가 많아진다는 점이었다. 큰 그림으로 보면 자꾸 틈새가 있었다. 틈새를 막기 위해선 메꿔야 했다. 작은 구멍을 찾기 위해선 치졸해져야 했고, 비효율적이 되어야 했다. 그러나 해결책은 간단했다. 구멍이 있어도 들어가지 않으면 그만이었다. 혹여 한 번쯤 들어가더라도 즐겨 쓰지 않으면 되었다. 그러나 그렇지 않은 비겁한 직원, 그리고 밑을 믿지 못 하는 임원들이 치졸한 구조를 만들었다. 때문에 구멍을 굳이 들어가지 않을 사람까지도 비효율에 빠져야만 했다.

그녀의 두 번째 이해는 '의심하지 않음'이었다. 그녀가 혼나는 일은 대개 '이걸 왜 해야 하지?' 싶은 곳에서 생겼다. 당연했다. 쓸모없는 일을 하는데 의욕이 나지 않는 것은. 그러나 신기하게도 왜?를 아무도 몰랐다. 이유라고 해봤자 '그냥 그렇게 했었기 때문'이었다. 그녀의 이해는 표면적인 납득을 위한 이해였다. 궁극적이고 본질적으로는 전혀 이해가 되지 않았다. 가장 이해가 되지 않았던 건 이것이었다. '이 부조리하고 비효율적인 체계 속에서 어떻게 이렇게 많은 사람들이 아무 의심 없이 마냥 믿고 살고 있는 거지?' 사람들은 그녀를 이해시키려고 했다.

"원래 사회라는 게 그런 거야. 그런 거에 익숙해져야 잘 살 수 있는 거야!" 그녀는 차마 그렇게 이해하고 싶지 않았다.

어느 날 집으로 돌아가던 도중 그녀는 적갈색 양복을 입은 여러 명의 괴한에게 습격을 당했다. 납치였다. 자신을 실은 것이 버스인지, 봉

고인지도 모른 채 오랜 시간 달렸다. 천에 묶여있어 아무 것도 볼 수 없었다. 상대를 자극할까싶어 소리도 꾹꾹 참았다. 이내 차가 멈췄다. 천이 풀리고 그녀가 처음으로 한 생각은 '이게…… 뭐지……?'이었다. 그도 그럴 게, 눈앞에 펼쳐진 순백색의 공간에는 익숙한 물건이 없었다. 단 하나도. 유심히 보면 어떤 용도겠거니 알 수 있었으나, 본 적이 없는 물건이었다. 그리고 광경이었다. 뒤에 있는 사람이 말했다. 어느덧 적갈색 양복이 아닌 흰색 양복을 입고 있었다.

"여기는 깊은 지하입니다. 앞으로는 여기서 사시면 됩니다."

그는 꾸벅 고개를 숙였다. 그리곤 뒤돌아서 갔다.

"자, 잠깐만요! 여긴 어디예요? 여기서 살라뇨? 무슨 소리예요?"

다급한 그녀 물음에 흰색 양복은 살짝 고개만 돌린 채 얘기했다.

"긴 설명은 하지 않겠습니다. 여기는 당신 같은 사람들이 모여서 살고 있는 곳입니다. 당신은 이곳이 마음에 들 것입니다."

"저랑 같은 사람이라뇨? 좀 알아들을 수 있게 설명을……"

"여긴 깨어있는 자를 위한 마을입니다. 비효율적인 업무와 관례가 도무지 이해가 되지 않는 이들이 '내가 이상한 놈인가? 사회부적응자인가?' 라는 잘못된 자책을 하기 전에 그들을 지켜내는 공동체 마을이지요."

입을 떠억 벌린 그녀에게 흰색 양복은 싱긋 웃으며 말을 이었다.

"좀 더 쉽게 말하면, 당신은 천재라는 겁니다. 당신이 이상한 게 아니고, 당신이 한심한 게 아니고요. 그럼 앞일을 축복 드리며."

그는 그 말을 끝으로 목례를 했다. 그리고 인파 속에 섞였다. 그녀는 다리가 풀림을 느꼈다. 얼떨떨하지만 마음이 편했다. 그 편함은 아마도 안도였다.

"아, 이해됐다……"

그녀는 이해했다.

+ '왜?'가 많은 사람을 부적응자라 부른다면, 아깝다. 당신은 방금 천재 하나를 또 잃었다.

#041. 회식장의 여왕

<u>입사 2주차</u>

회사에서 김대리의 별명은 '회식장의 여왕'이다. 이해할 수 없었다. 이해되지 않는 부분을 꼽으라면 한 두가지 꼽을 수 있는게 아니다. 그렇지만 그럼에도 불구하고 그 여러가지를 상세히 나열하는 이유는 간단하다. 나로서는 절대 이해가 되지 않는 그 사실을 모두가 당연한 듯 납득하고 있기 때문이다. 난 외롭다. 당신을 설득하는 이유는 그래서다. 동조해달라. 일단 김대리의 나이가 여왕에 맞지 않는다. 그녀는 28세 미혼이다. 28세에 대리라는 직함을 달고 있다는 태클은 이따 상세히 다뤄보자. 일단 28세 가질만한 별명으로 여왕은 어울리지 않다.

외모는 어떻냐고? 무지 예쁘다. 아, 물론 취향이 갈리는 외모라는 점은 인정하겠다. 그렇지만 이따금 발그레 상기되는 뺨과 앙증맞은 입술, 댕그란 눈을 살포시 가리는 정갈한 앞머리와 칠흑색 머리결은 취향저격이다. 내게 물어보면 상당히 예쁜 외모이고 객관적으로 보아도 귀여운 얼굴이다. 여왕이라 할바엔 차라리 공주. 응, 그래. 공주가 백두 번은 옳다. 목소리는 외모값한다. 발음은 또박또박하지만 목소리 자체가 가지고 있는 선천적인 애교때문에 그냥 나이 어린 사람이 똑똑한 말 하는 것 같다. 사실 맞는 말이다. 난 32살이니까. 다만 난 2주 전에 입사한 신입이고 김대리님은 대리일 뿐이다. 나이로는 어린 게 맞다.

관심 있냐고? 맞다. 관심 있다. 근데 관심 가진 거 티를 낼 수가 없다. 회사 내 온갖 남자들이 김대리가 하는 일이라면 자기 하던 업무는 세절함에 던져두고 도우러 온다. 과장, 차장, 부장 어디 그 뿐이랴?

김대리가 있는 영업3팀에는 이따금 회장님도 오신다.

"누가 힘들게 하면 바로 연락하라고. 지민양 허허허"

입사하고 회장님의 저 말씀만 여섯 번을 들었다. 김대리를 힘들게 하는 건 곧 사표를 회장님 눈 앞에 집어던지는 거와 같았다. 동시에, 김대리가 곧 실세였다. 4년제 대학 나오고 곧바로 취직한 뜨내기가 대리까지 달 수 있었던 데에는 이러한 점이 분명 적용한 것일테다. 난 김대리가 회장님의 딸이라도 되는 줄 알았다. 아니었다. 회장님은 유씨였다. 그래서 이해가 안 됐다. 대체 김대리를 다들 왜 이리 예뻐하지?

업무를 잘 하냐고? 이것만큼은 단언코 말할 수 있다. 지금 당장 대학교 3학년 이상 아무나 데리고 와서 업무 시켜봐라. 김대리보단 잘 할 것이다. 김대리는 어, 그래. 그거였다. 쉬운 일을 어렵게 하는 사람. 어려운 일은 더 어렵게 만드는 사람. 혼자서 2시간만에 끝낼 일을 셋이서 다섯 시간 동안 수습하게 만드는 사람이었다. 이상이다. 왜 이 사람이 여왕인지 이해가 안 되는 사람, 아직도 나뿐인가?

회식에서 뭔가 다르지 않겠냐고? 아, 다르다. 다른 여타의 인간들과는 사뭇 다르고, 김대리로써는 상당히 일관된다. 술을 쏟고 잔을 깨고, 수저를 놓치며, 안주를 옆 사람에게 떨어뜨리기 일쑤다. "어머, 어떡해. 죄송해요. 이걸 어쩌지……" 라는 말을 한 회식 자리에서 네 번 이상 말한다. 그것도 동일 인물에게. 어제 막 사귄 여자친구가 해도 짜증낼만한 일이다. 근데 술이 마르기는 커녕 바짓단으로 뚝뚝 떨어지는데도 이들은 모두 "허허, 괜찮아요. 괜찮아요." 만 해댄다. 내가 사람을 좀 잘 보는데 그 괜찮다는 말을 할 때 정말 진심이다. 만면에 기쁨을 나타내며 한다.

아, 이제 알겠다고? 김대리가 예뻐서 그런 거라고? 나도 그럴 거라 생각했다. 근데 아니다. 왜냐하면 회식 자리에서 김대리의 실수에 괜찮다고 하며 어떻게든 김대리 옆 자리를 고수하려고 하는 인물은 남자만 있는 게 아니다. 회장, 비서, 아줌마, 아저씨, 총각, 처녀 누가 먼저랄 것도 없다. 김대리가 자리 앉기만을 기다리는 눈빛으로 회식 전야 눈치게임은 구글 면접장보다도 전운이 돈다. 환영한다. 대체 뭐지? 라는 혼란으로 갈 곳을 잃은 당신. 그게 지금 내가 있는 곳이다.

입사 6개월차

오늘은 대망의 회식날이다. 이 회식만을 내가 얼마나 고대했던가. 혹시라도 운빨이 떨어질까봐 땅에 떨어진 500원도 안 줍고 온 오늘이다. 오늘만큼은 꼭 김대리님 옆자리에 앉도록 할 것이다. 지금껏 한 번도 앉지 못 한 그 곳. 하지만 오늘은 그 어느 때보다 준비가 완벽하다. 특유의 붙임성으로 친해진 직장 동료들에게도 사정사정 해놓았다. 설득은 힘들었지만 나는 성공했다. 내 뜻에 동조하겠다고 한 인원만 다섯 명이다. 이 정도면 충분하다. 나는 회식장의 여왕에게 성수를 받고야 말 것이다.

작전은 이러했다. 김대리님이 앉을 자리열을 미리 세팅해놓은 후 내게 동조하는 다섯 명과 나, 이렇게 여섯 명이 한 칸씩을 띄어서 자리를 점령했다. 그 어디에 앉더라도 김대리님은 우리 팀 중 한 명 내지 두 명 사이에 앉을테고, 그걸 봐서 내가 김대리님 옆자리로 은근슬쩍 자리를 바꾸면 되는 일이었다.

작전은, 성공이었다. 내 옆엔 무려 김대리님이 앉아계셨다. 김대리님은 살짝 오르는 취기 때문인지 쌈장을 잔뜩 묻힌 양념갈비를 내 허벅지에 떨어뜨렸다. 죄송하다고 하며 휴지를 뽑던 그 진동에 균형을 잃은 소주잔이 내 반대쪽 허벅지를 적셨다. 괜찮다는 내 말에도 한사코 물티슈를 가져오던 김대리님은 맥주 한 병을 걸어차 그대로 바지 밑단과 양말을 적시는 3연타의 성령을 베푸셨다. 고개를 들었다. 모두가 나를 부러운 눈으로 보고 있었다. 어쩌면? 어쩌면? 일곱 번 이상 실수하시지 않을까? 3달 고차장님께 그랬던 것처럼 연달아서 실수해주시진 않을까? 가슴이 떨려서 술도 제대로 먹지 못 했다. 결과적으로 김대리님이 내게 한 실수는 네 번이었다. 겨우 네 번인가…… 씁쓸했다. 어떻게 마련한 자리인데 그렇지만 앞으로도 기회는 많이 남아있을테니 일단 오늘은 이 정도로 만족하자 스스로를 위로하며 그렇게 회식 자리는 끝이 났다. 집으로 돌아가는 길에 편의점에 들렀다.

"자동으로 다섯 게임 돌려주세요."

"네."

순식간에 내 손엔 로또 5게임이 담긴 종이 한 장이 쥐어졌다. 평상시엔 절대로 하지 않는 일 중에 하나가 복권 사는 거였지만 이번엔 다르다. 이 종이 중엔 반드시 3등짜리가 있다. 회식장의 여왕님이 내게 4번의 실수를 했으니 이번 반드시.

3달전 김대리님께 7번의 실수를 받으신 고차장님은 로또 1등에 당첨되어 지금 와이키키에서 장기 휴가 중이시다. 그 전까지 최고 기록이었던 유회장님의 6번 실수, 2등 당첨이 깨지며 여왕님의 실수 분포표도 확실해졌다. 1번 실수는 아무 효과도 일어나지 않으나, 2번 실수는 5등, 3번 실수는 4등, 4~5번 실수는 3등, 6번 실수는 2등, 7번 실수는 1등인 것이다. 공주는 그저 사랑스러울 뿐이다. 그렇지만 여왕님은 우리의 세간 살림이 안정되도록 도와준다. 난 지금까지 살면서 김대리님만큼 넓고 큰 사람을 만나뵌 적이 없다. 그녀는 여왕이다. 아니,

여신이다. 이 별명을 납득하지 못 하는 사람은 오로지 김대리님 자신뿐이었다. 사실 몰라도 된다. 아니, 계속 모르는 게 더 이득일 수도 있겠다. 난 김대리님과 같은 공간에서 일할 수 있음에 너무나도 행복하다.

<u>입사 5년차</u>

김지민 차장님께서 회사를 떠나신 지 1년이 지났다. 생기 없이 좀비처럼 흘러가던 회사 분위기도 이제 조금씩 회복되어 가는 중이다. 갑작스레 세계여행을 떠나겠다며 화려한 사표를 쓴 김지민 차장님께 우리가 할 수 있는 건 언제든 다시 돌아오라는 진심 어린 아쉬움과 영업 3팀 차장 공석뿐이었다. 그래도 가끔씩 건너건너 소식을 듣는다. 최근 여행 도중 남자친구를 사귀었는데 며칠 후에 그 사람이 번개를 맞고 살아나 현재는 하버드 수학 박사과정에 들어갔다나 뭐라나……

+ 우린 모두 어딘가 충분하고, 어딘가 부족하다. 허나 누구는 한없이 완벽해 보인다. 누구는 끝도 없이 한심해 보인다. 사람은 그대로다. 눈마다 해석이 다를 뿐.

#042, 혈통 좌표

보건복지부 전산망 해킹에 성공했다. 사소한 계기였다. 물론 나에겐 우주만큼 컸기에 감행한 거지만……

시대가 누적될수록 인구 노령화, 저출산 문제는 심각해졌다. 뿐만 아니라 유행이라도 타듯 전 세계로 번졌다. 이 문제를 해결하기 위해 전국 가임기 여성 분포 지도 등의 미친 정책들이 난무했다. 한국에서 이 짓도 미친 정책이 생겼을 때만 해도 모두 "쯧쯧쯧, 역시 헬주선……" 하며 혀를 차고, 비난이 폭주하는 SNS를 퍼나르는 정도로 다시 상식을 일깨울 수 있었다. 그러나 저출산 문제가 전 세계적인 문제가 되어버리자 상황이 달라졌다. 가장 큰 문제는, 세계적인 문제에 대처하는 세계적인 관료들도 미친 놈년들인 건 다를 바가 없다는 것이었다. 아니, 문제는 더 컸다. 세계적인 관료다보니 미친 정도도 월드 클래스였다. 피임약, 피임기구, 피임시술 등의 제작과 배포를 금지하는 국제보건기구의 방침에 전 세계가 들고 일어났으나, 범국가적 위기상황임을 근거로 반대파들에게 총칼을 겨누자, 일어났던 이들의 절반 넘는 이들이 다시 앉았다. 원래는 그렇게 흔했던 콘돔이 한국에선 총 구하는 것보다 힘들어졌고, 하나에 수십만원을 호가하는 가격에 서민들의, 아니 여성들의 배는 부름잘 날이 없었다. 애초에 암을 예견하고 태어난 정책에 문제가 없을 리 없었다만, 인권단체, 여성단체 등의 시위같이 예상 범주의 문제만 생긴 것도 아니었다. 문제는 전혀 예상하지 못 한 방향에서 터졌다.

출산률이 늘어났지만, 보육 정책 등이 마련되지 않았다. 뿐만 아니라 보육에 앞서 아직 누군가의 부모가 될 거라는 각오와 자각이 없는 상태에서 태어난 새 생명에 대한 대책도 전혀 없었다. 전국 이름 모를 모텔방에는 피수건에 쌓인 채 길바닥에 유기되는 아이가 점점 늘어났다. 온갖 비난은 아이를 유기한 부모가 아닌, 미친 세계로 향했다. 임신 걱정 없이 암시장을 자유롭게 이용할 수 있는 자본가, 권력가들과 어느새 애낳는 동물 취급을 받게 된 중산층 이하의 대립은 날로 커져만 갔다. 그 날 태어난 아기들이 울부짖는 목소리다 죽어가는 소리가 전 세계의 밤을 수놓았다. 그에 따라 죄책감, 우울감이 극상으로 치달은 어른이들의 자살률 또한 폭등하였다. 이러다간 살아있는 사람마저 다 없어질 위기에 놓이자 국제보건기구는 다시 한 번 정책을 내놓았다. 역시나 미친 정책이었다.

각국 보건복지를 담당하는 기관에 신설 부서를 놓는 것으로 정책은 시작되었다. 부서의 이름은 <친부모 매칭 관할부>였다. 이 부서에는 큰 도움을 준 것은 일본의 고도카와 마카미 박사였다. 혈족계에서만 보이는 공통된 바이오 에너지를 잡아내고 이를 코딩자료로 분할하는 기술을 발견해낸 아이디어를 차용하였는데, 그렇게 해서 만들어낸 것이 바로 <혈통 좌표>앱이었다. <혈통 좌표>앱을 통해 세상을 비추면 사람마다 두 종류의 띠가 나타나는데 녹색 띠는 친부와 가느다란 실처럼 연결되어 있었고, 청록색 띠는 친모와 가느다란 실처럼 연결되어 보였다. 이 앱을 통해 길목에 버려진 유기 아동들의 친부모를 추격하고, 강제로 출생신고를 하게 하는 일을 담당하는 것이 줄여 <친매칭부>에서 하는 일이었다.

국문학 교수인 아버지와 통역사 프리랜서인 어머니가 계시는 우리 집은 다른 집안에 비해 형제가 적은 편이었다. 고작 세 명이었다. 옆집 민병이네가 8남매에 얼마 전에 한 명을 더 임신한 상태이고, 윗집 은

혜네가 7자매 딸부자집인 것에 비하면 우리 집은 매우 축복 받은 집안이었다. 그렇지만 나에겐 커다란 불만이 있었으니 그게 바로 나보다 세 살 많은 여자 인간 때문이었다. 아빠의 훌륭한 점, 엄마의 훌륭한 점 모든 것을 타고나지 않은 돌연변이. 생김새도 찌그러진 소화기처럼 생긴 것이 성질 머리도 매우 지랄 같아서 허구한 날 나를 괴롭히는 게 취미인 인간이다. 그런 말종의 폭정에 항상 괴롭힘을 당하는 건 언제나 나와 내 어여쁜 여동생이었다. 여동생은 그나마 고사리 같은 손으로 뭐라도 하면 귀여움 값으로 실수도 사감되고 그랬는데 나는 이게 무슨... 군대인지, 회사인지, 전쟁통인지 언제나 FM에 철저, 확실, 면밀하게 하지 않으면 매번 발길질을 당하기 일쑤다. 폭력을 견디다 못해 아빠, 엄마에게 하소연도 해봤지만, 도대체 어떻게 된 영문인지 그 때마다 두 분은 "아무리 그래도 누나가 하는 말을 들어야지." 하면서 되려 나를 타일렀다. 어떤 말을 해도 소용 없었다. 언제나 부모님의 마지막 말씀은 이러했다.

"아빠랑 엄마는 너희 3남매가 끈끈한 인연으로 서로를 밀어주고 끌어줬으면 한단다."

그렇게 말씀하시는 두 분의 목소리엔 미묘한 떨림이 있었기에 그 이상의 불평불만은 할 수 없었다. 그래서 내가 하기 시작한 것이 컴퓨터 프로그래밍이다. 내 가설은 이랬다. 아무리 생각해도 우리 훌륭한 아빠와 엄마 사이에서 저런 망나니가 태어났을 리가 없다고. 아빠와 엄마는 아기를 낳을 수 없는 몸이라고 생각하여 입양을 했지만(입양한 가정에는 입양아 포함 3명의 자녀 대학교까지의 양육비를 국가가 지원해준다.), 그 다음에 나와 동생이 태어났을 거라고. 그래서 저 망나니 같은 인간을 우리 집안의 장녀로써 인정하고 있는 것이라고. 하지만 <혈

통 좌표>앱은 민간인은 접근할 수 없는 앱이었다. 그랬기에 나는 해킹 기술이 필요했던 거다. 달라지는 건 없다고 하더라도, 저 인간과 내가 피가 섞이지 않았다는 사실만 증명이 된다면 기분이 풀어질 것 같았다.

누군가는 어이 없다며 웃음 짓겠지만 나에겐 그만큼 절실했다. 다행히 나는 컴퓨터, 프로그래밍 등에 대한 이해가 상당히 빠른 편이었다. 하다보니 살짝 재미도 있어서 진로도 이 쪽으로 정해볼까 하는 생각도 들었다. 여튼 다시 돌아와서, 저 인간과 내가 남이었으면 좋겠어! 그런 일념 하나로 보건복지부 전산망 해킹에만 1년을 쏟아부었다. 그리고 지금 내 눈 앞에는 <혈통 좌표>의 APK 파일이 다운되어 내 스마트폰으로 내려오고 있다. 물론 USIM이 있는 폰이 아닌, 전자기기 역할만 할 수 있는 대체용 스마트폰이었다. 나는 묘하게 이런 부분에 있어선 철저하다.

아이콘은 투박했다. 윗줄에 초록색 네모, 청록색 원이 나란히 있고, 밑줄도 네모 하나 원 하나가 작대기로 이어져 있는 아이콘이었다. '그림판에서 작업한 건가?' 라는 생각을 하며 아이콘에 검지를 가져다댔다. 아까까지는 금기를 손 대는 것에 대한 떨림이 있었다면, 이번엔 보물섬에서 찾은 허름한 상자를 열기 전의 기분으로 가슴이 떨렸다. 아마 내가 윗통을 벗고 있었다면 이 떨림이 시각적으로도 보이겠다 싶을 정도였다. 인두를 가져다댄 듯 볼이 뜨거웠다. 그리고 아이콘은 눌러졌다. 스마트폰 렌즈에 비춰진 내용이 액상에 보였다. 일반적으로 사용하는 카메라 앱이랑 별반 다를 건 없어보였다. 그렇지만 아니겠지.

"아영아~ 잠깐만 이리 와볼래?"

"응? 왜???"

동생을 부르자 기다렸다는 듯 뛰어왔다. 마른 어른 곰 두 마리와 뚱뚱한 아기 곰 한 마리가 그려진 잠옷 상태였다. 허업…… 귀여워!! 나는 동생을 향해 스마트폰을 겨눴다. 동생이 순간 의아해하다가 얼굴을 가리고 뒤돌아섰다. 아마 사진 찍는 줄 알았겠지. 귀여운 것…… 동생의 양 어깨에 비춰진 두 개의 선은 주말이라 쉬고 계시는 아버지와 어머니의 안방으로 향해 있었다.

…… 이선 시싸나! 넌 해킹에 성공한 것이다! 난 의자에서 벌떡 일어나 곰돌이 차림의 동생을 껴안고 세 바퀴를 빙빙 돌렸다. 영문을 모르는 동생이었지만 일단 안아주니 "헤헷"하면서 좋아했.

문이 닫힌 안방을 다시 한 번 비췄다. 녹색 실이 두 가닥, 청록색 실이 두 가닥 나풀거렸다. 역시나! 난 스마트폰을 신주단지마냥 가슴에 품은 채 누나 방으로 달려갔다. 어제 술을 된탕 마시고 새벽에나 들어온 것 같으니 아마 지금까지 처자고 있을 것이었다. 난 노크도 안 하고 누나 방문을 벌컥 열었다. 그리고 스마트폰을 비췄다. 이불을 차고, 배를 드러낸 채 자고 있는 누나의 양 어깨엔 아까 동생에게 보였던 두 가닥의 실이 있었다. 그리고 그 실은 안방으로 흘러있었다.

"……어?"

+ 노력의 결과가 무조건 성공을 가져다주진 않는다. 노력은 그저 경험치일 뿐.

#043, 성공하려면 나처럼 하라

#S1. 강연장.

사회자 : 안녕하십니까? 바쁜 주말임에도 불구하고 이곳에 내방해주신 여러분께 진심으로 감사의 말씀을 드립니다. 꿀같은 휴식을 포기하고 여기에 오셨을 때는 모두 그에 합당한 이유가 있기 때문이라고 생각하는데요. 아마 오늘 여기에 오신 여러분들의 목적은 '희망'을 찾기 위함일 것입니다.

(프로젝터, 중앙에 '희망'이라는 글자 뜸 / 일부로 크게 설정한 조명 소리 '팟!')

사회자 : 여러분들은 희망이 무엇이라 생각하시나요? 돈을 많이 버는 것인가요? 사랑하는 가족들과 함께 지내는 것인가요? 아니, 그 전에 우리는 스스로에게 물어봐야 합니다. 과연 내 인생에 있어 희망이라는 두 글자를 가슴에 품고 있어도 되는 것인지? 가슴에 품은 채 발현되지도 않을 사상아를 괜한 기대로 버리지 못 하고 전전긍긍 달고 있는 것은 아닌지!

(프로젝터, 왼쪽 측면으로 서서 가볍게 팔짱을 끼고 있는 한 여성의 사진이 화면 좌측을 꽉 채움)

사회자 : 오늘 여러분들의 그 질문에 아주 명쾌한 해답을 제시해 줄 분이 있습니다. 한국비주류능력자개발연구소 소장이자, <나는 1에서 시작했다.> 의 저자! 우리 공성지 선생님을 모시겠습니다!

(프로젝터, 화면 우측에 빼곡한 이력이 나열된다.)

(장내 박수)

(강연장 좌측에서 한 여성이 또각또각 걸어나온다. 무대 중앙에는

동그란 원 모양으로 조명이 비춘다. 정확히 원의 중심에 선 여성이 싱긋 웃으며 고개를 숙인다.)

　(장내 박수)

　공성지 : 안녕하세요. 세상에 쓸모없는 것은 없다! 다만 나는 쓸모없다는 마음만 있을 뿐이다. 여러분의 희망을 책임지고 컨설팅해주는 능력개발자 공성지입니다. 반갑습니다.

　(장내 박수 길게)

　(프로섹터, 아닌 바닥 가운데 빨간색으로 '능력'이라는 글자가 뜬다 맑은고딕체)

　공성지 : 여러분의 능력은 과연 무엇인가요? 여러분들이 이 강연을 신청하실 때 냈던 신청서에 이미 다 적어 내신 것을 봤습니다. 다양한 능력들이 있었지만 그럼에도 불구하고 저를 강력하게 자극하는 공통된 느낌이 있었습니다. 그것은 절망감이었습니다. 누구는 번개의 능력을 사용해서 통영 전기 발전소의 사장이 되고, 누구는 순간 이동 능력을 사용해서 국제 바이어가 되는데 고작 내 능력은 이렇게 하찮다니. 하는 강한 절망이 신청서 페이지마다 배어있었습니다. 하지만!

　(강연자, 발을 구르자 모두 숨 죽이고 강연자에게 집중한다.)

　공성지 : 오늘부터 제가 확실히 얘기합니다. 세상에 쓸모 없는 능력은 없다고요. 그리고 그것을 실제로 해낸 사람이 바로 저라고요.

　(장내 박수)

　공성지 : 제 능력을 알고 계시는 분이 여기 많으실 것 같네요. 어떤 능력이죠?

　(관객석 일부에서 소극적으로 소리 들려옴)

　공성지 : 응? 뭐라고요? 혹시 괜찮으시다면 거기 빨간색 후드 입으

시고 뿔테 안경 쓴 분. 말씀 좀 해주시겠어요? 아, 네. 당신이요. 귀여운 분. 네네.

(장내 웃음)

빨간색 후드 : 아, 그…… 저기…… 랍스터에서 정말 맛있는 맛이 나도록 하는 능력이요.

공성지 : 네. 맞습니다. 모두 박수 한 번 주시겠어요? 대답해줘서 고마워요. (잠깐 숨 들이쉬고)근데, 실은 틀리셨어요. 제 능력은 그게 아닙니다.

(장내 소란. 웅성웅성)

공성지 : 오히려 반대입니다. 제 능력은 '랍스터를 맛없게 느끼도록 하는 능력'입니다.

(장내 소란. 웅성웅성.)

공성지 : 정말 쓸데없는 능력이죠. (웃음)5살 때 능력검진위원회에 가서 받아온 검진서를 보고 저희 아버지랑 어머니는 절망하셨었습니다. 능력 등급 최하위인 D등급이 나왔으니 당연하죠. 검진서를 건네주는 검진위 직원도 "뭐라 드릴 말씀이 없네요. 죄송합니다." 라고 했다고 해요. 물론 저는 옆에서 아무 것도 모르고 방글방글 웃고 있었고요. 혹시 여기서 D등급이신 분 손 한 번 들어보시겠어요?

(좌석의 2/3가 손을 든다.)

공성지 : 손 안 드신 분은 뭐죠? 혹시 C등급이신가요?

(좌석 일부에서 "네"하는 소리)

공성지 : 우와, 여러분 모두 박수 쳐주세요! 우리들 내에서 최고 등급이 오셨습니다!

(장내 박수, 웃음 소리)

공성지 : 사실 도토리 키재기죠. D등급은 아무리 노력해봤자 길거리 쓰레기 줍고, 폐지 모으고 아니면 뒷길로 흘러서 입에 담을 수 없는 취급들 당하고 C등급도 죽을 때까지 말단! 말단! 말단만 전전하다가 죽게 되죠. 제 인생도 그럴 것이 뻔했습니다. 그게 현실이었죠. 그렇지만 저는 이것이 불합리하다며 불평하기 전에 이런 생각을 먼저 했습니다.

(프로젝터, 정말 쓸데없는 능력인가? 라는 문구 Bold 효과로 뜸)

공성지 : 정말 이 능력이 쓸데없는 능력인가? 하는 물음이었죠. 어때요? 제 능력 쓸모있어 보이나요? 솔직히 쓸모 있는 구석이 전혀 없습니다. 그게 맞습니다. 애당초 서민들은 평생에 한 두 번 먹을까 말까한게 랍스터예요. 그런데 그 랍스터를 정말 맛있게 만드는 것도 아니고, 정말 맛없게 만드는 능력이다? 이건 누가 길바닥에 버려놔도 아무도 안 주워갈 능력인 거죠.

(프로젝터, 실험 이라는 문구 뜸)

공성지 : 하지만 저는 생각했습니다. 정말 이 정도일까? 숨겨진 다른 능력이 있지는 않을까? 그래서 저는 아빠와 엄마를 졸랐습니다. 랍스터를 하나만 사달라고 했죠. 물론 비쌌기 때문에 부모님도 망설였습니다. 그렇지만 저는 아주 영악한 아이였어요. 참고 참다가 생일 선물로 달라고 했거든요. 부모님도 들어줄 수밖에 없었죠.

(장내 웃음)

공성지 : 그래서 생전 처음 가보는 레스토랑에 가족 세 명이서 랍스터 하나를 시켰어요. 저는 당연했고, 부모님도 처음 먹어보는 거라고 했어요. 껍질을 깨고 가재 살을 한 뭉텅 포크로 집어 입에 넣자, 그 맛은 정말 아직까지 생생해요. 세상에 이렇게 맛있는 게 있다고? 하

는 황홀한 맛이었죠. 부모님 표정을 보니 부모님 역시 그렇게 느끼고 있는 듯 했어요. 맛 없는 표정은 절대 아니었어요. 당연히 이상했죠. 랍스터를 맛없게 느끼도록 하는 게 제 능력이라면서요. 근데 왜 부모님은 랍스터를 맛있게 먹고 계시는 거지? 그래서 저는 물어봤어요.

"엄마, 능력을 쓰는데 해야 하는 주문 같은 게 있어요?"

그 때 한창 세일러문을 보고 있을 때라서 그런 질문을 했던 것 같아요. 엄마는 "음? 그런 게 있을까?"라고 대답했어요. 엄마의 능력은 D등급이었어요. "이탈리안 남자의 오른쪽 엄지 발가락을 간지럽게 만드는" 능력이었죠. 당연히 엄마는 자신의 능력을 실제로 써본 적이 없었고, 능력에 대한 지식도 전혀 없었어요. 능력을 사용하려면 마음 속에서 영창을 외워야 한다는 것을 알려준 건 아빠였어요. 아빠의 능력은 C등급이어서 그런지 자주 쓸 일이 있었거든요. 아빠의 능력은 "본인 키보다 10cm 높은 시점에서 볼 수 있는 능력" 이었고, 키가 162Cm거든요.

(장내 웃음)

공성지 : 저는 속으로 '랍스터야, 맛없어져라. 맛없어져라.' 하고 외쳤어요. 그런 다음 아빠랑 엄마의 감상평은 "왠 고무 씹는 맛이 난다. 퉤퉤" 였어요. 제 능력은 매우 효과적이었던 거죠! 왠지 저는 신나졌어요. 그래서 여러 가지 실험을 해보기 시작했죠. '둘 다 랍스터 맛이 괜찮아져라!' 하면 다시 부모님의 얼굴은 황홀해졌어요. '아빠만 맛없어져라!' 하면 아빠 얼굴만 불쾌해졌고, 반대 경우도 그랬어요. 몸통까진 맛있고, 꼬리 부분은 맛없어져라! 하면 그것 역시 제 마음대로 되었어요. 제 능력은 그저 랍스터를 맛없게 하는 것이 아니라 내가 원하는 사람에게 내가 원하는 부위를 맛없게 할 수 있는 거였어요.

(프로젝터, 그럼 이거 쓸만하지 않을까?)

공성지 : 그럼 이거 쓸만하지 않을까? 라는 생각이 들었어요. 오히려 랍스터를 맛있게 하는 능력보다 랍스터를 맛 없게 하는 능력이 더 드라마틱하잖아요. 왜냐고요? 랍스터는 원래 맛있잖아요!

(장내 웃음)

공성지 : 그 때부터 저는 세계 여행을 계획했어요. 제 목적은 가능한 한 많은 사람을 만나는 것이었거든요. 안 해본 알바가 없어요. 고생은 고생대로 하고, 쓸 거는 쓸바큼 쓸걸이 없죠. 저는 확신이 있었어요. 세계 여행만 할 수 있다면 나는 성공할 것이다.

(프로젝터, 다양한 사진들)

공성지 : 그리고 저는 8년 전 중국을 시작으로 3년 간 전 세계 일주에 성공했습니다!

(장내 박수)

공성지 : 여기서 질문 드릴게요. 제가 왜 이렇게 세계 일주에 목숨 걸었을까요? 제 능력과 세계 일주가 도대체 무슨 상관이 있을까요?

빨간후드티 : 어…… 만나는 사람들한테 랍스터를 맛없게 하는 주문을 외우려고……?

공성지 : 맞아요. 그런데 절반 정답이에요.

(장내 웅성웅성)

공성지 : 저는 만나는 사람들에게 저를 소개하기를 '7성급 호텔 랍스터 조리사'라고 소개하며 랍스터를 시식하게 했어요. 모두들 행복한 표정으로 랍스터를 먹었죠. 그리고 그 사람과 헤어지면서 영창을 외웠어요. 랍스터가 맛 없어지라고. 며칠만 지나면 거짓말같이 그 사람들은 저에게 연락이 왔어요. 저번에 먹었던 랍스터 너무 맛있어서

다시 사먹어봤는데 도무지 그 맛이 안 난다고요. 요리사님의 랍스터를 먹고 싶은데 대체 어떻게 하면 되냐고.

(프로젝터, 허름한 건물 하나)

공성지 : 저는 대답했어요. 세계 여행이 끝나는대로 자그마한 건물을 차릴 건데 그 때 되면 연락 드리겠다고요.

(프로젝터, 17층 호화 빌딩)

공성지 : 그리고 금새 랍스터 가게는 전 세계 방문객들에 의해 이만큼 성장하였죠.

(장내 박수 길게)

공성지 : 자, 여러분. 어떠세요? 사실 내게 무언가 주어졌다는 것은 축복이에요. 그것이 어떤 것이든지요. 심지어 사람을 속이는 능력이 있으면 사기꾼도 할 수 있겠지만 다른 좋은 일에도 쓸 수 있을 거에요. 칼을 잘 다루는 능력으로 사람을 해칠 수도 있겠지만 멋진 회를 썰 수도 있을 거에요. 저에게 주어진 능력은 분명 보잘 것 없었습니다. 그러나 저는 이 능력을 연구하고 고민했어요. 긍정적으로 생각했습니다. 이렇게 하다보니 분명 처음에는 쓸모없었던 능력이 지금 저를 최고의 랍스터 식품매장 CEO로 만들었어요. 이렇게 제 능력을 십분 활용할 생각을 하지 않았다면, B등급 능력인 "새우를 랍스터로 바꾸는 능력"을 가진 제 남편이 저에게 대시하지도 않았을테죠.

(장내 웃음)

공성지 : 여러분의 능력도 분명 어떻게 보느냐에 따라 분명 쓸모 있을 겁니다. 지금 제 손에는 여러분이 적어놓은 여러분의 능력들이 적혀 있습니다. 이 능력을 어떻게 사용할지에 대한 컨설팅을 시작하겠습니다. 물론 적지 않은 돈이지만, 여러분은 분명 지금의 투자 그 이

상의 희망과 행복을 가지게 될 거예요. 자, 질문 받겠습니다. 시작합니다!

#S.2 뉴스가 울려퍼지는 광장

아나운서 : 속보입니다. 한국비주류능력자개발연구소 소장으로 유명한 K모씨가 제공하는 랍스터에 소량의 마약을 첨가하여 중독을 일으켰다는 충격적인 소식입니다. K모씨는 랍스터를 맛없게 하는 능력을 가져 세상 모든 랍스터를 맛없게 할 수는 있었으나, 그렇게 랍스터가 맛없어진 사람들이 "랍스터 대신 다른 거 먹으면 되지." 라며 랍스터 자체를 포기해버리자, 절박함에 마약을 첨가한 랍스터를 선물한 것으로 진술하였습니다. 검찰은 증거 인멸을 우려하여 K모씨 및 그의 남편 J모씨를 구속하여 정확한 사건 경위를 파악하는 동시에, 지금까지 랍스터를 이용하여 중독 증상에 이르게 된 소비자들에 대한 지원 방침을 강구할 예정입니다. 한편, 랍스터 가게를 애용하는 일부 소비자 집단이 K모씨의 석방을 주장하는 시위를 열고 있어 인근 초등학교에서 민원이 올라오는 등 물의를 빚고 있다고 합니다. 자세한 소식은 현장에 있는 하기자에게 들어보겠습니다. 하기자!

+ 난 과거의 고난을 극복했다고 말하는 사람을 조심한다. 고난이 '독'을, 극복이 '악'을 품은 채 아직 사랑과 감사를 모르는 이가 많기 때문에.

#044, 어서오세요. 마법소녀에

 안녕하세요? 이렇게 글씨만 빼곡한 팜플렛은 처음 보시죠? 사실 저도 일단 이렇게 쓰라고 해서 쓰고 있기는 한데 정말 이래도 되는 건지 모르겠네요. 책임은 다 변호사님이 진다고 했으니 뭐 알아서 하실 거라 생각합니다. 저희 변호사님은 매우 이상한 사람입니다. 좋게 말하면 독특하다고 할 수 있겠지만, 글쎄요. 저는 좋게 말하기 싫네요. 네, 그러니 이상한 사람입니다. 법학대학을 수석으로 입학하여 조기 졸업을 할 정도의 엘리트라고 하면 일단 첫 번째 증거로 충분하겠네요. 근데 두 번째는 그렇게 높은 점수를 받아놓고도 변호사 개업으로 시작한다는 점입니다.

 아, 다른 훌륭한 변호사님들처럼 '억울하게 피해를 입고 있는 약자를 돕기 위해' 변호사가 되었다는 달달한 이유가 아닙니다. 저희 변호사님은 명백히 이기적이고요. 명백히 제멋대로입니다. 자기가 관심 있는 일을 할 때만 능률을 자랑하는 편중된 인간이죠. 그리고 우리 변호사님이 관심 있는 일은 부동산에 관련된 일입니다. 임대인에게 부당한 이유로 계약이 해지되었거나, 경매 낙찰 후 전산 실수로 재경매 피해를 입은 경우 등, 집에 관련된 피해를 입으신 분은 그 누구라도 저희쪽으로 연락을 주시기 바랍니다.

 자신있게 말하는 이유는 저희 변호사님 관심이 집이기 때문입니다. 집에서 노닥거리는 걸 좋아하시거든요. 1인 1집이 있어야 하는 게 상식 아니야? 라는 말도 안 되는 생각을 갖고 계신 분이죠. 더 말이 안 되는 건 그 생각을 바탕으로 일 하나는 기가 막히게 잘 풀어갑니다. 다시 말하지만 저희 변호사님은 이상합니다. 저희 법률 사무소 이름이 뭔지 알려주라고요? 저희 사무소 이름은 <마법소녀>입니다. 뭔 개소린가 싶죠? '마음, 법률 소통은 여기로' 라는 뜻이라고 하네요. 끼워맞춘 것일 뿐 그냥 '마법소녀'라는 간판을 달고 싶었다고 밖에 보이지 않습니다.

저는 여기서 '마음'을 담당하고 있습니다. 당장에 현실적인 피해로 변호사까지 찾아오는 이 마당에서 그 분들의 상담을 도맡아 소임을 다하는 이상한 직무입니다. 근데요. 당장에 막막해서 위로도 받고 싶고, 실제적인 법적 대응 방법도 고민하고 계시는 분이라고 하면 음…… 저희 쪽만큼 알맞은 곳도 없을 거라는 생각이 듭니다. 그런 이유로 초대합니다. 어서오세요. 마법소녀에.

+ 세월호참사특별조사위원회 조사관으로 있으면서, 법의 도움이 필요한 곳에 마음 관리도 함께 해야 한다는 생각을 강하게 했었다. 그런 이유로 강력 제안한다. 마법소녀.

#045, 석사 논문

결론부터 말하겠다. 인간 세상이 유지되고 흘러가게 하는 근본적인 힘이 무엇이라 생각하는가? 그건 바로 자발성과 창의성이다.

역사의 시작은 언어의 개발과 함께였다. 빙하기를 견뎌내고 영장류로써 생존을 도모하던 호모 사피엔스사피엔스들은 아직 생식의 뜻이 뭔지, 문자가 뭔지, 농경이나 문명이 뭔지도 모르는 순수한 시절부터 끊임없이 무언가를 만들었다. 그들은 해가 뜰 때부터 해가 질 때까지 본인이 뭘 하는지를 동굴 벽면에 닥닥 긁어 새겼다. 훗날 우리는 이를 상형문자라 하며 그 당시 인류가 어떻게 살았는지를 유추해내지만 그건 결과론적인 의미이다. 굳이 그들이 먹고 살기도 바쁜 시대에 동굴에 그림따위를 그렸는가? 답은 뻔했다. 심심해서였다.

이 심심함이 문명을 발전시켰다. 인류는 혼자보단 여럿이 모여있을 때 더 재밌다는 것을 알아냈다. 부락이 생겼다. 여럿이 모이니 서로의 생각을 표현할 때 재밌다는 것을 알아냈다. 언어가 생겼다. 다 같이 살려고 하니 뭔가 만들어야 했다. 농경의 시작이다. 인간들끼리 살자니 심심했다. 목축을 시작했다. 말만 하고 살자니 심심했다. 생존과 관계없는 오락거리를 찾기 시작했다. 이게 예술의 시작이었다. 그랬다. 예술의 시작은 심심해서였다. 배가 고프니 먹을 것을 만들고, 외부환경에 버텨야하니 집을 만들고, 졸리니 자고, 하고싶으니 섹스하는 것처럼 예술 역시 그렇게 자연스럽게 생겼다. 간단한 이유였다. 심심한 건 인류의 숙명이었고 노는 것은 그에 따른 반동이었다. 본능이었다.

자발성은 그렇게 자연스레 생겼다. 하지만 이것에서 인류는 만족하지 않았다. 심심함이란 녀석은 매우 지독한 녀석이었다. 그는 기존에 즐거웠던 것이라해도 여러 번 같은 형식으로 반복하면 금새 돌아왔다. 지루함이라는 이름으로. 인류는 이 심심함과 지루함에 지배받지 않기 위해 언제나 새로운 것, 자극적인 것을 고민해야했다.

창의성의 탄생 역시 이런 불가피함에 기인한 것이었다. 그 후 인류의 역사는 끊임없는 자발성과 창의성의 순환을 거듭했다. 심심해서 자발적으로 뭔가 하려면 창의적인 무언가를 만들어야 했다. 그렇게 만들어진 재밌는 것은 다시금 많은 이의 자발성을 높였다. 이 자발성의 수요에 맞춰 끊임없이 창의적이어야 했다.

본능은 말 그대로 그 자체가 목적이지, 부차적인 뜻이 있지 않다. 그래서 이 예술이라는 놈에 뜻과 목적을 기리는 학술적 접근은 상당히 늦게 시작되었다. 오스트레일리아의 정신과 의사였던 제이콥 모레노의 역발상은 그런 면에서 큰 의미를 가졌다. 인간이 인간다움을 찾기 위한 과정에서 그는 '놀이'의 필수성을 논했다. 그러나 그의 이론은 당시 사람들에 의해 철저하게 외면 당했다. 맞는 말을 했는데도 배척당하다니 이게 무슨 일인가 싶지만 그 일이 실제로 일어났다. 인류가 예술이라는 놀이를 시작하고 세월을 거듭하는 과정에서 있었던 반작용 때문이었는데 그건 바로 '체면'과 '생계'였다.

무릇 본능이라 함은 출신 지역, 가정환경, 빈부 여부 등 외적 요인은 물론이거니와 성격, 기질 등의 내적 요인마저도 그 정도의 차이가 있을 뿐 모두에게 적용되는 것이다. 다시 말하면 모두에게 공평하게 주어졌다는 것인데, 이 공평성이 문제였다. 나는 다른 사람과 다른 존재라는 특별함은 자신의 존재 의미를 형성하기에 알맞은 요소였다. 이에 따라 인류들은 문명화 단계에 '계급'을 형성하고 그 계급만이 지닐 수 있는 무언가를 찾는 일에 몰두했다. 찾을 수 없으면 만들어서라도 그렇게 하였다. 나약함이라는 본능이었다. 이들은 자신의 나약함을 감추기 위해 끊임없이 임의의 의미를 만들었다.

지혜를 위해 지식이 필요하였으나 이들은 학력을 만들었다. 거래를 위해 재화가 필요하였으나 이들은 필요 이상의 비축을 하였다. 가족을 위해 결혼을 만들었으나 양육엔 재화가 필요했다. 분업을 위해 직업을 만들었으나 이들은 귀천을 정했다.

그러는 사이에 '모두가 가지고 있는 것'을 부르는 단어는 '본능'이 아닌 '천박한 것'으로 불리게 되었다. 그들은 예술을 즐겼으나 예술에도 귀와 천을 나눴다. 처음에는 그저 노는 것, 자발적이고 창의적인 것이 전부였던 것에 인류는 꼬리를 달았다. 천한 것을 함은 체면을 구기는 일이었고 생계를 위협하는 일이었다.

사람들은 재밌는 일을 경계하기 시작했다. 그 재밌는 일이 자신의 미래에 미칠 악영향을 끼워넣어 기필코 방해하도록 하였다. 그러한 일은 시대를 누적했다. 점점 심해졌고 결국 노는 것은 죄책감을 동반하게 되었다. 철없는 짓이라고 하였다. 이들은 중요한 사실을 잊어갔다. 어릴 때, 철 없을 때는 철저히 '현재를 산다'는 것을. 그리고 그렇게 사는 것은 가장 군더더기 없는 일이라는 것을.

운신의 자유를 잃은 본능은 손가락질을 피해 지하로 들어갔다. 예술은 창고에 묻어놓은 기존의 본능과 얽혀 새로운 모습으로 변질되었다. 공격성과 얽혀 악플을 창작했다. 열등감과 얽혀 안티 사이트를 만들었고, 외설스러움과 얽혀 몰카 등의 범죄로 이어졌다. 이렇게 노골적인 지하 예술을 감행하지 않더라도, 확실한 건 더 이상 본능은 본능이라는 이유만으로 인정받지 못했다.

(후략)

그는 토월회 소속이었다. 현실을 도외시하지 않고 이상을 좇는다는 뜻이 마음에 들어 가입했고, 그 후 간부들에 의해 세상의 비밀을 깨달았다. 그 후부터 그의 꿈은 정해졌다. 자발적이고 창의적인 무언가에 갈증을 일으키는 사람들에게 "물 마셔도 괜찮아. 조절만 하면 되잖니?"라고 도닥이는 것이었다. 동시에 가설에 대한 검증 역시 하고 싶었다. 그가 한 일은 간단했다. 아주 자그마한 동기를 불어넣는 것이었다. 이게 본능이라면 처음에는 밀기 힘들어도 가속을 붙으면 제 스스로 훨훨 날아갈 것임이 분명했다. 그렇지 않다면 이 가설은 잘못된 것일테다. 그는 자발성과 창의성을 다시 친구로 받아들이는 것에 인류의 존망이 걸렸다는 사실을 알고 있었다. 필사적으로 그는 사람들의 본능을 자극 시켰다. 천자문은 그 노력 중 하나였다. 그리고 이를 통해 그의 가설은 더더욱 힘을 얻었다.

하락세를 멈추지 않던 그의 집 파라미터도 자그마한 상승세를 담아 노랗게 기뻐했다.

'아직은 절망할 단계는 아냐…… 조금만 더 기다려줘. 마에니타.'

그는 가방 속에서 아이패드를 꺼내들었다. 도외시되는 자발성과 창의성을 불러 일으킬, 인류 소생 계획이 10페이지가 넘게 적혀있는 메모장이 있었다. 제목은 '꿈'이었다.

+ 킬링타임이라는 말을 싫어한다. 시간이 없다고, 기회는 한 번 뿐이라 말하는 세상엔 불안이 감돈다. 불안이 가장 먼저 빼앗는 것이 자발성과 창의성이다. 그래서 불안이 가득한 이는 시간이 없을수록 시간을 죽여야만 영혼을 쉴 수 있다. 슬픈 일이다.

#046, 프리퀄

참고로 말하는 거지만, 나는 꼰대같아보이는 걸 굉장히 싫어해. 오늘 내 얘기를 하는 건 너희들이 내 얘기를 듣고 싶다고 사정사정해서 그러는 거야. 이런 얘기 하는 것 자체가 꼰대같아보이나? 뭐, 하여튼 좋아. 내 스토리가 궁금하다고 온 친구들을 문전박대할 정도로 난 모질지 못 하니까. 그래그래. 솔직히 이 얘기 하고 싶기도 해. 내가 생각해도 드라마틱 하거든. 난 이 얘기를 매우 특이하게 진행할 거야. 내 이야기지만, 내 시점이 아니고 모 방송국 예능 PD의 시점에서 할 거거든. 그 이유는 듣다보면 알게 될 거야.

자네는 알지 못 하겠지만 <몰카 예고제>라는 파일럿 프로그램이 하나 있었어. 4년 전쯤 기획했던 건데 아마 들어본 적은 없을 거야. 왜냐하면 방영된 적이 없거든!

그 프로그램의 구성은 이랬어. 몰카의 주인공으로 당첨된 사람한테 제작진이 찾아가서 "축하합니다. 당신은 몰카 예고제의 주인공으로 당첨되었습니다~!" 라며 팡파레를 울려. 그게 무슨 몰카냐 싶지? 근데, 그게 아니야. 몰카의 주인공임을 알려주는 대신 어떤 몰카가 진행되고, 언제 진행이 되는지를 알려주지 않거든. 그래서 그 주인공이 몰래카메라에 걸려들면 미션에 실패하는 거고, 몰래카메라인 것을 눈치채고 잘 대처하면 미션에 성공하는 거였어. 당시 트렌드가 '평범한 사람의 일상'을 노출시키는 거였거든. 몰래카메라를 빌미로 그 사람의 일주일을 고스란히 담아내면서, 몰래카메라가 뭔지 미리 알고 있는 시청자의 긴장감과 재미 역시 살릴 수 있는 일석이조 아이디어였지. 알면서도 속여야 하기 때문에 매우 정교하고 그럴 듯한 몰카가 필요하기도 해서 작가들이 몇일 밤을 새면서 회의를 했는지 몰라. PD는 그 파일럿 프로그램에 사활을 걸었어. 왜냐하면 그만큼 자신 있었거든. 그 예능을 시작으로 해서 MBC의 김태호 PD보다 잘 나가는 대박 PD가 될 것이다 라는 생각을 했다고 해.

그래서 찾아낸 첫번째 몰카 대상이 나였어. 나는 당시 히트작 하나 참여한 적 없는 별볼일 없는 AD였어. 왜 톱스타도 아니고, 연예인도 아닌 일개 스태프를 주인공으로 했는지는 잘 모르겠어. 비교적 서민들에게 공감을 일으킬 수 있는 민민한 사람이 필요했던 것 아닐까 싶어. 하지만 당시의 나는 다른 사람들 눈에 보이는 것만큼 평범한 사람은 아니었어. 왜냐하면 하루하루 사는 것을 고역으로 생각하고 있었거든. 병원을 가보진 않았지만 아마 갔다면, 그래. 그 요즘 말하는 우울증. 그런 진단을 받았을 지도 몰라. 나는 자살을 생각하고 있었지. 이렇게 되는 일도 없이 치열하게 사는 것도 지쳤고, 무엇보다 하루하루가 재미없었거든. 매일 똑같고 반복되고 이렇다 할 목적이나 꿈도 없는 삶이. 그래서 <몰카 예고제>의 제작진이 왔을 때 나는 별 다른 반응을 하지 않았어. 안 할 생각이었지. 몰카를 맞힐 경우 '눈치 냉장고'를 선물로 준다는 얘기만 없었다면 하지 않았을 거야. 냉장고를 받아서 되팔면 그게 몇 달치 월급이야. 난, 어차피 죽는 김에 돈 좀 벌어서 효도해놓고 죽자는 생각으로 오케이를 했어.

그 다음 날부터 <몰카 예고제>의 일주일은 시작되는 거였어. 아침에 일어나자마자 제작진이 집 안 구석구석 카메라를 설치했고, 날 전담해서 찍는 카메라맨도 두 명이나 붙었지. 그제서야 실감이 나더군. '이거 방송이구나.' 하는 것이. 난 단 한 순간도 놓치지 않고, 매사에 촉각을 곤두세웠어. 버스를 탔는데 버스 카드가 안 찍히면, 다시 찍을 생각은 하지 않고 '이거 몰카의 시작인가?' 하는 생각에 주변을 둘러 봤어. 한 동안 연락 없던 친구놈이 전화해서 오랜만에 술이나 먹으러 나오라고 해도 "뭐냐? 몰카냐?"라는 말부터 꺼냈지. 사람과 관계되는 그 모든 것이 몰카의 주제이고 소재였어. 온갖 생각으로 경계하다보면 하루가 언제 지나갔는 줄 모르게 지났어.

근데 웃긴 게 뭔지 알아? <몰카 예고제>는 전파를 타기도 전에 폭삭 망했다는 거야. PD는 몰래 카메라를 6일차에 진행할 예정이었어. 그런데 그걸 준비하기로 했던 이벤트 업체가 급부도가 나서 책임자가 야반 도주를 했다는 것을 알게 됐지. 급한대로 다른 이벤트 업체를 수소문 해봤지만, 워낙 대규모의 몰카를 준비했던지라 당일날 바로 그걸 할 수 있는 곳을 찾을 수가 없었어. 게다가 전날 파이팅을 다지며 가졌던 회식에서 뭐가 살못된 건지 2/3가 넘는 스태프들이 복통을 호소하며 화장실을 전전했지. 집단 장염이었다고 해. 결국 그렇게 정신 없이 변수만 수습하는 사이, 나의 일주일은 끝나버렸어. 당황한 PD가 "사실 몰래카메라가 없는 것이 몰래카메라였다!" 라는 수습을 하였지만, 그 친구 얼굴은 계획대로 되었다고 하기엔 너무 절망에 차 있었어. 난 알았지. 내 죽기 전 마지막 이벤트도 결국 실패 투성이구나.

PD는 죄송하다며, 약속한 냉장고는 꼭 드리겠다고 했지만 난 사양했어. 오히려 고마운 마음이었지. 나란 인간과 엮이면 인생이 이렇게나 좆같아지는구나. 이걸 확인시켜준 장본인이었으니까. 난 더 이상 이생에 미련을 갖지 않게 되었어. 약을 사러 가기 위해 버스를 기다렸고, 버스를 탔지. 근데 이 놈의 카드가 또 안 찍히는 거야. 잔액 부족도 아닌데 왜 안 찍히지? 싶어 이리 대봤다 저리 대봤다 하고 있는데 문득 머리 속에 이런 생각이 스치더라.

'이거 일주일 전에도 이러지 않았나?'

나는 버스에 앉아 곰곰히 생각을 해봤어. 결과적으로 보면 몰래 카메라를 했던 일주일 동안 내 생활은 주변에 카메라맨이 있다는 것 빼고는 다른 게 없었던 거거든. 그렇잖아? 실제로 몰래 카메라는 일어나지 않았으니까 말이야. 그런데 분명 저번주 내 일주일은 굉장히 특별했어. 수많은 사건이 생겼고, 그 사건에 대해 생각하고 처리하는데만 해도 하루가 모자랄 지경이었어. 잊지 못할 일도 많고, 웃을 일도 많았지. 사소한 것에 민감해져서 인내는 없어도 될 일이 생기기도 했어. 좋은 일, 나쁜 일 다 많았지만 확실한 건 그 일주일이 특별했었다는 거야. 생각이 거기까지 미치자 난 웃음이 터졌어. 거기가 버스이고, 사람들이 매우 많다는 사실을 깡그리 잊을 정도로 박장대소 웃어재꼈지. 난 알게 된 거야. 지난 일주일이 특별했던 것이 아니고, 지난 일주일간 내가 '살아있었다'는 것을.

나는 하루하루 살았지만, '죽어있었던 나'와 결별했어. 대신 일상이라는 특별함 속에 항상 생기있게 깨어있는 '살아있는 나'와 만나게 됐지. 일상에서 얻을 수 있는 경험은 상상할 수 없을 만큼 방대했어. 나는 자신감이 붙었고, 그 자신감을 바탕으로 매사에 부딪혔어.

난 방송국 AD 일은 그만 뒀지만, 생생히 살아있어. 지금 뜻이 맞는 사람들과 기획하고 있는 것도 있지. 나 같은 C급 능력자들에게 희망과 용기를 줄 수 있는 강연 프로그램을 만들어보려고 해. 어느 특별한 특권층이 아닌, 흔하디 흔한 일반층을 위한 강의. 서로의 부족함과 아픔을 그 누구보다 공감할 수 있으며, 한 발자국 딛고 나가는 일을 성심성의껏 도와줄 수 있는 그런 강의. 몇몇 물망에 오른 사람들이 있어서 일정을 조율 중이야. 놀라지마. 너희도 알고 있지? 랍스터 판매로 세계에서 독보적인 주가를 올리고 있는 공성지가 조금 이따가 올 거야. 일단 강연 첫 회는 그 분의 이야기로 시작해보려고 해. 아무래도 시작할 때 임팩트가 커야 하는 법이잖아? 응? 이것도 실패하면 어떻게 할 거냐고? 뭐, 어때. 몰래 카메라 아니냐고 의심하고 눈치 냉장고나 받지 뭐!

※ 부제 : "#043, 성공하려면 나처럼 하라" 몇 주 전 이야기

+ 당신의 희망에 신중함이 깃들길

#047. 보라돌이를 석방하라

(2017.06.02. 놀이터 미끄럼틀 위)

나나. 어? 어서와. 주리! 마침 나 혼자 노는 거 슬슬 질렸던 참인데 잘 왔어. 같이 놀자! 응? 보라돌이를 석방시키자고? 그렇지만 보라돌이는 잘못했으니 나쁜 테레비야. 나쁜 테레비는 벌을 받는 게 맞는 걸…… 진짜로 나쁜 게 아닐 지도 모른다고? 나쁘면 나쁜 거고 착하면 착한 거지 그런 게 어딨어~ 이미 재판에서 결정 됐잖아 나쁜 일을 했으니까 그랬겠지~ 에헤헤, 바부~ 그래도 그 때 무슨 일이 있는 지 말해달라고? 후응, 싫은데…… 나나는 무섭단 말이야. 어? 정말이야? 그 거 말해주고 나면 나나랑 놀아줄 거야? 정말이지? 알겠어. 얘기할게 약속 꼭 지켜야돼!

사실 별로 해 줄 말도 없는 것 같은데? 나나는 정말 아무것도 모르겠거든. 몇 주 전에 너 빼고 다 놀고 있었던 때 있었어. 나나는 뽀랑 블루밍이랑 뚜비랑 디퍼랑 보라돌이랑 같이 놀았는데, 너 그거 해봤어? 원숭이들 있는 나무에서 막대 하나씩 빼는 게임인데 되게 재밌어! 나나는 한 번도 안 졌어. 에헤헤~ 그리고 그 다음에 무슨 게임을 했냐면…… 응? 게임 얘기 말고 그 때 사건을 얘기해달라고? 아참 맞다. 그랬지. 땅따먹기를 하고 있었는데 갑자기 뽀가 블루밍한테 화를 냈어. 왜 화냈는지는 몰라. 뽀 화난 거 보고 나나는 바로 울었거든. 뽀 되게 무서웠다? 블루밍 막 때리려고 하기까지 했어. 다행히 보라돌이가 중간에 막고 나서서 싸움은 끝났어. 뽀 댑따 화나서 문 쾅 차고 나갔는데 보라돌이가 따라가더라고. 어디론가 데려간 것 같은데 난 뽀 보기 무서워서 어디로 가는 지 안봤어. 블루밍도 기운 없고, 분위기 이상해졌지. 그 상황에서 더 놀 수가 없어서 그냥 다들 집으로 돌아갔어. 근데 며칠 후에 보라돌이가 잡혀 가서 사실 나도 되게 놀랐어. 나나가 아는 건 여기까지야. 그럼 이제 됐지? 우리 지금부터 뭐 하고 놀까? 헤헤! 응? 주리가 이렇게 보라돌이 위하는 거 어떻게 보이냐고? 글쎄…… 놀면서 얘기하면 안 될까?

(2017.06.03. 운동장 교단 아래)

뽀. 오, 주리 오랜만이네? 나? 나야 뭐 잘 살고 있지. 응? 나한테 할 말이 있다고? 뭔데. 걱정 있으면 얘기해. 내가 다 죽여버릴테니까. 하…… 보라돌이 그 새끼 얘기였냐? 하긴 너하고는 엄청 친했으니까 놀랐으려나. 뭐? 보라돌이를 석방시키자고? 너 그렇게 안 봤는데 사리분별이 전혀 안 되는 놈이었구나? 그 새끼는 위선자에 배신자야. 그런 새끼는 감빵에서 몇날 몇일 썩어봐야 정신을 차린다고. 대체 어떤 일이 있었던 거냐고? 그래. 그럼 네가 듣고 스스로 판단해봐. 보라돌이 그 새끼 원래부터 좀 싸이코스러운 구석이 있었잖아. 별거 아닌 말에도 상처받은 척 쇼한다거나 내가 큰 소리로 얘기하면 벌벌벌 떨고 있다거나. 근데 그거 맘에 안 들면서도 뭐 사람이 다 나같지는 않은 거니까 이해하고 넘어가고 있었단 말이지. 근데 이 새끼가 나한테 거짓말을 밥 먹듯이 하더라고. 언제 그랬냐고? 아, 이거 얘기하려면 일단 블루밍에 대한 얘기를 좀 해야 되는데, 블루밍 걔가 좀 답답한 면이 있잖아. 행동도 굼뜨고, 뭐 먹을 거냐고 하면 잘 얘기도 못 하고, 정작 따라간 다음에는 깨작깨작 먹길래 왜 그렇게 답답하게 먹냐고 물어보면 "사실은 이거 내가 잘 못 먹는 거여서……" 이 따위 소리나 해대고 말이야.

내가 세상에서 싫어하는 사람이 누군지 알지? 말도 못 하고 어버

버거려서 답답한 사람 제일 싫어하잖아. 그래서 답답해 미칠 때마다 조언 몇 번 해줬었단 말이야. 너 그렇게 살면 나중에 사회 나가서 왕따 당한다, 나는 너 아니까 참고 봐주는데 밖에서는 안 그런다. 이런 얘기였지. 근데 블루밍 이 자식이 그거 들을 때는 끄덕끄덕하면서 좋은 말 고맙다고 하더니 뒤통수를 치더라고. 아, 너 없을 때 6명에서 같이 놀았던 때가 있었거든. 여러 게임 하다가 땅따먹기 게임을 시작했는데, 블루밍 이 자식이 너무 노골적으로 나를 방해하는 거야. 아니, 그렇게 마음에 안 드는 일이 있었으면 대놓고 이야기하면 좀 좋아?

왜 앞에서는 끄덕끄덕하면서 이렇게 뒤에서 은근슬쩍 통수를 치냔 말이야. 그래서 참다참다 폭발을 했지. 블루밍한테 불만 있으면 말로 하라고 소리 좀 쳤더니 블루밍은 또 억울한 표정으로 울먹울먹하더라고. 아, 진짜 네가 그 얼굴을 봤어야 하는데. 아주 연기대상감이었다고. 후우, 그 때 얘기하니까 또 열받네. 아, 근데 블루밍보다 더 나쁜 새끼가 보라돌이야. 블루밍한테 욕 좀 하고 있는데 보라돌이가 가로막더라고. 다 같이 게임하고 있던 상황이기도 하고 그래서 내가 이렇게 화내는 것도 좀 아니다 싶어서 그냥 자리에서 박차고 나왔는데 보라돌이 그 새끼도 따라나왔거든? 뭔 말하나 봤더니 블루밍이 왜 그랬는지 사정을 막 얘기하는 거야. 그 때는 보라돌이가 그런 새끼인지 몰랐지. 그래서 가만히 들어봤더니 블루밍 걔가 답답하긴 해도 성격이 원체 그러면 그렇게 할 수도 있었겠다 싶더라고. 그래서 끄덕끄덕하고 보라돌이한테도 고맙다고 얘기했지.

근데 다음 날 블루밍한테 사과하러 갔더니 블루밍이 나한테 따지는거야. 나는 사과하러 갔는데! 그간 나한테 서운했던 거를 막 말하는데 내가 안 했던 것까지 죄다 얘기하더라고. 그래서 얘기했지. 내가 잘못한 건 잘못했다고 사과를 하겠다. 근데 그거, 그거, 그거는 내가 한 게 아니고 그런 의도도 아니었다. 오해다. 그랬어. 그런데 마구잡이로 막 쏘아대는 거야. 근데 그러면서 하는 소리가 뭔지 알아? 보라돌이가 다 말해줬대. 그 때 필이 딱 온거지.

이야, 보라돌이 이 새끼가 사람 좋은 얼굴 해놓고는 중간에서 서로 이간질 시키고 있었구나. 이 새끼가 위선자였구나. 그래서 바로 보라돌이한테 찾아가서 멱살 잡았어. 너 어제 나랑 얘기한 다음에 블루밍한테도 가서 뭔 얘기 했냐고 하니까 그랬대. 뻔질맞은 새끼. 그래서 신고해버렸어. 친구 명예 훼손 죄로. 자, 어때? 보라돌이 그 새끼랑 너도 상종하지 마. 근본부터 썩은 새끼야. 친구들끼리 좀 다투고 싸울 수도 있지 그 사이에서 지만 잘 살려고 이간질을 하고 있냐고. 그치? 너도 그렇게 생각하지? 그래! 네 말대로야! 보라돌이 그 새끼가 배신자야! 응? 배신자일 수도 있는 애를 석방시키려고 하는 게 어때 보이냐고? 너도 졸라 답답하게 착한 새끼니까 그러겠지. 진짜 대단하다 대단해.

(2017.06.04. 집 안방)

청소기, 슈비룩, 슈웁

(2017.06.05. 뚜비 방. 어두움)

뚜비. 주리 왔구나! 마침 잘 왔어. 내 얘기 좀 들어봐. 너 보라돌이 소식 들었어? 아, 들었구나? 뭐? 너도 그 얘기 물어보려고 온 거라고? 그래. 나 진짜 지금 분위기 살벌해 죽겠는데 말 할 사람이 없어서 너무 무서웠어. 너 뽀랑 블루밍이랑 싸운 얘기 들었어? 아, 들었구나. 나 솔직히 그 때 상황은 잘 기억이 안 나. 너무 놀랐거든. 근데 사실 그런 일이 언젠가 벌어질 거는 확실했잖아. 뽀는 뽀대로 너무 화통한 성격이고, 블루밍도 블루밍대로 걱정이 많아서 그렇게 조심하는 건데 그

두 테레비들은 그걸 이해를 못 하더라고. 조금만 서로 입장에서 생각하면 바로 이해될만한 일인데 그 간단한 거를 못 하니 내가 정말 항상 속이 끓는다 끓어.

하여튼 나는 다 알고 있었어. 뽀가 왜 그러는지도, 블루밍이 왜 그러는지도. 그냥 뽀랑 블루밍이 안 맞는 것 뿐이잖아. 근데 뽀가 문을 박차고 나갈 때 차마 쫓아갈 수는 없더라고. 아냐. 쫓아갈 생각은 있었어. 당연하지. 난 뽀 이해한다니까? 근데 내가 쫓아가기 전에 보라돌이가 뽀한테 가더라고. 그래서 나는 울고 있는 블루밍한테 가서 어깨를 토닥토닥 하면서 여러가지 말 해줬지. 블루밍이 화가 많이 났더라고. 내가 어깨 토닥하자마자 그 동안 쌓였던 거 막 쏟아내는데 어휴…… 근데 블루밍이 그렇게 화를 자주 내는 애도 아니고, 이런 기회나 되니까 쏟고 있는 거잖아. 그래서 차마 뽀도 사정이 있어서 저러는 거다 라는 얘기가 안 나오더라고. 물론 나는 뽀를 이해하지만 말이야.

블루밍이 막 쏟아내고나면 후련해질 것 같았어. 그래서 블루밍이 하는 얘기를 조곤조곤 다 들어줬지. 내가 모르던 얘기도 많더라고. 그래서 나도 맞장구도 좀 쳐주고 하면서 블루밍 안에 쌓여 있던 거 다 풀어줬지. 아니, 근데 갑자기 엉뚱한 곳에서 문제가 생겨버린 거야. 뽀랑 블루밍이 같이 보라돌이를 고소해버린 거지. 도대체 보라돌이가 뽀한테 뭔 얘기를 했기 때문에 그런 걸까? 내가 듣기론 뽀랑 얘기하고 블루밍한테도 뭔 얘기 했다던데. 주리 넌 알고 있어? 아, 특별한 건 잘 모른다고? 그럼 혹시 알게 되면 나한테도 꼭 알려줘. 응? 보라돌이를 석방시키자고? 넌 진짜 대단하다. 착한 건 알았지만, 그런 생각까지 할 줄 몰랐네. 혹시 하다가 내가 도울 일 있으면 언제든지 연락 줘. 응원할게 파이팅!

〈2017.06.06. 지하 보일러실. 벽면 흰색〉

　블루밍. 아…… 주리구나…… 요즘 안 보이던데 무슨 일 있었어? 그래. 잠깐 어디 갔다 왔구나. 여긴 어쩐 일이야? 응? 나 찾고 있었다고? 왜? 아…… 보라돌이 얘기…… 너도 알고 있었구나. 그래. 보라돌이 지금 감옥에 있어. 어? 보라돌이를 석방시키자고? 그래. 좋은 생각이야. 보라돌이도 억울한 면이 있을 테니까…… 근데 나는 잘 모르겠어. 미안해. 나는 좀 빼줘. 무슨 일이 있었냐고? 어…… 어디부터 얘기해야 할까? 너는 누구한테 가서 이런 얘기 안 할 사람인 거 아니까 그럼 믿고 얘기할게.

　너도 좀 들은 게 있구나. 뽀도 만나봤어? 그래? 뽀는 뭐래? 괜찮아. 사람마다 생각이 다르니까 무슨 말 듣든 아무렇지 않아. 그래, 그럼 나부터 얘기할게. 땅따먹기하는데 이상하게 뽀를 방해하는 쪽으로 계속 되더라고. 나도 당황스럽고 속상했지. 근데 그걸 가지고 뽀가 갑자기 뭐라고 그러는 거야. 평소에 깊이 생각 안 하고 아무데서나 막말하는 거 계속 참고 있었는데, 나한테 또 그러니까 나도 엄청 서운해지더라. 그런데 뽀가 화나면 엄청 쏴대잖아. 아무 말도 못 하겠는데 답답하긴 하니까 눈물부터 터져나오더라고. 울면 뽀가 되게 나쁜 사람처럼 보일 수도 있잖아. 그래서 어떻게든 참으려고 했는데 못 참겠더라. 그래서 눈물이 툭 떨어졌는데 그거 보고는 뽀가 문을 박차고 나가더라고. 너는 이해하겠지? 그 때 내 마음? 오히려 억울한 건 난데 뽀가 그렇게 해버리니까 난 또 아무 말도 할 수가 없게 되잖아. 그게 서러워서 뚜비를 붙잡고 이런 저런 얘기 막 했어. 근데 뽀가 한 짓이 내가 알고 있는 정도로 끝나는 게 아닌 거 있지?

　내 얘기 듣다가 뚜비도 자기가 뽀한테 있었던 불만이랑 사건을 얘기하는데 이건 진짜 더 이상 이해하고 넘어가면 안 되겠다 싶더라고. 그래서 뚜비한테 들은 것까지 다 하나하나 적어놨어. 나중에 만나면 꼭 한 마디 해야겠다 싶더라고. 그렇게 얘기하고나서 좀 쉬려고 내 방에 들어왔는데 그 때 보라돌이가 들어왔어. 보라돌이한테 뽀랑 무슨 얘기했냐고 하니까 말을 안 해주더라고. 그러고는 계속 뽀도 그러려고 그런 게 아닐 거다, 원래 좀 성격이 쎄서 그렇지 나쁜 애는 아니지 않냐 이러면서 여러 얘기를 하더라고. 딱 봐도 뻔하잖아. 뽀랑 나가서 믿 얘기를 들었는지 모르지만 완전 뽀편이 다 되었더라고. 그런데 또 뽀를 이해하라고? 그건 또 나한테 지라고 얘기하는 거잖아? 방금 전에 뽀가 했던 짓을 봤으면서 어떻게 나한테 그런 말을 할 수 있냐고.

    그런데 여기서 반전이 뭔지 알아? 뽀도 보라돌이를 싫어하는 거 있지? 뽀한테 얘기 들어보니 보라돌이는 진짜 너무 이간질쟁이더라고. 혹시 너도 보라돌이한테 뭐 들은 거 있어? 나에 대한 거? 응? 나는 그렇게 생각하는데 너는 지금 석방 시키려고 하니까 별로겠다고? 그건 아니야. 넌 원래 착하잖아.

    (2017.06.07. 바깥)

    아기했님. 꺄하핫! 헤헷! 꺄하하하~!

    (2017.06.08. 옥상. 천체망원경 있음)

    디퍼. 아, 너였냐? 그래. 안 그래도 좀 쉴까 했는데 잘 왔네. 하? 보라돌이를 석방시키자고? 나는 일단 찬성인데 글쎄다. 너 혼자 힘으로 그게 될까 모르겠네. 다른 테레비들한테도 말해봤다고? 야, 그럼 아마 백퍼 불가능할 거야. 왜 그렇게 생각하냐고? 말해봤자이긴 한데…… 그래. 내가 봤던 거 얘기해줄게. 그래. 뽀랑 블루밍이랑 싸웠어. 싸웠다기보단 뽀가 빡쳤다고 표현하는 게 더 맞겠네. 하여튼 그러고나서 뽀

나가고 보라돌이 따라가고 그랬지. 뭔 얘기 했냐고? 몰라. 난 안에 있었어. 나나 걔는 원래 생각 없잖아. 블루밍 우니까 따라 울다가 뽀 나가고 나니까 금새 심심해하더니 방으로 들어갔지. 뚜비가 웃겼어. 맨 처음에는 블루밍 위로해주는 척 하다가 점점 뽀 뒷담화를 까기 시작하더라고. 뭐 다 맞는 얘기이긴 했는데 왠지 듣기 싫어져서 난 그냥 방에 들어와서 잤어. 내가 알고 있는 거 전부야 이게.

보라돌이 걔가 좀 불쌍하지. 예전에 뽀가 보라돌이 얘기하면서 뭐라고 했는 줄 아냐? 답답한 구석이 있다고 했어. 근데 블루밍은 보라돌이 얘기할 때 보라돌이가 좀 더 진득이 물어보고 움직여줬으면 좋겠다고 했거든. 그런 거야. 걔네들이 워낙 극단에 있으니까 중간에 있는 멀쩡한 놈이 이상해보이는 거지. 나야 뭐, 걔네들하고 놀기는 해도 어울리지는 않으니까 상관없어. 내 말 이거로 끝인데 더 할 말 있냐? 아, 그거 물어보려던 거였어? 보라돌이 위한 행동 하는 거 어떻게 보이냐고? 새끼…… 너도 그 버릇 좀 고쳐. 난 너 착한 놈이라고 생각 안 해. 기회주의자 새끼.

(2017.06.09. 야외)

마이크(샤워기……?) 텔레토비 친구들. 오늘은 주리가 보라돌이를 위해서 사식을 준비했어요! 으음? 근데 이상하네요. 분명 어제까지는 보라돌이를 석방시키겠다고 돌아다녔던 것 같은데 포기했나봐요. 그렇지만 주리도 며칠 간 열심히 돌아다닌 덕에 며칠 동안 자리 비우면서 자기만 몰랐던 사실을 다 알게 되었네요. 사식을 넣어주는 주리를 보며 텔레토비 친구들이 "역시 주리야" 하면서 주리를 인정해주고 있어요. 한동안 텔레토비 동산에는 6명만 있게 되겠죠? 그럼 꼬꼬마 친구들. 보라돌이가 석방되는 그 날까지 또 어떤 일이 벌어질까요? 다

음 이 시간을 기대해주세요. 텔레토비 친구들 안녕~

+ 상처 입은 사람은 편견이라는 방어막을 만들어 자기를 지키고자 한다. 웃픈 건 이 방패가 방어력보다 공격력이 높다는 점이다.

#048. 노랗게 웃어봐요

"세린아~ 얼른 올라와! 아빠랑 인사해야지."

"좀만 더 놀면 안 돼요?"

"안 돼. 오늘은 아빠 만나는 날이니까 좀만 얌전히 있자."

엄마가 언덕을 내려오더니 내 손을 잡았어요. 꺼끌꺼끌. 주름 많고 거친 손이지만 따뜻해요. 아까까진 아쉬웠는데 이러고 있으니 괜히 기분이 좋아져요.

"나도 가도 돼?"

민혁이가 나한테 물어보네요. 살랑거리는 녹색 웃음이에요. 나는 엄마를 쳐다봤어요. 그치만 엄마는 또 "안 돼."라고 하시네요. 나도, 민혁이도 실망했어요. 엄마는 쭈_」려앉아 내 양쪽 팔을 잡았어요. 눈을 보고 얘기하려는 거예요. 난 엄마랑 이렇게 얘기하는 걸 좋아해요. 엄마 눈을 봐도 목이 아프지 않거든요. 그리고 이렇게 이야기할 때 엄마는 보다 더 따뜻하고 포근해져요. 그리고 마지막에는 항상 노랗게 웃는답니다.

"엄마는 우리 세린이가 아빠 만날 때만큼은 조용하게 있어주면 좋겠어. 물론 세린이는 놀고 싶겠지만, 아빠 볼 수 있는 건 1년에 한두 번이잖아. 그러니까 아빠한테 인사도 하고, 하고 싶은 말 있으면 하기도 하고 그렇게 했으면 좋겠어. 그래야 아빠가 더 기뻐하시지 않을까? 그리고 엄마는 아빠한테 우리 세린이 이렇게 잘 걸어다니는 거 보여주고 싶어."

"응, 알겠어."

나는 고개를 끄덕끄덕했어요. 민혁이한테는 미안했지만 내가 알았다고 해야 엄마가 웃을 거를 알기 때문이에요. 나는 내 팔을 잡고 있는 엄마 손 위에 내 손을 포갰어요. 아! 노란 웃음이에요. 난 이 때가 정말 좋아요. 엄마랑 손 잡고 언덕을 올라가요. 올라가다보면 무덤이 있어요. 매번 1년에 한 번씩 아빠를 만나요. 왜 맨날 볼 수 없냐고 엄마한테 물어본 적이 있는데, 아빠랑 우리가 너무 멀리 떨어져 있어서 그렇대요. 그럼 여기서 살면 될텐데 라고 물어보고 싶었지만 엄마 색이 너무 어두워져서 차마 더 묻지 못 했어요.

"저기 아빠 있나."

엄마가 무덤을 가리키네요. 아빠가 있어요. 사실 처음 여기 왔을 때만 해도 왜 아빠인지 몰랐어요. 엄마가 "세린아, 인사해. 아빠야." 라고 하니 그냥 '그런가보다.' 한 거죠. 죽기 전 아빠는 기억이 나지 않아요. 제가 많이 어렸거든요. 엄마가 울어요. 가만히 엄마 손을 꽈악 잡았어요. 울지마요! 하는 에너지를 담아서요.

"우리 세린이 걷는 거 보면 아빠가 엄청 기뻐할 거야"

"그래요?"

"응……"

엄마 말을 듣고, 아빠 주위를 빙글빙글 걸었어요. 전혀 반응이 없어요. 볼 수 없나봐요. 살았을 때 저는 소아마비였대요. 걸어보지도 못 하고 죽었지만 지금은 이렇게 잘 걷는데…… 이렇게 씩씩한데 아빠는 항상 여기 오면 울어요. 아빠가 울면 엄마도 울어요. 싫어요. 아빠, 노- 랗게 웃어봐요. 엄마랑 저는 여기서 잘 지내고 있다구요~!

+ 남은 사람은 무겁다.

#049, 내 편

울지마. 이 새끼야. 그래. 울고 싶겠지. 보통 이런 경우에는 울고 싶어져. 그치만 이런 경우에 울면 넌 그냥 보통 그 존재밖에 안 되는 거야. 이런 때 안 울고 악바리로 버티잖아? 그제서야 될 수 있는 거야. 보통 이상의 존재가.

질질 짜지마. 네가 아무리 여기를 눈물 바다로 만들어봤자 나한테는 안 통해. 네가 까딱하면 쓰는 것이 눈물이라는 걸 내가 뻔히 알고 있는데 내가 네 눈물에 뭐가 흔들릴 거라고 보는 거야? 아아, 그렇지. 너야 억울하겠지. 일부러 우는 게 아니니까. 진짜로 너도 모르게 눈물이 나는 거니까. 근데 사람이 영악한 게 뭔지 알아? 익숙하고 유용한 거는 머리보다 먼저 몸이 반응하게 된다는 거야. 넌 너를 흐리고 싶을 때 눈물로 번지게 하잖아. 아무리 여기를 바다로 만들어봐. 난 안 잠겨. 난 네가 고집이 졸라 쎈 놈이라는 걸 알고 있어. 언제 한 번이라도 네가 다른 사람의 말을 귀담아 들은 적이 있어? 없잖아. 까놓고 말해서. 네가 지금 나한테 이야기를 꺼낸 이유도 훤해. 결정은 했다. 근데 찝찝한 게 있다. 그러니 내 찝찝한 부분이 별 거 아닌 일이라고 위로해 줘라. 이거잖아.

넌 진짜 씨발 놈이야. 네가 쫄려가지고 안 한 방향이면서 결국 그 원인, 탓은 다른 사람에게로 돌려. 왜 그렇게 얘기했냐고. 왜 그렇게 들어줬냐고 따지면 난 대체 뭐라고 말해야 하는 거야? 야, 정신을 차려. 잘못한 건 남 탓, 잘 된 건 네 덕으로 살아봤자 세상 좆도 없어. 누가 너 알아줄 것 같아? 우와, 정말 넌 대단한 사람이었구나! 하면서 바라보는 초롱초롱을 바라는 거야? 넌 누구의 기억에도 안 남아.

관계란 기본적으로 희생이야. 이득 보는만큼 너도 풀어야돼. 난 졸라 달콤한 것만 빨테니까 쓴 거는 네가 삼켜줘. 우린 친하잖아. 응? 하이고…… 염병을 합니다 아주?

　넌 죽었다 깨어나도 모르겠지만, 하나 알려줄게. 아, 들을 필요는 없어. 어차피 귓전으로 들을 거 알아. 사람들은 생각보다 눈치가 빨라. 마냥 착한 사람과 착한 척만 하는 사람은 금방 구별해. 솔직히 너 친구 없잖아. 아니라고? 그럼 지금 당장 주소록이나 펼쳐보던가. 아무 이유 없이 전화해서 아무 소리나 기껄일 수 있는 사람이 한 명이라도 있어? 너무 오랫동안 연락을 안 해서 어색하다고? 이 밤중에 연락하면 싫어하지 않겠냐고? 그건 이유가 아니라 변명이라고 하는 거야. 세상엔 그런 표면적 이유를 전혀 따지지 않는 관계라는 게 있어. 네가 그 따위로 고민하는 건 네가 바로 그딴 놈이기 때문이야.

　아, 씨발. 질질 짜지 말라고 분명 얘기했어. 이건 비단 지금만을 놓고 하는 얘기가 아냐. 앞으로도 그래. 의미없고 발전없는 잘 했다 우쭈쭈 위로 몇 자락 듣고 싶은 거면 내가 아니고 딴 놈한테 가서 씨부려. 난 누구보다 너를 잘 알고 있는 놈이야. 이 정도 말에 상처 안 받는 것도 알고, 오히려 이것보다도 쎄게 얘기해야 들어먹지 이 정도 쌍욕으론 꿈쩍도 않는 것도 알고 있어. 결정은 네가 하는 거야. 우쭈쭈로 딸이나 잡으면서 살지, 이런 말로 그나마 인간 냄새는 나게 살아갈 건지. 확실히 말하지만 넌 쓰레기야. 다른 사람은 모르더라도 난 알고 있어. 네가 쓰레기인 걸. 그래서 나한테는 그 어떤 말을 해도 상관없어. 왜냐면 어차피 넌 쓰레기니까. 그러니 나한테 얘기 걸 거라면 네가 쓰레기라는 것부터 인정하고 와. 내 대답은 언제나 한결 같을 거야. 그러니까 네가 쓰레기라는.

그래그래. 울어. 아직도 네가 약하다는 증거야. 왜 네가 쓰레기라는 걸 받아들이지를 못 하냐. 그냥 받아들여. 다 똑같아. 고고한게 어딨어. 다들 자기 치부 감추기 위해 사는 게 세상이야. 난 너를 끊임없이 쓰레기라고 할 거야. 왜냐면 넌 쓰레기니까. 네가 왜 쓰레기인지, 어떤 점이 쓰레기인지를 받아들여야만 그 찔찔 짜는 것도 그만하겠지. 내가 더 잘 하겠다고? 하…… 까고 있네. 씨발 새끼가.

그는 그렇게 거울을 보고 한참을 울었다. 알람이 울렸다. 넥타이를 고쳐맸고 집을 나섰다. 올백 머리를 견고히 하고, 온 몸 가득 향수를 뿌렸다. 바이어를 만나야했기 때문이다.

+ 거울이 깨졌다면 머리가 단정하든, 향수가 고급지든 그게 무슨 소용인가.

#050, 방 탈출 게임에 관하여

"너는 어데 사는데?" 라는 질문에 솔직하게 대답하면 "어디? 한국에 그런 곳도 있나?" 하며 웃는, 그런 동네에 살고 있다. 나는 태어나서 한 번도 이 동네 바깥으로 나가본 적이 없다. 마을 역대 이장을 연임하고 있는 최씨네 정자와 마을 반찬 가게 비법을 대로 물려받는 딸부자 정씨네 난자가 한 날 한 시에 만나 태어난 게 나이다 보니, 친가 외가 모두 걸어서 갈 수 있는 거리에 있다. 게다가 우리 동네 정도 되면 담도, 자물쇠도 없이 그냥 소리로 "김씨댁~ 잠깐 나갔다 올테니 여기 왔다갔다 좀 디비보소!" 하는 정도라 설날과 추석은 동네 전체가 모여서 행사를 하는 끈끈함이 있었다. 난 그게 좋았고, 앞으로도 좋을 거라고 확신하고 있다.

그렇다. 난 이 동네가 좋다. 그리고 이 동네에서 벗어나고 싶은 마음도 없다. 딱 한 가지 아쉬운 점을 빼면 말이다. 그건 바로 방탈출 게임이다. 인터넷을 보니 높은 건물 좀 많은 도시 동네에는 방탈출이라는 테마 카페가 있는 듯 했다. 그 전부터도 '미궁', '방탈출게임' 이런 테마의 인터넷 사이트가 있으면 빠짐 없이 챙겨하던 탈출 마니아였기에, 이 카페에 방문하는 건 내 일생 일대의 소원이었다. 걸어갈 수 있는 인근 동네에 동네 유일의 방탈출 카페가 생겼다는 것을 들은 건 어제였다. 간밤에 갑돌이네가 밤일을 했네 안 했네도 파악하고 있을 정도로 비밀이 없는 동네인데 이런 동네에 이런 컨셉 카페를 차리다니 이해가 되지 않았다. 방법은 하나였다. 그 누구보다도 빨리, 첫 번째 주자가 되는 수밖에.

방탈출 카페의 이름은 <무지개 방탈출 카페>였다. 촌스러운 이름이었지만, 진짜 촌에 있으니 의외로 어울리는 그런. 이 카페의 컨셉은 나름 독특했다. 안이 보이지 않는 유리 상자 안에 손을 넣고 하나를 집어 올리면, 뽑아올린 그 색에 맞는 테마를 체험하는 식이었다. 문제는 예전에 골랐던 방탈출이 골라져 했던 컨셉을 다시 해야할 때가 있었다. 하지만 그럼에도 불구하고 내 노력은 꾸준했다. 총 6가지의 컨셉을 체험해볼 수 있었던 것이다.

내가 유리 상자에서 못 뽑은 색은 딱 하나 남았을 것이다. 도대체 그 안에는 어떤 방탈출이 들어있을지 궁금해 잠을 설치기도 하였다. 카페를 이용하는 다른 친구 친척들에게도 혹시 보라색을 뽑은 적이 있는지 물었으나, 아직까지는 뽑은 사람이 없었다. 다행이었다. 오늘도 나는 카페에 들러 뽑기를 하였다. 하지만 나온 색은 노란색이었다. 나는 점원에게 물었다.

"혹시 오늘은 보라색 뽑은 사람이 있나요?"

"없습니다."

"휴…… 다행이네요."

나는 가슴을 쓸었다. <무지개 방탈출 카페>에서 보라색을 뽑은 사람은 아직 아무도 없었다. 노란색 테마에 다시 들어가는 기분에 안심이 가득했다.

+ 경쟁이 눈을 가리면 손해도 달다. 단 맛이 몸에 안 좋은 이유 아닐까.

#051, 소담(笑談)

오페라 극장에서 촉망받던 프리마돈나가 처참한 주검으로 발견되었다. 범인은 누구일까?

(1) 유령 : 오페라극장의 진정한 주인이자 프리마돈나의 음악 스승

(2) 백작 : 오페라극장의 후원자. 프리마돈나의 첫사랑

(3) 무용수 : 오페라의 군무 댄서. 프리마돈나의 소꿉친구

~~(4) 여배우 : 오페라극장의 퇴물배우. 프리마돈나에게 영광의 자리를 내주었다~~

"저기…… 저는 죽은 거죠?"

두 명의 여성을 천장에서 바라보던 여자가 옆 사람에게 물었다. 옆 사람은 고개를 끄덕였다. 사실 사람이라고 하기도 뭐한게 핏기 하나 없이 창백한 그 사람은 저승사자였다. 검은색 도포를 걸쳐 적당히 동양적인 느낌이면서, 생김새는 서구턱했기에 굳이 따지자면 저승사자보단 드라큘라에 가까운 모습이었다. 물론 둘 다 본 적은 없지만.

"인정하기 힘들거다. 하지만 너는 죽었다. 2017년 7월 16일 오전 6시 27분. 잠결에 떡을 먹다가 기도가 막혀서 사망. 그것이 너의 사인이다. 뭐라 위로를 해야할 지 모르겠군."

"우와, 정말 추잡스럽게 죽었네요. 저."

익숙한 행정서류를 쳐다보는 듯 무던한 눈길과 으레적인 위로의 말. 그러나 여자의 반응은 참으로 명랑했다. 흔히 자신의 죽음이 실감이 안 나는 인간들이 이러지. 꿈 비스무리한 거라고 생각하고 있나보군. 권태가 여전하게 저승사자가 생각했다. 딱히 짜증나진 않았다. 오

히려 이런 경우가 저승으로 인솔하는데 어려움이 없기 때문이다.

"사망 직후부터 이승에 잔류할 수 있는 시간은 2시간이 주어진다. 저승으로 가기 전에 꼭 해보고 싶은 것이 있나?"

"해보고 싶은 거요? 꽤나 서비스가 친절하네요!"

"만족도 조사에 기인해서 만든 시스템이다. 저승도 그리 막되어먹은 곳은 아니거든."

"민주적이네요. 의외로……"

저승사자는 대꾸 대신 다시 끄덕였다. 조잘조잘대는 타입과는 성격이 맞지 않다. 혼자서 떠들다가 지칠 수 있도록 하는 방법은 리액션을 최소한으로 하는 것이다. 여자는 제법 진지하게 고민을 하더니 손가락을 퉁기며 "결정했어요!!" 라고 소리쳤다. 느낌표를 두 개나 붙이다니. 정말 피곤한 타입이군. 저승사자는 자신의 눈살이 찌푸려지지 않았나 경계하며 "뭔가?"라고 응문했다. 여자는 자신의 드레스 어깨끈이 흘러내릴만큼 상반신을 푸욱 숙여 무언가를 가리켰다. 땅에 있는 자신의 시체였다.

"여기 지켜봐요! 저 제가 죽고나면 주변 사람들이 어떻게 반응할지가 항상 궁금했거든요."

"겨우 그건가?"

"에? 이게 '겨우'예요?"

"일반적으로는 부모님이나 사랑하는 연인 얼굴을 다시 한 번 보고 싶다던지 그런…… 하긴 굳이 그럴 이유도 없군."

저승사자는 에둘러 자신의 반문을 수습했다. 이상한 걸 이해하는 건 이상한 사람이다. 머리 속 없는 것을 굳이 알려고 할 필요는 없다.

"정말 그거로 되는가? 아까 말했듯이 2시간이 지나기 전에 저승으로 갈거다."

"네, 그럼 8시 27분이죠?"

"그 전에 가야하니 8시 20분에 출발하기로 하지."

"2시간 지나면 어떻게 돼요?"

"대답할 의무는 없다."

차가운 대답 이후 여자는 더 이상 반문하지 않았다. 아까의 해맑음을 흔적도 없이 걷어낸 진지한 표정이, 비로소 촉망받는 프리마돈나의 자태로 보였다. 현재 방에는 죽은 여자 자신과 여배우가 있었다. 여배우는 여자가 극단에 들어오기 전까지 주역을 도맡아하던 사람이었다. 아무리 실력 차이로 밀려난 거라지만 그래도 속이 상하거나 화가 날 법한데 그런 느낌이 전혀 없어요. 참 착하죠?

저승사자는 옆에서 들려오는 소리에 대꾸하지 않았다. 그들은 소규모 단합 대회를 하던 참이었다. MT를 가겠다고는 오래 전부터 공지했으나 사정 생기는 인원들이 다 빠지고 나니 남은 것은 고작 다섯명이었고, 이 인원서 어디 가기도 뭐하니 극단 대기실에서 진탕 마시다가 모임 마치자고 결정한 게 어제였다. 눈 앞에 있는게 사람인지 구구단인지도 모를 정도가 되었을 때 모임은 끝났고, 대기실 바닥에 매트리스를 깔아 바로 잠들었던 것이다. 숙취에 머리를 부여잡고 일어난 여자는 어제 먹다남은 가래떡을 발견했고, 술 좀 깰 요량으로 그걸 먹다가 기도가 막힌 것. 프리마돈나 사망 사건의 전말은 이러했다. 지켜보기를 한 시간 남짓, 대기실의 문이 열렸다. 백작이었다. 커다란 벽걸이 시계를 들고 온 그는 못이 박혀 있는 곳에 시계를 걸었다.

"어제 술 마시다가 실수로 백작이 떨어뜨렸거든요. 고쳐왔나봐요."

여자는 옆에 있는 사람이 절친한 오빠라도 되는 양 귀에 속삭였다.

목을 놓고 소리쳐도 여자의 소리는 산 사람들에게 닿지 않는다. 저승사자는 여자의 입술을 치우며 알려줬다. 민감한 얘기는 듣든 안 듣든 작게 얘기해야죠! 여자의 반박은 가볍게 무시했다. 백작은 시계의 균형을 확인하는가 싶더니 이내 잠들어 있는 두 여배우에게 접근했다. 백작은 갑자기 코가 뚫린 듯 킁킁댔다. 그리고는 손가락을 뻗어 여자 옆에 자고 있는 여배우의 가슴을 콕 찔렀다. 어? 저 씨발 새끼가? 저승사자는 고스란히 들리는 라이브 반응을 애써 무시하며 상황을 지켜봤다.

여배우는 곤히 잠들었는지 미동도 없었다. 두번, 세번 소심하게 찔러보던 백작도 자신감이 생겼는지 손바닥을 펼쳐 여배우의 가슴을 그러쥐었다. 만지작할 때마다 옆에서 들리는 방금 죽은 자의 육두문자도 심해졌다. 그 행위는 여배우가 뒤척일 때까지 계속 되었다. 뒤척이자마자 손을 떼고, 허리를 펴고, 뒷짐을 진 채 창 밖을 응시하던 백작은 옆으로 돌아 누운 여배우를 넘어 여자에게 다가갔다.

"아, 오지마. 저리로 가! 이 씨발새끼 좆변태새끼 존나 씹창맞은 퇴물 새끼! 아, 저승사자님. 쟤 어떻게 못 해요? 아, 만졌어! 아, 더러워!! 꺼져 초겨울에 바바리하다가 꼬추부터 얼어뒤질 씹새끼야! 아, 씨발! 졸라 젠틀한 새끼인 줄 알았는데 쌍놈이었네. 아, 생긴 건 잘 생겨가지고 아, 아!! 씹새끼야! 왜 바지는 벗고 지랄…… 아, 씨발!!!"

백작은 하늘에서 자기에게 욕을 퍼붓는 피해자의 음성이 들리지 않았다. 딸딸이까지 마무리하고, 허여멀건한 액체를 여자의 얼굴에 뿌린 그는 만족스런 숨을 몰아쉬었다.

"에이프릴. 잠귀가 되게 어둡구나."

시체에 속삭이듯 혼잣말을 한 후 그는 화장대에 있는 티슈를 두어

개 뽑아 여자의 얼굴을 훔쳐냈다. 이상을 느낀 것은 그 때였다. 아무리 잠귀가 어두워도 숨은 쉬어야 정상일 터. 숨도 내쉬지 않은 채 누워 있는 그녀를 보다 움직임이 굳은 그는, 잠시 후 피해자의 욕을 아늑히 넘길만한 비명을 질렀다. 바지춤을 올리는 것도 잊은 상태였다. 그 소리에 눈을 뜬 여배우는 공교롭게도 백작의 걷어올리지 못 한 분신을 직시하는 자리에 있었다. 다른 이유로 비명을 지르기 시작한 둘에 의해 두 남자가 대기실로 달려왔다. 각각 마대자루와 야구방망이를 든 채로 눈물의 백작의 친언의 모습을, 저승사자는 방금 들어온 두 남자의 황당해하는 표정을 보며 두 눈을 질끈 감았다. 백작도 그제서야 자신의 상태를 알았는지 뱀이 꿈틀거리듯 바지춤을 올렸다. 여배우는 울고 있었다.

"그래! 좋았어! 저 새끼 다시는 저거 못 쓰게 방망이로 찍어버려!"

그리고 여자는 섀도우 복싱을 하고 있었다. 저승사자는 이 거슬리고 독특한 사망자가 무척이나 거슬리렸으나, 솔직히 상황 자체에 흥미가 느껴져 가만히 있었다. 저승사자는 벽걸이 시계를 힐끗 쳐다봤다. 아직 여유 있었다.

"이, 이보게. 유령! 이걸 좀 보게!"

백작이 야구방망이를 들고 있는 남자에게 엉금엉금 기어갔다. 아까까지 방망이를 내놓고 있던 자라고 생각하니 저승사자는 피식 웃음이 났다. 유령이라 불린 자는 어디선가 한 번쯤 본 것 같은 흔한 외모였다. 하지만 흔치 않은 이름이군.

"그쵸? 저건 저희 극단에서 거의 이름처럼 굳어진 별칭이에요. 본명은 시어후드인데 저도 본명으로 불러본 건 예전에 발성 과외 받을 때 이후론 없어요. 대신 저기 마대자루 든 애는 이름 자체가 용수예요. 무용수를 하는 무용수. 재밌죠?"

그의 중얼거림을 들었는지 여자가 신나게 설명했다. 그렇군. 대답은 하지 않았다. 바닥의 상황이 점점 심각해져서 옆의 지저귐에 신경 쓰고 싶지 않았던 것이다. 그들은 비로소 여자가 죽었음을 발견했다. 백작의 말대로 여자는 숨을 쉬지 않았다. 하지만 그들이 주목한 건 그녀의 얼굴에 아직 번들하게 남아있는 백작의 치행 자욱이었다.

"당신…… 도대체 무슨 짓을……" 이라며 경멸에 젖은 눈으로 백작을 돌아보던 유령은 용수가 휘두르는 마대자루에 말을 매듭짓지 못했다. 마대는 정확히 백작의 가르마 위 3cm 위를 갈랐다. 산 사람, 죽은 사람 모두 놀랐다. 마대를 든 남자는 말 그대로 흰자위를 내놓고 있었다.

"이 개새끼가…… 프릴을…… 나의 프릴한테 뭔 짓을 한 거야!"

"나…… 의 프릴……?"

저승사자는 옆의 여자가 섬찟하는 것을 느꼈다. 가장 놀라운 건 이런 상황에서 자신의 호칭에 대한 태클을 건다는 부분이었으나, 표정을 보곤 별 말 하지 않기로 했다. 여자는 어제 먹은 카레가 설사였다는 것을 알게된 얼굴이었다.

"저…… 저 새끼가 왜 저한테 나의 프릴이라는 징그러운 호칭을 쓰는 거죠?"

"오늘 저들을 처음 보는 내가 그걸 대답할 수는 없을 거라 보는데."

"와, 대박이다. 저 새끼 저 좋아했나봐요! 어우…… 싫다. 근친이잖아 이거. 세 살때부터 볼 거 못 볼 거 다 보고 살았는데 내가 어떻게 좋지……?"

"잠깐 봤을 뿐이지만 그 의문에는 나도 동의가 되는군."

둘이 그런 얘기를 나누는 와중에도 아래는 난장판이 실황되었다. 무용수와 백작 사이에 파고들어 용수를 말리는 유령, 백작의 머리 아니면 거시기를 깨버릴 생각인지 살의를 담아 휘두르는 마대 자루를 몸을 날려 피하는 백작, 공교롭게도 백작이 몸을 날린 곳에 있어서 그와 몸이 부딪혀버린 여배우, 얼굴로 날아든 바퀴벌레를 본 듯이 빼액 비명을 지르는 여배우에게 놀라 엉덩방아를 찧는 백작, 그걸 보고 더욱 눈이 뒤집혀 마대를 휘두르는 용수, 후원금을 생각하라며 용수의 양 팔을 붙드는 유령, 그에 내두나머 팔꿈치로 유령의 안면을 가격하는 용수, 맞아서 돌아간 얼굴을 돌리며 용수의 정강이를 신발창으로 찍어버리는 유령, 허리를 숙인 용수를 멍하니 보다가 마대자루를 든 오른손을 향해 몸을 날리는 백작, 그걸 못 보고 휘두른 오른발이 백작의 오른쪽 귀를 쓸어내는 것에 눈이 평소의 두 배가 된 유령, 정신을 차렸는지 다급하게 문으로 달려가 걸어잠그는 여배우.

싸움 구경만큼 재밌는 것이 없다고 했던가. 저승사자는 네 명의 남녀와 한 명의 시체가 뒹구는 방에 몰입해있었다. 그러나 벽시계에선 눈을 떼지 않았다. 8시 20분이 거의 되어가고 있었기 때문이다. 분침이 4를 가리킬 때까지 상황을 보다가 이 여자를 끌고 가면 되는 거였다. 그런 생각으로 쳐다본 여자는 고개를 숙이고 있었다. 입꼬리를 바짝 올린 채로 어깨를 들썩이고 있었다. 넘치는 웃음을 어거지로 참을 때나 하는 행동이었다. 이 상황이 그렇게나 재밌는 건가 싶어 혀를 차려는데 갑자기 여자가 고개를 쳐들었다. 그믐달 같은 눈꼬리였다.

"이봐요. 저승사자씨."

"뭐, 뭔가."

"2시간 지났어요."

"……뭐?"

저승사자가 벽시계로 고개를 돌렸다. 아직 분침은 4에 미치지 않았다. 그러나 저승사자는 시야가 아득해짐을 느꼈다. 다급히 여자에게 손을 뻗었으나, 형광등의 삼파장을 그러쥘 뿐이었다.

"이런 씨……"

말이 끝나기도 전에 그는 하늘로 튕겨지듯 올라갔다.

"이제 그만해요."

여자가 몸을 일으켰다. 몸을 얽혀가며 소란을 피우던 네 명은 그제서야 떨어져 옷을 털었다.

"와나! 진짜 죽는 줄 알았네! 너 진짜 나 죽이려고 한 거 아니지?"

"그럴리가요. 제 존경 1순위가 바로 에바롬 백작님입니다."

방금까지 마대를 들었던 손으로 삭삭 빌며 종소리를 내는 용수가 백작과 하이파이브를 하자,

"맙소사…… 정말 유령씨 말대로잖아?"

"제가 뭐랬어요? 진짜랬죠? 예전에 저 교통사고 났을 때도 어떻게 돌아온 건지 이제 믿으시겠죠? 얼른 20페니 내놔요."

유령은 여배우의 지폐를 낚아챘다. 모두가 죽은 목숨이라고 한 상황에서 눈을 뜬 후 유령이라는 별명을 얻게 된 시어후드는 이제야 자신의 경험이 허풍이 아니었음을 증명하고 환호했다.

"아~ 간만에 스릴 있고 재밌었다."

여자는 지끈하는 두통에 표정을 찌푸렸으나 눈매 가득 웃음을 담았다. 아직 덜 돌아온 감각에 목을 좌우로 두둑거리며 시계까지 걸어간 그녀는 까치발로 벽걸이 시계를 내려 분침을 15분 앞으로 돌렸다.

"우린 이제 귀신도 속이는 극단이 된 거예요. 다음엔 무슨 놀이를

해볼까요?"

　대기실엔 그들밖에 없었으나 에이프릴은 왜인지 속삭이듯 작게 이야기했다.

+ 당신은 지금 웃긴가? 놀라운가? 아니면 불쾌하고 화가 나는가?

#052, 하나가 되는 여행

"자기야. 우리, 떠나자."

그녀는 눈물을 뚝뚝 흘리면서도 애써 웃었다. 그는 떠날 수 없는 수만가지 이유들을 머리 속에 스쳤지만, 말할 수 없었다. 그는 대답하지 않았다. 그녀는 그의 품으로 파고들었다. 다음 날 둘은 여행 채비를 마쳤다. 그녀는 그의 손을 잡은 채로 세상 그 누구보다도 가뿐히 웃었다. 봉우리가 매섭도록 길쭉했다. 산길목을 지나면서 그는 누추히 앉아 떡을 파는 할머니 한 분을 보았다. 그녀는 그 할머니가 불쌍하다고 했다. 그는 딱히 그렇게 생각하지 않았다. 이 역시 저 분의 인생일테니 내가 뭐라 간섭할 부분이 아니다. 그렇게 여길 뿐이었다. 그러나 그녀는 품 속에서 꼬깃꼬깃한 지폐를 꺼내 할머니에게 전해줬다. 할머니는 웃으며 길을 가리켰다. 그 길을 따라가니 산을 지나갈 수 있었다.

다리가 뻐근하다고 느낄 즈음, 온천탕에 다다랐다. 그들의 첫 날을 장식할 숙소였다. 그녀는 단 둘이서 목욕을 하고 싶다고 졸랐으나, 그는 흉한 상처가 있는 몸을 보이고 싶지 않았다. 기왕 온천까지 온 거 욕조보단 탕에 몸을 담그자는 말로 그녀를 진정시킬 수 있었다. 저녁을 먹고 있자니 동갑내기 부부가 열을 올리며 싸우고 있었다. 그녀는 어서 저들을 말리자고 했다. 그는 딱히 그렇게 생각하지 않았다. 이 역시 저 분들의 인생일테니 내가 뭐라 간섭할 부분이 아니다. 그렇게 여길 뿐이었다. 그러나 그녀는 언성 높여 싸우는 부부의 사이를 파고들었다. 남편의 얘기를 들어주고, 아내의 얘기를 들어준 후 참으로 현명하게 가늠질을 해주었다. 부부는 그제서야 본인이 낸 고성을 멋쩍

어했다. 부부는 좋은 데이트 코스를 알려주겠다며 티켓 두 장을 주었다. 스키장 이용권이었다.

그들은 다음 날 스키장으로 갔다. 스키를 타본 적 없는 그는 당연히 자꾸만 넘어졌다. 그녀 역시 스키를 타본 적이 없었다. 그러나 운동신경이 대단했다. 그녀는 금세 그를 압도했다. 이리 저리 스키를 타며 환호하던 그녀는 엉덩방아를 찧고 있는 그에게 다가가 "같이 타자!" 하며 손을 내밀었다. 그는 일어나기 싫었다. 그러나 그녀가 말했기에 일어났다. 잠시 쉬러 휴게실에 들른 그들은 울고 있는 한 아이를 보았다. 아이는 탄산 음료가 너무 마시고 싶은데 엄마가 그걸 먹지 못 하게 한다며 구슬피 울고 있었다. 그녀는 그에게 동전을 요구했다. 그러나 그는 도와주면 안 된다고 생각했다. 이 역시 부모의 교육 방침일테니 우리가 섣불리 간섭할 부분이 아니다. 그렇게 여겼다. 그녀는 볼을 부풀린 채 그의 복부를 가격했다. 우는 애 그냥 넘기는 건 안 괜찮고 내 뻥 뜨는 건 괜찮냐 라고 했지만, 이미 동전을 그녀에게 빼앗긴 후였다. 아이는 콜라 한 캔에 참 맑게 방긋 웃었다.

아이가 캔을 다 비운 후 아이의 어머니로 보이는 여자가 들어왔다. 여자가 아이에게 "이리 와." 하며 두 팔을 벌렸지만, 아이는 탄산을 준 그녀의 다리에 꼬옥 붙어있었다. "엄마, 나빠! 이 언니가 좋아! 나 이 언니 딸 할 거야!" 참으로 야무졌다. 당황하는 엄마를 본 그녀는 엄한 얼굴로 아이와 눈을 맞췄다. "난 네가 귀엽고 맘에 드는 정도지만, 너희 엄마는 너를 사랑하고 계셔. 네가 그렇게 말하면 엄마가 상처받는 거야. 자, 엄마한테 가야지." 아이는 그제서야 쭈뼛쭈뼛 엄마에게 다가갔다. 엄마는 고개를 꾸벅였다. 그녀는 빙그레 웃어보였다.

숙소로 돌아가는 길에 그들은 지갑을 주웠다. 지갑에는 억 소리가 나는 금액이 들어있었다. 게다가 현금이었다. "여, 여행 삯으로는 더할 나위 없겠는데?" 그녀는 침을 꼴깍 삼켰다. 그는 딱히 그렇게 생각하지 않았다. 평소 여자친구의 물욕 정도를 알고 있었다. 집게로 혀를 뺀다고 해도 남 피해 주며 자기 이득 취할 사람이 아니다. 아니나다를까 그녀는 그 지갑을 들고 카운터에 맡겼다. 데스크 직원은 감사를 표했다. 조식 서비스권을 받은 그들은 기쁜 마음으로 숙소로 돌아왔다. 숙소엔 주량을 아득히 채울 정도로 많은 술과 겜블이 준비되어 있었다. 단체 여행객을 위한 서비스인 것 같았다. "한 잔?" 그녀의 물음에 그는 조용히 고개를 저었다. 그녀는 조금은 아쉽다는 표정으로 냉장고에서 매실 음료 두 캔을 꺼냈다. 그것마저 안 받기가 모해서 그는 매실을 받아들었다. 또옥, 캔 따지는 소리, 그리고 그 캔이 부딪히는 소리가 울렸다.

아이 우는 소리가 들린 건 사흘째 아침이었다. 조식을 받아든 그들은 복도에서 나는 아이의 울음 소리에 뛰쳐나왔다. 익숙한 목소리였다. 어제 캔 콜라를 받아든 아이였으니까. 그녀를 본 엄마는 분노한 얼굴로 다가와서 곧장 욕지기를 퍼부었다. 우리 애한테 당신이 무슨 권리로 그런 불량한 식품을 먹인 거냐. 그 소란이 계속 되자 닫혀있던 복도의 문이 하나 둘 열렸다. 무슨 일이래요? 하면서 모인 사람들은 이내 그녀가 잘못했네, 엄마가 예민하네 하며 여럿 작은 재판을 올렸다. 그는 딱히 반응하지 않았다. 엄마의 태도는 매우 잘못되었으나, 마냥 여자친구가 잘 했다고 하기도 힘든 문제였다. 책임 질 일이지. 그렇게 여길 뿐이었다. 엄마의 욕지기를 한참 듣던 그녀는 뭐라 반박하지 않았다. 그냥 고개를 숙여 "죄송합니다. 제 생각이 짧았어요." 라고 했을 뿐이었다. 낮은 태도에 엄마는 더 이상 말을 이을 수 없었고, 그 빠른 진화 작업에 흥미를 잃은 복도의 문 역시 차츰차츰 닫혔다. 이윽고 엄마까지 돌아간 후 그들은 다시 숙소에 들어와 맛있게 조식을 먹었다. 그들은 한껏 홀쭉한 여행 짐을 싸들고 다시 일어섰다. 그녀가 말했다. "오빠, 어때? 여행하니까 한껏 후련하고 좋지?" 그는 가만히 그녀를 보았다. 그리곤 고개를 좌우로 저었다. 밝게 웃던 그녀의 표정이 급격하게 무너졌다. "미안……" 그녀는 울면서 얘기했다. 그렇지만 그는 그녀에게 눈길을 주지 않았다.

그는 그 사과를 믿지 않았다. 그녀의 인생이 있듯이 그의 인생도 있었다. 그리고 그건 엄연히 그녀가 간섭할 부분이 아니었다. 그녀는 세심했고, 그만큼 남의 인생에 간섭하는 사람이었다. "너 혼자 죽지. 왜 나까지 죽였어?" 참았던 질문, 아니 원망이 마침내 그의 입에서 흘러나오자, 그녀는 절규하였다. 너는 나니까. 너와 나는 하나니까. 그가 시끄럽다 느낀 그녀의 웅얼거림은 누구의 귀에도 담기지 못 하고 흩날렸다.

<참고>

죽어서 저승에 가면 7명의 시왕에게 7일 동안 재판을 받고 100일/1년/3년 3명의 시왕에게 재판을 받는다.

제 1 진광대왕 : 착하고 의로운 일을 하도록 권하면서 방탕하고 불효하면 도산 지옥에서 칼산에 떨어뜨리는 형벌을 받게한다.

제 2 초강대왕 : 부부간, 친구간의 신의를 강조하고 악행을 하면 화탕지옥에서 끓는 물 속에 집어넣는 형벌을 받게 한다.

제 3 송제대왕 : 한빙지옥을 관장하면서 가난하고 힘든 이들에게 도움을 베풀기를 권하고 이를 어기면 얼음물 속에 집어넣는 형벌을 내린다.

제 4 오관대왕 : 음해하면 검수지옥에서 칼로 몸을 베는 형벌을 받게 한다.

제 5 염라대왕 : 발설지옥을 관장하면서 남의 재물에 대한 욕심을 버리고 참되게 살기를 권한다. 집게로 혀를 빼는 형벌을 내린다.

제 6 변성대왕 : 주색도박을 금하고 중생 구제하여 덕을 쌓기를 권하며 독사지옥을 관장한다. 독사로 몸을 감기게 하는 형벌을 내린다.

제 7 태산대왕 : 대애지옥을 관장하면서 시비송사로 타인을 괴롭히는 일을 금하도록 한다.

제 8 평등대왕 : 불의를 행하지 않고 중생구제 하도록 권한다. 거해지옥을 관장한다.

제 9 도시대왕 : 철상지옥을 관장하면서 빈민구제를 권한다.

제 10 오도전륜대왕 : 흑암지옥을 관장하면서 은혜를 잊지 않도록 권한다. 암흑 속에 가두는 형벌을 내린다

+ 내 의지가 아닌 여행만큼 불행한 게 또 있을까?

#053, 암흑길

한 치 앞도 알 수 없다. 보일 리 없고, 잡히지도 않는다. 마치 회송줄을 놓친 우주인이다. 돌이킬 수 없고, 무를 수도 없다. 소리를 칠 수도 없다. 눈 앞엔 검은 색의 연속. 그러나 포기할 수 없다. 나는 알 수 없는 미래를 향해 손을 뻗었다. 손을 휘저을수록 암흑은 짙어졌다. 나는 과연 맞는 선택을 하고 있는 걸까?

얼마만큼의 시간이 흘렀을까? 이 질 끊기지 않은 전파로 이따금 소리도 들려왔다. 익숙하지만 뜻을 알기 힘든 소리, 애초에 정신을 차리지 않고는 뜻도 이해할 수 없는 소리. 하지만 거의 정적이었다. 차라리 소리치고, 뛰쳐나가고 싶었다. 하지만, 그랬다간 이 우주에서 체류하는 시간이 더 길어질 뿐. 나는 신중히 행동을 골랐다.

얼마만큼의 시간이 흘렀을까? 알 수 없는 종소리가 들렸다. 여러 번 들린 익숙한 소리였다. 끝났다. 이제 다 끝났다. 나는 손에 쥔 검은 물체를 내려놓았다. 그래. 나는 최선을 다했어. 이 순간을 위해 참고 견뎌온 12년이었어. 이제 나아가자.

OMR카드가 걷혔다. 수능은 그렇게 마무리 되었다.

+ 수능 날이 기억난다. 마지막 사회탐구 영역 OMR 마킹을 마치자, 이유를 알 수 없는 헛구역질이 올라왔다. 그제야 알게 되었다. 내가 상당히 긴장하고 있었음을.

#054, 죽어가는 것들을 사랑해야지.

이 이야기의 끝에서 저는 죽습니다. 안심하세요.

저는 살인자입니다. 한 명만 죽여도 난리가 나죠? 근데 저는 이미 다섯 명이나 죽인 살인자입니다. 연쇄살인자? 썩 내키는 소개는 아니지만, 그렇습니다. 세간에 통용되는 말로, 저는 그렇게 불립니다. 어릴 때 삼촌이 엄마 방에서 목매달아 죽었어요. 운 좋게도 그걸 처음 발견한 건 저였습니다. 저는 죽음이라는 걸 배우기도 전부터 그것의 매력에 빠져있었습니다. 방금까지는 펄떡이며 뛰던 피부와 생기가 점점 고기덩어리로 변해가는 그 꺼칠꺼끌함. 그 감촉에 매료된 저는, 엄마가 퇴근해서 방에 들어오기까지 꽤 긴 시간 삼촌을 쓰다듬었습니다.

제가 어떤 표정을 짓고 있었는지 당연히 저는 모르죠. 그치만 고기와 저를 발견하고 엄마가 가장 먼저 한 행동이 뭔줄 아세요? 제 싸대기를 쳐돌린 거예요. 왜 그랬는지는 아직도 모릅니다. 때리고 싶은 표정이었겠죠 뭐. 그 다음부터 저는 작고 만만한 것들을 하나씩 죽였어요. 죽음이란 극적인 변화였습니다. 유가 무로 되어가는 그 과정을 제 손 끝으로 느끼는 건 흥분되는 일이었어요. 게임도, 도박도, 섹스도, 술도 애들 장난이죠. 애들은 손으로 좇잡고 딸딸이 칠 때, 왼팔을 칭칭 감아 그 죽어감을 오른손으로 만지작 거렸어요. 그 것이 저의 유년기였습니다.

어느 날 길을 가다가 문득 파란 치마가 눈에 들어왔습니다. 펑퍼짐한 엉덩이를 씰룩거리는 폼이 여간 요사스러운 게 아니었죠. 전 그걸 따라가 뒷통수를 오른손 가득 쥐었습니다. 그리고 그대로 아스팔트에 갈아버렸습니다. 소리를 지르길래 벌린 입에 과도를 쑤시자, 혀에

닿기 전에 조용해지더군요. 오들오들 떨면서, 무릎 꿇고 빌길래 무척이나 행복해졌습니다. 이런 생기발랄한 몸이 죽어가는 건 또 얼마나 극적일까요? 칼을 빼자 "살려주세요. 살려주세요. 아저씨!" 라며 싹싹 빌던 그 입은 이내 숨을 못 쉬고 거품을 물었어요. 파닥. 파닥파닥. 파닥. 움찔. 움찔. 파릇. 파르륵. 그렇지. 이 맛이에요.

한 번 발동이 걸리고 나니 어쩔 수가 없었어요. 원래 전부 참는 것보다, 하다가 도중에 멈추는 게 더 힘든 법이잖아요? 저는 서둘러 시작해야겠다고 마음 먹었어요. 동물한테 지금까지 시행했지만, 인간에게도 똑같이 적용되는지 궁금했던 다섯 가지, 그리고 유일하게 인간에게만 할 수 있는 한 가지. 이렇게 총 여섯 가지의 실험을요. 만족스럽고 황홀했던 시간이었습니다. 저는 이미 다섯 명이나 죽인 살인자입니다. 그 안에 이미 제가 겪고 싶었던 많은 감촉들이 스쳐지나갔어요. 이제 마지막 한 명입니다. 그가 찍혀있는 사진을 봤어요. 가식적인 얼굴로 웃고 있는 모습에 비릿한 매쓰꺼움이 생기네요. 저는 그의 방에 낚시줄을 이리저리 엮었어요. 동네방네 돌아다니며 산 식칼들을 그것과 연결지었습니다. 방법은 이러해요. 그가 방문을 엽니다. 그러면 문 끝에 박아둔 날붙이가 낚시줄을 끊어내요. 그렇게 끊긴 낚시줄은 각기 다른 힘으로 지탱되고 있는 투석용 물품의 힘을 약하게 합니다. 각도는 이미 수십번이나 계산해봤어요. 투석용 물품 끝에 달린 식칼은 문을 연 채 걸어들어오는 그의 사지를 난도질합니다. 날붙이가 그의 피부를 뚫지 못 하는 이변만 생기지 않으면 그는 수십 개의 자상을 가지고 과다출혈로 죽어갈 것입니다.

저는 그렇게 죽어가는 이의 심장을 그러쥔 채 꺼져감을 느낄 겁니다. 꺼져가는 의식 속에서 꺼져감을 느끼는 건 과연 어떤 기분일까요? 이 실험은 저에게 또 어떤 황홀을 선물할까요? 군침이 흘렀습니다. 저는 조심히 문을 닫았어요. 옆에 서있는 전신 거울에 그가 비치네요. 자, 하나, 둘, 셋. 심장의 두근거림이 자꾸만 이후 상황을 재촉합니다. 저는, 웃음을 잔뜩 띤 채, 문을 열었습니다.

+ 안심했나요? 전 너무 슬픈데요.

#055, Create / Eliminate by NM

"나 이번에 NM(New Mind) 베타 테스터 합격했다~"

"뭐? 실화냐?"

효지는 놀라움을 켈록이는 기침으로 대신하였다. 그 모습을 즐기며 정전이는 가급적 아무렇지 않다는 표정으로 생글거렸다. 자기 남자친구 얘기를 하려고 했던 효지였으나, 그런 건 이제 아무래도 상관없다. NM이라니. 학창시절부터 이상한 년이라고는 생각했지만 그런 것까지 신청했을 줄이야. 질렸다.

"너 그게 뭔지나 알고 신청한 거야?"

"어머! 알지도 못 하고 신청해버렸네? 지금 당장 쉬지 않고 A4용지로 10장 빼곡이 서술할 정도밖에 안 돼!"

"그래그래…… 어련하시겠어."

양 손으로 입을 가리며 놀란 척. 그리곤 배시시 웃는 정전에게 효지는 묘한 답답함을 느꼈다. 얘는 대체 언제 철이 들까. 옆 자리에 앉았던 짝꿍이 어디 대학 어디 학과로 갔는지도 알지 못 하는, 소식과 정보에 관심 없는 그녀였다. 그러나 NM은 그런 그녀도 알고 있을 만큼 뜨거운 감자였다. 전 세계가 NM 열풍이라고 해도 과언이 아니겠지. New Mind는 뇌과학 분야에서 자타가 인정하는 학자 일곱 명이서 5년간의 세계정부 지원을 바탕으로 만들어 낸 기적의 산물이었다.

희대의 천재라고 불린 아인슈타인은 뇌의 15% 밖에 사용하지 않았다는 일설이 있었다. 뇌에 대한 연구와 신경심리학이 발달하면서, 뇌는 주름지고 물컹한 하나의 덩어리가 아니라, 각 기관 별로 담당하는 영역이 있는 복합 다구조 체제라는 사실이 밝혀졌다. 인간은 뇌를

'골고루' 사용한다는 증명이었다. 그러나 증명은 또 다른 의문의 시작이었다. 그럼 그렇게 골고루 분배된 뇌의 영역을 '각각 100%만큼 쓰고 있는가?' 이 새로운 질문에 학자 사이 의견이 분분했다.

100%를 쓰는 게 아니라는 의견을 가진 학자들 중엔 독일의 신경과학자 스카이워즈가 있었다. 그는 "뇌의 용량을 알게 된다면 인간의 수명이 얼마나 비합리적인 것인지 알게 될 것이다. 그 수많은 방은, 방마다 우주를 담고 있다. 그 우주를 담뿍 체험하기에 100년 이하의 수명은 터무니없이 짧다." 라는 문구로 시작하는 논문을 발표하였다. 그 논문의 마지막에는 이런 물음이 있다. "수명을 늘리는 게 불가능하고, 하나의 정신으로 뇌를 다 쓸 수 없다면, 정신을 늘림으로써 뇌를 더 효과적으로 쓸 수 있지 않을까?"

그런 아이디어로 출발하여 만들어진 것이 바로 Ego setting control program by Admin. 관리자 조정 인격 세팅 장치였다. 기본 전제는 이러했다.

1) 외향성이 있으면 내향성이 있고, 직관형에 가까운 사람이 있다면, 감각형에 가까운 사람이 있다. 이렇게 하나의 특성으로 기우는 이유는, 양쪽 성향 모두 사용하기엔 뇌의 허용치가 초과되기 때문이다.

2) 비워 있는 뇌에 정보를 부여하는 것은 간단한 일이다. 그러나, 기존에 있던 정보에 밀려 새롭게 들어온 정보는 활성화되지 않는다. 방법은 간단하다. 기존에 있던 정보를 없애면 된다.

3) 본 장치는 두 가지 기능을 제공한다. 첫째, 자신이 원하는 정서, 행동패턴, 성향 등을 선택하여 미사용되는 뇌 영역에 패치한다. 둘째, 간뇌 부분에 전기 자극을 일으켜 주로 사용하던 뇌 영역을 정지시킨

다. 그럼으로써 본인이 설계한 인공인격을 사용할 수 있도록 한다.

4) 지금까지의 본인을 A모드, 인공인격 설정으로 인한 맞춤형 본인이 B모드 식으로 최대 F모드까지 출력이 가능하다.

5) 기억을 담당하는 뇌 영역은 경험이 아닌 축적을 기능으로 한다. 그러므로 A~F모드의 모든 기억을 저장, 통합한다.

6) 모드는 언제든 생성, 삭제가 가능하다. 단, 본 인격인 A모드는 불가능하다.

많은 논란이 있었지만, NM은 출시되었다. 반대만큼이나 찬성도, 열기가 뜨거운 상황, 그 속에서 일개 시민 정전이가 NM의 베타테스터가 되었다. 그런 상황이었다. 효지는 목소리를 낮췄다. 이유는 모르겠지만 왠지 조심스러웠다.

"야, 그거 위험한 거 아니야?"

"안 쓰는 공간을 내가 원하는 데로 인테리어 하겠다는데 위험할 게 어디 있어?"

"이건 경우가 다르지."

"다르긴 무슨! 원리가 똑같은데 상황에 따라 판단이 달라진다면 문제가 있는 건 그 상황이 아니라, 네 사상인거야. 그걸 명확하게 나타내주는 단어도 있지. 편견!"

어휴, 저 똑바른 입모양 좀 보라지. 효지는 마시던 초코라떼를 얼굴에 부을까 하다가 자신이 하얀 옷을 입었던 걸 떠올리며 참았다. 아주 지만 잘났다. 삐쭉 튀어나온 입으로 빨대를 씹던 효지는 테이블에 무언가가 올려진 걸 보았다. 작은 노트북처럼 생긴 물건과, 콤팩트처럼 생긴 물건. 그녀는 가방에서 그렇게 'NM'이라고 써져있는 두 물건을 꺼냈다.

"장소 옮기자. 룸카페를 갈까? 아니면 3시간 대실을 할까?"

대학로 인근 모텔의 대낮은 불륜의 성지다. 물론 경험을 한 건 아니지만, 그런 건 아무래도 불문율이지. 그런 시간대에 3시간 대실이라니. 효지는 진심으로 '내가 뭐 하고 있는 거지?' 하고 자문했다. 침대가 폭신해보여서 오자마자 다이빙을 한 건 이성이 아니라 본능의 문제였으니 차치. 정전이가 그녀의 허벅지를 쓰다듬었다.

"먼저 씻을래? 내가 씻을까? 아니면 같이……?"

"이 년이 술 처먹었나."

"으앙, 내가 아는 효지는 농담을 다큐로 받아치는 노잼캐가 아니었는데…… 너 누구야! 우리 효지 돌려줘!"

정전이는 엉엉 울었다. 물론 말로만. 맛깔나는 드립을 하면서도 정작 행동은 NM이 적힌 두 가지 물건을 꺼내고 있었다. 효지는 물건을 들었다. 위험하다 싶으면 바로 창 밖으로 던져버려야지. 그렇게 생각하면서. 정전이가 평소보다 훨씬 기분이 좋아보였다. 그게 매우 거슬렸다. 정전은 첫 번째 NM을 열었다. 그 모습은 영락없이 노트북이었으나, 화면이 활성화되면서 달라졌다. 고딕체로 New Mind 라고 적힌 로고가 지나간 후, 영어로 빼곡한 화면 하나가 떴다. 도스 화면과 비슷했다. 그녀가 몇 가지 타자를 치자 NM의 옆구리에서 열 가닥이 넘는 무언가가 튀어나왔다. 오징어 다리……? 흐물거리는 모양이 영 기분 나빴다. 정전은 그 NM에 잠시 얼굴을 댔다. 그 다음엔 눈동자를 인식했다. 잠시 후 화면에 Complete 라는 문구가 뜨는가 싶더니 '슈아악!' 가닥들이 정전의 머리로 달려들었다. 그녀가 놀랄 새도 없었다.

달려든 전선은 그녀 머리 가득 가닥을 땋았다. 비로소 NH 모니터에 새로운 문구들이 다량 떴는데, 만들고 싶은 인공 인격의 설정을 세팅하는 창이었다. 성정체성을 고르는 6가지 객관식항도 있었고, 세부적인 서술식 창도 있었는데, 무척이나 꼼꼼하고 많았다. 스크롤을 한 번 내려본 효지는 그 압박에 고개를 저었다.

"이거 쓰는데만 해도 몇 시간은 걸리겠는데?"

"게으른 사람은 귀찮아서라도 못 써먹겠어."

"대체 넌 이런 걸 왜 신청한 거야? 넌 게으르잖아."

"아! 그러게! 내가 뭐가 확실한 목적이 있을 때만 큼은 열심히 움직이는 사람만 아니었어도 이런 베타테스터를 안 했겠지~"

"이거…… 대충 입력해볼까?"

효지는 스크린에 몇 개 문항을 터치하다가 기분이 께름칙해졌다. 그만두었다. 정전은 어느덧 콤팩트형 NM을 들고 있었다. 몇 차례 화면을 두드리더니 매우 즐겁게 웃는 것을 보고 효지의 시선이 스크린에서 거울로 옮겨졌다.

"그게 뭐야?"

"만드는 게 있다면 관리하고 설정하는 장치도 있어야 하지 않겠어? 이게 그거야."

"아~ 근데 지금 만든 것도 없는데 뭐 뜨는 게 있어?"

"그러게. 있네. 정말 다행이야! 있어!"

콤팩트를 든 손이 부들부들 떨렸다. 기쁨에 의해서였다. 화면에 뜬 문구는 이러했다.

Are you really want to eliminated?

효지는 뭔가가 잘못 되고 있음을 알았다. 그녀는 빠져나오려 했지만, 정전의 강한 의지로 인해 실패하였다.

"난 말야. 네가 생겨난 다섯 살 때부터 너랑 같이 있는 게 끔찍하게 싫었거든? 너는 이성적이고, 합리적이고, 고상하고, 똑똑하고, 고고해서 잘난 척은 혼자 다 해먹었잖아. 심지어 난 가끔 내가 파생 인격이고 네가 본 인격인 게 아닐까 고민했던 적도 있어. 그것도 아주 많이."

'야, 이 미친 년아! 지금 뭘 하려는 거야? 쓸데없는 짓 하면 너 진짜 죽는다?'

"죽는 건 너지. 도움 안 되는 씨발 년아."

'이러지마. 이러지마. 정전아…… 제발……!!'

정전은 콤팩트의 [Yes] 버튼을 눌렀다. 정수리부터 시작되는 찌릿함은 자극에서 통증으로 통증에서 고통으로 번졌지만, 효지가 부서져감을 느끼며 그녀는 황홀을 느꼈다.

"꺄핫!! 까하하하하--하하!!!"

모텔에는 전신 거울이 있었다. 거울 속 한 여자는 그렇게 미쳐 웃다가 쓰러졌다. 'NM은 이런 효과를 예상하고 나한테 이걸 보내준걸까?' 정신을 잃기 전 그녀가 마지막으로 한 생각이다. 몇 분 후 그녀가 눈을 떴다. 그녀들이 아니고 그녀로써 맞이하는 세상은 왠지 더 상쾌하고 가벼웠다. 그런 느낌이었다.

+ 가끔 어떤 내가 진짜일까 하는 고민을 한다. 전부 다 나라는 걸 받아들이는 데 정말 오랜 시간이 걸렸다.

#056, 인과 / 과인

옛날 옛적 어느 한 마을에 호랑이 한 마리가 살고 있었어요. 그 호랑이는 마을에서 가장 강했어요. 마을 동물들은 호랑이에게 "우리를 지켜줘."라고 부탁했고, 호랑이는 대신 매 달 자기가 원하는 소원을 한 가지씩 말할 권리를 갖게 되었죠. 마을엔 토끼가 살고 있었어요. 토끼는 최근에 새끼를 낳은 후 매우 신경이 날카로운 상태였어요.

"토끼댁 근처에 가지 마. 사식을 구경하러 가면 그 자식을 찢어 죽인다고 하더라고."

호랑이는 그 얘기를 듣고 마음이 아팠어요. 호랑이는 새끼 토끼를 보호해줄 늑대 두 마리와 함께 토끼 집으로 달려갔어요.

"토끼야. 거기 있니?"

그러자 집 안에선 거친 고함 소리와 함께 토끼댁이 날뛰는 소리가 들렸어요. 호랑이는 즉시 집벽을 뜯어냈어요. 아니나다를까 토끼댁이 새끼 토끼를 물어죽이려고 하고 있었어요. 호랑이는 재빨리 토끼댁을 제압하였습니다. 토끼댁은 소리를 질렀으나, 호랑이는 고개를 내저었어요. 새끼 토끼가 다 크면 풀어주겠다는 약속을 하며 호랑이는 토끼를 외진 독방에 가뒀습니다. 토끼의 고함이 무서워 주눅 들어있던 옆 집 강아지들이 연거푸 감사하다고 인사를 했습니다. 그들은 호랑이에게 사례를 하였어요. 그리고 소원 하나를 들어주겠다고 했죠. 호랑이는 새끼 토끼들이 안전하게 살 수 있도록 따뜻한 집을 마련해달라고 하였어요.

며칠이 지났어요. 마을은 축제 분위기였어요. 몇 년간 불임으로 고생하던 오리댁이 드디어 맥반석 같은 알을 낳았거든요. 오리댁이 얼마나 알을 갖기 위해 노력했는지 아는 마을 동물들은 모두 한 마음으로 축하를 해줬어요. 그런데 이게 왠 일이예요? 알이 부화가 다가오는 때 오리댁이 그만 독감에 걸리고 말았어요. 조류독감은 전염성이 대단해요. 오리 댁은 스스로를 격리하였어요. 그럼 알의 부화는 누가 지켜보죠? 마을 동물들은 이 일을 할 듬직한 일꾼은 호랑이 밖에 없다고 생각했습니다. 오리들이 태어나서 처음 봐야 하는 건 그 누구도 아닌 오리댁이었어요. 그렇지 않으면 평생 엉뚱한 동물을 엄마로 생각하면서 살게 될테니까요. 호랑이에겐 아무런 빛도 없는 암실에서 오리의 부화를 안전하게 지켜봐줄 눈이 있었어요.

알이 이내 쩌적 금을 내며 흔들리기 시작했어요. 호랑이는 긴장한 채로 그 모습을 지켜보았어요. 떨어져나간 껍질 사이로 허우적거리는 앙상한 날개가 보이자, 호랑이는 흡족한 미소를 떠올렸어요. 호랑이는 발톱을 들어 껍질을 약하게 톡톡 두드렸습니다. 알에는 금이 갔고, 그렇게 오리들은 태어났어요. 삐약삐약 우는 아이들을 위해 아무 것도 해줄 게 없다는 쓸쓸함을 뒤로 한 채 호랑이는 암실을 빠져나갔어요. 오리 댁은 거의 나아가요. 다 낫고나면 그 아이들을 볼 거예요. 여우는 새 오리의 탄생을 마치 자기 일인양 기뻐하였어요. 여우는 정말 수고 많이 했다며 사례를 하였어요. 그리고 소원 하나를 들어주겠다고 했죠. 호랑이는 오리가 잘 지낼 수 있도록 작은 연못 하나를 달라고 하였어요.

이럴수가! 마을에 큰일이 났어요. 건너 마을 습지대에 사는 악어 군이 밤마다 몰래 다람쥐를 잡아먹는다는 소문이 들렸어요. 매일 구슬프게 울고 있어서, 그저 옆 마을에 안 좋은 일이 있나보다 하고 생각했던 마을 동물들은 악어군의 이중성에 치를 떨었어요. 아무 준비도, 예상도 없이 남편을 잃은 다람쥐 여사는 눈물을 흘리며 악어 군이 죗값을 치르기를 요구했어요. 물론 호랑이에게 말이죠.

호랑이는 즉시 악어 군에게 갔습니다. 악어는 앙상하게 말라 있었어요. 호랑이에겐 더 없는 기회였죠. 호랑이는 악어를 단숨에 때려눕히고 다시는 이 마을에 얼씬거리지 말라고 소리를 쳤어요. 그렇지만 악어는 알겠다는 대답 대신 눈물을 흘렸습니다. 호랑이는 당황했어요. 왜 우냐고 물었죠. 악어는 옆 마을 습지대는 더 이상 갈 수 없다. 서킨 하마들이 쫓겨해버렸다고 했어요. 호랑이는 왜지 악어가 가여워졌어요. 호랑이는 악어와 함께 습지대로 갔습니다. 늪 전체에 하마들이 진을 치고 선탠을 즐기고 있었어요. 왜 악어를 내쫓았냐는 호랑이의 질문에 하마들은 "늪이 너무 작아. 악어들이 매일 이 곳에 있으니까 우리는 늪을 쓸 수가 없어." 라고 했습니다. 가만히 듣던 호랑이는 하마와 악어 모두 늪을 자기 집으로 생각하고 있다는 것을 알았어요. 호랑이는 하마의 우두머리를 불러내더니 다짜고짜 결투를 신청했습니다. 이렇게 부하들이 많은 곳에서 대결 신청을 받았는데 차마 거절할 수 없었어요. 우두머리는 호랑이를 향해 달려들었지만, 이기지 못 했습니다. 숨을 헉헉거리며 호랑이는 얘기했어요.

"여긴 앞으로 하마 공간도 악어 공간도 아닌 내 공간이야. 그러니 내가 정해준 시간만큼 서로 골고루 나눠 써." 라고요.

습지대에 다시 악어가 돌아온 것을 보고 악어새는 기뻐하며 호랑이에게 사례를 주었습니다. 그리고 소원 하나를 들어준다고 했죠. 호랑이는 하마와 악어의 사이를 알 수 있도록, 매일 나에게 날아와 소식을 전해달라고 하였어요.

호랑이는 행복했어요. 자신이 하는 일에 자부심이 있었죠. 그렇게 몇 달이 지났어요. 호랑이는 강아지가 거칠게 문을 두드리는 소리에 잠이 깼어요. 무슨 일이냐고 묻자 강아지는 새끼 토끼들이 시름시름 앓다가 죽었다고 했어요. 그 말을 전해들은 토끼댁 역시 철문에 머리를 부딪히며 이상증세를 보이고 있다고 하였습니다. 그 때 전화가 울렸어요. 지금 경황이 없어서 나중에 전화하겠다는 호랑이의 말을 뚫고 여우의 다급한 소리가 들렸어요. 오리들이 날개도 파닥이지 못 하며 자라더니 결국 죽었다고요. 악어새가 날아왔습니다. 늪 사용 시간을 지키지 않은 악어에게 분노한 하마가 악어 한 마리를 물어죽였고, 그 사건으로 인해 현재 늪은 하마와 악어의 피로 얼룩져있다는 소식을 들고요. 바퀴를 달아준 거북이는 뒤집어진 채로 뙤약볕에 익어 죽었다는 이야기, 단어 책을 선물 받은 앵무새가 인간의 욕을 떠벌이다가 총에 맞아 죽었다는 이야기, 장화가 자신의 아이덴티티라고 인정받은 고양이가 장화를 잃어버린 후에 시름시름 앓고 있다는 이야기도 호랑이에게 족족 들어왔어요. 이야기는 다양했지만, 그 이야기의 결론은 모두 같았습니다.

"어째서 그걸 막지 않은 거에요?"

호랑이는 이후에도 마을 동물 중 가장 강했습니다. 그러나 마을 동물들은 호랑이에게 "우리를 지켜줘." 라고 부탁하지 않았어요, 불편해지고 문제도 있었지만 그럴 때마다 그들은 얘기했어요. "그래도 호랑이가 안 망친 걸 다행으로 알아야지!"

호랑이는 발 벗고 나섰던 지난 시간이 무척이나 후회스러웠습니다. 사는 것이 무망했어요. 권태로웠어요. 물론 그에겐 막대한 양의 사례금이 남아있었습니다만, 그게 다 무슨 소용인가요. 매일이 집이고, 집에서 똑같은데요.

어느 날 호랑이는 간만에 집을 나섰다가, 가슴을 움켜 쥔 채 괴로워하는 양을 발견했습니다. 그러나 호랑이는 선뜻 양에게 다가가지 못 했어요. 자기를 본 동물이 없는지, 혹여 나타나지는 않을지 확인했어요. 호랑이는 양에게 다가가다가 방향을 돌려 몸을 숨겼습니다. 그 사이에 양의 몸부림은 점점 멎었습니다. 호랑이는 눈을 감았어요. '그래, 어차피 내가 도왔어도 잘못 되었을 게 뻔해. 괜히 입 밖에 나서 안 좋은 소식 하나 더 키운 것보다 낫지.' 애써 고개를 끄덕였습니다. 호랑이는 여전히 마을에서 가장 힘이 쎘습니다. 하지만 이제 가장 강한 존재는 아니었습니다.

+ 영웅을 바라는 마음을 가만히 들여다보다 끔찍해졌다. 강한 누군가를 설정해두고 맘껏 탓하기 위함임을 알았기 때문이다.

#057, 영웅의 죽음

생각해보면 소녀의 잘못은 두 가지다.

첫째, 주도적이다. 소녀는 "괜찮아요. 제가 할게요." 를 달고 사는 사람이었다. 돈가스를 좋아해서 돈가스 집 아들과 결혼하겠다고 얘기하는 짝꿍을 보며 '내가 돈가스를 배우면 되잖아?' 라고 생각 하는 유년기를 보낸 사람이었다.

둘째, 솔직하다. 모두가 웃더라도 웃기지 않으면 웃지 않는 사람이었다. 가식으로 거짓 감정을 보이는 게 이해가 안 가는 사람이었다. 숨기지 않았던 건 아니다. 공개적으로 하지 않았으니까. 그러나, 유명세가 높을수록 더욱 어둡게 숨어야 한다는 걸 몰랐을 뿐이다. 조명이 비쳤고, 소녀의 그림자가 보였다. 잘못이었다. 결과적으로.

작은 운석 하나가 태평양 한복판을 꿰뚫었다. 세계 전역엔 쓰나미가 있어났다. 그 후 지구엔 한 가지 변화가 생겼다. 정체를 알 수 없는 생명체가 인간을 습격하기 시작한 것이다. 차마 형언할 수 없는 괴랄한 생김새를 가진 그것들은 인류를 친구가 아닌 적으로 분류했다. 피해가 커짐에 따라 인류는 공포에 휩쌓였다. 공동의 적을 두면 친구가 된다고 했던가. 전 인류는 '인간' 이라는 공통점 아래 하나가 되었다. 지역, 인종 따지지 않고 각계 각층이 모여 외계 생물 대책 위원회(외.생.위)를 창설하였다. 그러나 외계 생명체에 대한 피해는 날로 커져갔다. 외.생.위는 이 혼란을 막을 단일화된 힘을 필요로 했고, 이는 세계 정부의 출범으로 이어졌다.

외계 생명체는 공격해왔고, 인간들은 싸웠다. 많이 죽였고, 많이 죽었다. 그런 혼란 속에도 시간은 꿋꿋이 제 갈 길을 갔다. 운석 충돌도 어느 덧 8년 전 이야기가 되었다.

 그 무렵 한 소녀가 나타났다. 그 소녀는 왼팔에 고정시킨 장총과 오른손에 든 쿠크리로 외계 생명체를 사냥했다. 군대도 쉽사리 처리하지 못 하는 생명체를 단신으로 처리하는 이 놀라운 소녀는 금세 세계적인 이슈가 되었다. 많은 이들이 소녀를 궁금해했다. 그러나 소녀의 정체는커녕 출신도 이름도 나이도 심지어 목소리도 알 수 없었다. 소녀는 별안간 피해 현장에 나타나 습격자를 죽인 뒤 사체를 트럭에 싣고 유유히 퇴장했다. 그 신미한 모습에 더욱 많은 이가 열광했다.

 각종 언어로 팬클럽이 속출하였고 언론은 연일 소녀의 활약상을 다뤘다. 세계 정부는 각종 언론을 통해 소녀의 용이한 이동을 위해 헬기 및 제트기 지원을 결정했다며 발표했다. 몇 시간 후 한반도 장관은 전화 한 통을 받았다. 그렇게 그 장관은 소녀의 목소리를 들은 최초의 팬이 되었다. 헬기와 제트기를 통해 이동 시간을 줄인 소녀는 더욱 세계 방방곡곡을 돌아다녔다. 외계 생명체들 역시 소녀에 대해 알았는지, 제트기 소리가 들리면 겁을 먹고 꽁무니를 뺐다. 소녀의 팬덤은 날로 커져갔다. 가녀린 팔과 귀여운 외모를 가진 소녀를 찬양하는 분위기 속에 소녀 동상이 세워지고, 소녀를 커스터마이징한 게임 캐릭터들이 넘쳐났다.

 옛 미국의 기자인 '안톤 브랜든'은 연예부 기자였다. 비주류 언론사에서 추측성 가십 기사를 양산하며 기자 생명을 이어가는 게 그의 하루하루였다. 그 역시 소녀의 팬이었다. 그는 소녀를 촬영하기 위해 좇아다녔다. 생업도 포기할 정도였다. 카메라에 소녀를 담아내려 노력하는 게 어디 한 둘이었겠는가. 그러나 안톤의 관심은 대다수의 방향과 달랐다. 그는 소녀가 어디서 전투를 하느냐 보다 전투가 끝나고 어디로 가느냐를 보았다. 소녀의 일상이 궁금했던 것이다. 전투 후 돌아가는 방향을 통계적으로 분석해 대강의 위치를 알아낸 그는 주변에 잠입하며 조금씩 소녀의 집을 좁혀갔다. 마침내 소녀가 묵고 있는 집을 알아낸 그는 떨리는 마음으로 조리개를 조였다. 최대한 줌인하여 창 건너를 찍은 안톤은 렌즈에 비춰진 광경에 그대로 카메라를 떨어뜨렸다.

소녀의 유년기는 가난했다. 부모님을 여읜 채 노모를 돌보며 사는 환경이었다. 그러나 소녀는 씩씩했다. 소녀는 뭐든지 스스로 해야 직성이 풀렸다. 그래서 소녀는 "괜찮아요. 제가 할게요."를 달고 살았다. 돈가스를 좋아해서 돈가스집 사장 아들과 결혼하겠다고 얘기하는 짝꿍을 보며 '내가 돈가스를 배우면 되잖아?'라는 생각을 하는 사람이었다. 다만 메뉴가 달랐다. 소녀의 식탁을 채울 음식은 외계 생명체를 재료로 한 것들이었다. 과거 집에 쳐들어온 생명체가 소녀의 손사래에 힘을 잃고 맥 없이 쓰러지는 사건을 통해 소녀는 자신에게 있는 특별한 힘을 알아챘다. 죽어버린 생명체 곁에서 한참을 울던 소녀는 문득 며칠 간 굶었던 허기짐을 느꼈다. 죽은 채 흐물거리며 흩어지는 생명체의 살점을 손으로 찍어 입에 가져다 댄 순간, 소녀는 이성을 잃은 채 허겁지겁 그것을 씹고 마셨다. 지금껏 맛볼 수 없었던 극상의 맛에 행복을 느꼈다. 소녀는 그 날 이후 외계 생명체를 잡아 나섰다. 며칠 굶는 한이 있어도 상관 없었다. 그것은 그 고통을 감수할 가치가 있었으니까.

안톤은 소녀와 소녀의 할머니가 행복하게 외계 생명체를 먹고 있는 모습을 보며 놓쳤던 카메라를 집었다. 덜덜 떨리는 손으로 그는 셔터를 눌렀다. 다음 날 세상은 아수라장이 되었다. 각종 커뮤니티에선 소녀에게 해명을 요구했다. 소녀 관련 생산품 불매 운동이 일어났다. 언론은 연일 소녀의 이중 생활에 대한 추측성 보도를 내놓았다.

온갖 엽기적인 행각을 하며 인기를 끌던 한 인터넷 방송이 '외계 생명체의 맛은 어떨까? 직접 먹어보았다!' 라는 방송을 끝으로 종영하게 되며 사태는 더욱 심각해졌다. 졸지에 "맛 졸라 없어 이거!"가 전 국민에게 보내는 유언이 되어버린 이 인기 BJ의 최후의 원인을 알 수 없는 중독 증상이었다. 전문가들은 외계 생명체에 내포된 유독성을 강조하며 절대로 따라하며 안 되는 위험한 행동이라며 침을 튀겼다. 사망자 발생 소식에 전국이 분노했다. 소녀가 죽인 거라며 소녀에 대한 처벌을 요구하는 움직임도 생겼다. 해명 요구 대책 위원장은 안톤 브랜든이었다. 소녀에 대한 외모 비하, 성적 폭언 등 조롱형 창작물이 커뮤니티를 도배했다. 처음에는 소녀를 옹호하던 일부 팬들도 사태가 커짐에 따라 조금씩 목소리를 숨겼다. 외생위를 포함한 세계 정부의 간부진은 발 빠르게 움직였다. 외계 생명체 섭식 금지에 대한 법안(일명 소녀법)을 내놓고, 소녀와 유일하게 연락이 통하는 한반도 장관을 통해 외계 생명체 섭식을 중지해달라는 뜻을 공문으로 전했다. 섭식을 유지할 시 정부의 지원을 끊겠다는 협박성 문구도 들어있었다.

공문을 받아든 소녀는 고개를 갸우뚱했다. 소녀에게 있어 외계 생명체 사냥의 목적은 그들을 잡아먹기 위해서였다. 그걸 하지 않으면서 사냥은 계속 하라니 이해할 수 없었다. 인터넷은 하지 않았지만, TV는 봤기 때문에 자신에 대한 비난이 드세지는 것을 알았다. 그러나 소녀는 거짓말을 할 줄 몰랐다. 진실이 거짓이라고 해명하지 못 했다. 그럴 필요성을 느끼지 못 했다. 결국 소녀는 자취를 감췄다. 인구 밀집 지역에 나타난 외계 생명체에 의해 많은 이들이 희생되었지만,

소녀는 나타나지 않았다. 인기를 잃자 시민의 안전을 등한시하는 영웅의 잔혹함에 모두들 치를 떨었다. 세계 정부는 군 무기 개발에 예산을 전폭적으로 늘렸다. 외계 생명체와 전면전을 선언했다.

  인적이 드문 곳에 출몰하는 외계 생명체가 등장과 동시에 죽었다. 그리고 한 여자 아이의 식량이 되었다. 그러나 아무도 보지 못 했기에, 아는 사람 역시 없었다. 소녀는 40년 간 사냥과 식사를 거듭하며 만족스럽게 살다가 원인 모를 이유로 죽었다. 잠 든 사이 일어난 편안한 죽음이었다. 살아남은 유일한 인간이 소녀가 된 지 30년째 되는 날이었고, 인류 멸망 하루째 되는 날이었다.

+ 당신이 믿고 있는 정의가 귀인의 상을 걷어차야 지켜지는 거라면 그 자가 당신의 뺨을 갈길 수 있다는 예상을 하고 응당의 책임을 받들라.

#058. 엘리트의 천직

요 며칠간 바빴다. 잠은 커녕 잠깐 앉아있을 시간도 없었다. 하지만 뿌듯했다. 정신없을 정도로 바빴지만 하나도 지치지 않았다. 자고로 물이 들어왔을 때 노를 저어야 하는 법. 그걸 알고 있기에 나는 여느 때처럼 일하고 일하고 일했다. 이번 대상자는 스케일이 상당했다. 워낙 유동적인 일이라 평균을 잡을 수는 없지만, 한 번 할 때면 적게는 4명에서 많게는 9명 남짓 되는 위워를 대상으로 진행했었다. 근데 이 대상자는 SNS를 적극 이용하여 불특정 다수에게 접근하였고, 그 결과 여기저기 다니며 정신 없이 일을 해야했다.

나는 입사할 때부터 기대주 소리를 들었다. 나의 재능을 단번에 알아보신 마스터는 소소한 잡일로 편히 일하는 곳과 묵직한 일을 책임감 있게 해야 하는 두 곳을 추천했다. 나는 주저없이 후자를 선택했다. 마스터는 말했다. 단 한 번의 실수로도 비웃음을 살 수 있으니 실패란 곧 죽음이라고. 너는 앞으로 언제나 고고하고 위엄있어야 한다고. 나는 진지하게 고개를 끄덕였다. 전임의 인수인계는 하루만에 끝났다. 그도 그럴것이 업무 전반이 담당자의 창의성으로 진행되기에 교육할 거리가 없었다. 전임은 업무의 시작과 종결 이후 보고서 작성 요령만 전달한 후 홀가분하게 짐을 쌌다. 궁금했던 나는 물었다.

"그만 두시는 이유가 뭔가요?"

"이거 하다보면 심약해져."

나약한 사람이구나 생각했다. 소임을 할 수 있다는 기쁨만으로 살기에도 부족한 세상인데. 나는 이제 나의 것이 된 보금자리를 힘차게 쓸었다.

처음부터 순조롭게 진행되었던 건 아니다. 전임은 나약했지만 업무 능력은 뛰어났었다. 확실한 일처리를 보장하는 만큼 이용자도 많아야 하는 거 아닌가 했지만 시장 원리가 그리 쉽게 돌아갈 리 없었다. 이용자 역시 그 정도의 결연함을 갖고 있어야 했다. 그 부담감 때문일까? 이용자가 없었다. 동종업계 벤치마킹도 했고, 최근 인기가 급등한 곳은 어떤 평가를 받았는지 후기를 보기도 했다. 확실히 내부의 실속도 중요하지만 사람들의 입소문도 중요해보였다. 전임은 확실한 일처리를 했지만 후기 글을 확보하지 못 했다. 이래선 안 됐다. 일단 관심을 끌고, 내실은 오고나서 보여주면 된다.

그런 생각으로 만든 계획안은 기존의 틀을 깬다는 관점에서 파격이었다. 마스터는 반대했다. 그도 그럴 것이, 신입이 처음으로 들고 온 기획이 '노이즈 마케팅'이라니…… 내가 마스터였어도 똑같은 반응을 했겠지. 그러나 나는 실무자의 입장에서 연일 강력히 주장했고, 결국 마스터도 고개를 끄덕였다.

<다들 대단하다고 했었잖아? 그래서 나도 가봤거든? 다 헛소문이더라고. 별 거 없어. 엉망이야>

이 어그로성 게시글은 마니아층의 공격과 옹호를 동시에 받으며 각종 커뮤니티로 퍼졌다. 그 결과 진실을 검증하고 싶은 사람들이 하나 둘 모였고, 나 역시 바빠졌다. 나는 매 회기마다 한 사람을 골라 이용 후기 작성을 요구했다. 내용은 사용자 개인에게 맡겼다. 절대 가지 마라는 주관적인 의견부터, 어떤 식으로 진행이 되었는지 서술하는 객관적인 의견, 무조건 가라는 호의적인 의견도 있었다. 내용은 상관없었다. 노출만큼 이용도도 많아졌다.

앞서 말한 이용자는 이색 데이트를 추구하는 3쌍의 커플이었다.

서로 손을 꽉 잡고 들어왔지만, 나갈 때는 혼비백산 홀 몸으로 돌아갔다. 하여튼 그때부터 저주는 시작되었고 3쌍 중 2쌍은 두 달 후 서로가 서로의 목을 조르는 형태로 목 매단 채 발견되었다. 뭐, 죽은 건 한 달 반 후였지만. 내가 인적이 드문 야산에서 죽도록 했기에 가능한 일이었다. 문제는 나머지 1쌍의 커플이었다. 그들은 있지도 않은 저주 파훼법을 찾으며 이런저런 서적을 뒤졌다. 저주에서 벗어날 방법은 없는데 말이지. 결국 그들은 자신들을 도와달라며 SNS에 라이브 방송을 켰고, 그 라이브 방송을 시청한 전 세계의 시청자가 나의 고객이 되었다. 전 세계를 오가며 저주를 실행하려니 몸이 열 개라도 남아나지 않았다. 하지만 나는 해냈다. 소임에 대한 자부심이 있었고, 잘하기도 했다. 생전 살인마였던 내게 '악령'은 천직이었다.

  며칠 후 저승에서 공문이 내려왔다. 갑자기 이용자가 폭등해서 정신이 없다며, 업무를 자제해달라는 청원이었다. 왼쪽 상단 가장 오른쪽에 찍혀있는 마스터의 서명이 못내 서운했다. 열심히 하라고 할 때는 언제고…… 투덜투덜.

\+ 재능이라는 말이 무섭다. 그 재능을 품어 키울 스승 없는 재능이라면 더더욱.

#059, 로또 카운트 다운

"좆같네. 진짜……."

로또 용지를 찢어 던졌다. 이미 주위엔 아까 찢긴 18장의 로또가 나뒹굴었다. 남은 용지는 하나. 이 한 장의 종이로 내 수명이 결정될 것이다. 다시 한 번 살아보거나, 아니면 죽거나.

나는 일본어 강사다. 삼촌의 영향으로 어릴 때부터 다양한 만화책과 애니를 볼 수 있었다. 삼촌은 번역본을 기다리지 못 하는 급한 성격의 소유자였다. 덕분에 삼촌 방의 만화 대부분은 일본어 원본이었다. 어릴 때는 그림 보는 재미로 보았으나 나이가 들며 그 내용이 궁금했고, 자연스레 일어 공부를 하게 되었다. 다행히 난 언어 영역에 특출난 재능이 있었다. 처음엔 애한테 만화만 보여준다며 은근히 도련님을 싫어하던 우리 엄마도 내가 일어를 유창하게 하니 간섭을 그만두었다. 그렇게 삼촌 방의 책 전부를 섭렵할 때 내 나이가 12살이었다.

흥미와 재능을 어린 나이에 발견했으니 당연히 진로도 그 쪽으로 정해졌다. 일어학과를 나왔고, 과탑을 유지했다. 교수님은 애정 어린 눈으로 내게 대학원 진학을 권유하셨고, 나는 수락했다. 어리석게도.

나는 가르치는 데에 일가견이 있었다. 대학교 학비도 과외비로 충당했을 정도이다. 석사까지 나왔지만, 결국 갈만한 곳은 과외, 학원 강사, 번역이었다. 이럴 거면 석사 왜 나왔을까…… 하는 후회를 하며 졸업 이후에도 과외를 지속했다. 미래에 대한 포부? 그런 거 없었다. 그냥 무탈하게 별 일 없이 평범하게 사는 것. 그게 내가 바라는 전부였다. 입소문을 탄 과외로 인해 적당히 생계도 꾸려갈 수 있었으니 불안, 불만 이런 건 나와 거리가 멀었다.

내겐 아무런 문제가 없었다. 문제는 일본에 있는 멍청이한테 있었다. 지금까지도 여러 병크를 터트리던 일본 총리 자식이 결국 외교 분쟁을 만들었다. 곳곳에서 No재팬 운동이 펼쳐졌다. 처음에는 '일본 저 놈들은 대체 언제쯤 조용해질까?' 하며 혀를 끌끌 차는 정도의 문제였으나, 분쟁이 장기화되며 그 피해가 고스란히 내게 돌아왔다.

"이 시국에 일어 공부하기가 좀 그렇네요. 앞으로 경쟁력도 없어질 것 같고요. 죄송해요. 선생님."

과외 하는 학생의 학부모에게 온 뉴사이나, 나는 형내이나 싶은 내용의 문자가 하나둘 오기 시작했다. 나는 웃음 이모티콘을 쓰며 다음을 기약하는 문자를 보냈으나, 입으론 아베 개새끼를 외쳤다. 과외길이 끊기니 생활 유지하기기 점점 어려워졌다. 결국 난 한 일본어 학원 강사 모집에 응시했다. 다행일까? 결과는 합격이었다. 그리고 합격 통보를 받은 일주일 후 코로나19 뉴스를 접했다. 처음에는 "중국 저 놈들도 문제구만. 어째 우리는 위아래로 또라이들만 있어?"하며, 팔짱 + 도리도리 정도의 문제였으나, 신천지가 병크를 일으켰다. 역시나 그 피해가 고스란히 내게 돌아왔다. 학원이 정상 운영을 할 수 없게 되자, 학원장이 내게 미안하다는 문자를 보냈다. 아직 계약서를 쓰기 전이었고, 학원 사정도 익히 알기에 알겠다고 했다. 사실 그럴 수밖에 없지 않은가? 이제 어떻게 살아야지? 분명 내 30대는 창창할 거라고 생각했는데……? 좌표 없는 하소연을 허공에 날리며 방바닥에 드러누웠다. 이게 이렇게 길게 이어질 거라곤 생각하지 못 했다. 점점 통장의 잔고는 떨어져갔다. 생전 해본 적 없는 막노동과 배달 알바를 검색하기에 이르렀다.

광복절을 기점으로 최악의 집단 감염이 터지며, 올해 내로 괜찮아지기는 틀렸다는 생각이 들었다. 그냥 난 주어진 대로 성실히 살았을 뿐인데, 점점 말라 죽어가고 있었다. 일본 총리가, 중국이, 사이비 종교가, 생각 없는 일부 청년이, 공감 못 하는 엉터리 애국자들이 자기 주장에 열 올릴 동안, 난 2평 남짓 원룸에서 쌀 떨어지는 걸 걱정하게 되었다.

화보단 막막함이 들었다. 대출 받아야 하나? 근데 그러면 빚 갚아야 하잖아. 빚 있으면 열심히 살아야 하잖아? 열심히 살려면 쫓겨야 하잖아? 난 그러고 싶지 않은데? 딱히 치열하게 살아갈 욕심은 없었다. 마침 운 좋게 되어지는대로 살고 있었을 뿐. 생각이 여기까지 미치니 그제야 몸이 움직였다. 내가 뭘 해야 하는지 알았다. 그래서 산 게 로또다. 몰랐는데 로또는 주 10만원이 한도더라. 20장의 로또를 자동추첨으로 돌렸다. 목적은 간단했다. 신이란 게 정말 있다면, 그래서 내가 아직 살기를 바란다면, 한동안 열심히 버텨볼테니 그걸 알려주길 바랐다.

규칙은 이러했다. 이 스무 장 로또 중에 하나라도 당첨되면 열심히 살아보는 거고, 그렇지 않으면 미련 없이 죽는다. 물론 여기에서 당첨은 5등도 포함이다. 번호 여섯 개 중에 3개만 맞아도 나는 산다. 주변에도 5등 당첨은 이따금 있었으니 이 정도면 모티베이션으로 충분하겠다는 생각. 이 정도면 설마 죽겠어? 하는 마음도 솔직히 있었다. 그게 3일 전. 19장을 확인할 동안 당첨이 없는 게 지금 상황이다. 첫 번째 로또를 확인할 때는 오락하는 느낌이었는데 막상 여기까지 오니 오히려 절망적이다. 그냥 운이 좋아서 지금까지 살았을 뿐, 신은 나를 지켜주지 않는구나. 헛웃음이 났다.

원룸이 낮아서 떨어져 죽을 수 없는 높이이므로 죽는 방법은 연탄

불로 정했다. 학원 합격 후 큰 맘 먹고 산 차를 이렇게 쓰게 될 줄이야. 인생이란 정말 아무도 모른다. 아직 확인하지 않은 로또를 쳐다봤다. 긴장감을 위해 뒤집어 놓았기에 번호는 보이지 않았다. 만약 이게 당첨되지 않는다면 나는 어떻게 해야 할까? 또, 당첨이 된다면 어떻게 해야지? 실감이 나지 않았다. 5등이 나와도 그리 기쁠 것 같지 않았다. 이미 버림 받은 후라 그런가?

'아, 1등 되고 싶다. 그러면 평생 아무 것도 안 하고 좋아하는 일만 하면서 살텐데'

이런 코웃음 칠 욕심이 들었다. 조금씩 진심이 되어가는 것 같아 고개를 저었다. 미친 놈아. 그럴 리가 없잖아. 에휴. 그리고 용지를 뒤집었다. 이미 숫자는 다 외우고 있었기에 슬쩍 훑어보는 것만으로도 당첨 여부를 알 수 있었다. 당첨 숫자가 많이 적힌 용지구나 바로 보였다. 어? 그런데 배열이 이상했다. 아는 숫자가 한 줄에 모여 있었다. 야, 이거 탈락은 아니구나. 어? 뭐야. 이거 5등도 넘겠는데? 정신이 또렷해졌다. 결과는 1등이었다.

"우왁!"

나도 모르게 소리가 나온다는 게 이런 거구나. 단말마를 질렀다. 거듭 확인했으나, 1등이었다. 1등이 확실했다. 1등이었다! 내가 로또 1등에 당첨되었다! 가장 먼저 드는 생각은 어이 없게도 뼈해장국 사먹어야지였다. 생각해보니 오늘 한 끼도 안 먹었었다. 전국적으로 유명한 맛집이 동네 근처에 있으나 평소엔 비싸서 먹을 엄두를 못 내는 곳이었다. 그게 먹고 싶었다. 로또를 놓고 갈까 하다가 아무래도 품에 지니고 있는 게 안전할 것 같았다. 잉크가 지워지지 않게 휴지로 꼬옥 감싼 후 카드 지갑에 넣었다. 시켜먹을까? 이런 생각도 했지만 꼭 나

가서 사먹고 싶었다. 시간도 애매해서 안에 사람도 없을 거야. 코로나 19여도 사람 엄청 많던데 지금은 없겠지?

밖을 나서니 조금씩 실감이 되었다. 1등이다. 무려 로또 1등이다! 신은 나를 거하게 아끼는구나. 어떻게든 내가 살았으면 좋겠구나. 이 1등으로 뭐하지? 진짜 꿈 아닌가? 여러 생각이 쌓일수록 심장이 쿵쿵거렸다. 귀까지 뜨거워졌다. 이러다 열 37.5도보다 높게 나와서 밥 못 먹는 거 아니야? 속으로 이런 농담까지 떠올리며 횡단보도를 건넜다. 빵빵 거리는 소리가 내 왼쪽에서 들렸고, 고개를 돌리니 트럭이 내게 가까워오고 있었고 거기에서 내 기억은 멈췄다.

웅성대는 소리에 눈을 떴다. 나뭇잎이 바스락거리는 거슬리는 소리였다. 주위를 둘러보았다. 키가 작고 거추장스러운 옷 차림의 사람들이 나를 에워싸고 있었다. 우스꽝스러운 코스프레였다. 내가 만화에서 보던 판타지 전사 같은 복장이네? 일어나려 했지만 머리가 지끈거렸다. 다시 눕자, 바스락거리는 소리가 더 심해졌다. 귀를 틀어막으려 손을 올리자 왠 여자가 다가왔다. 자기 키만한 모자를 쓴 사람이었다. 그녀는 주변 사람들과 바스락 소리를 내더니 이상한 유리병을 꺼냈다. 그리고 묻지도 않고 병을 내 입에 들이댔다. 내가 고개를 돌리자, 주변에 있던 코스어(코스프레를 하는 사람) 두 명이 내 얼굴을 강제로 잡았다. 입을 닫았으나 여자가 내 코를 움켜 쥐었다. 숨이 막혀 입을 열었고, 곧장 병이 꽂혔다. 액체보단 젤리라고 하는 게 맞을 기분 나쁜 달달함이 목구멍을 타고 넘어갔다. 목젖이 꿀럭이는 걸 보고나서야 이들은 나를 놓아주었다.

"씨발! 뭐야? 너희들? 뭐 하는 짓이야?"

욕을 내뱉으며 입을 닦았다. 이런 건 토해내면 되지. 목에 손가락을 넣어 토하면……

"진정하세요. 용사여. 당신과 대화를 해야 하기에 범한 무례를 용서하세요."

유튜브에서 들었으면 바로 구독 눌렀을 청초한 목소리가 들린 건 그 때였다. 정신을 차려보니 어느 새 기분 나쁜 바스락 소리가 사라져 있었다. 사람들이 많이 모인 곳이면 으레 들릴 법한 웅성거림이 가득할 뿐이었다. 모자를 쓴 여자가 고개 숙여 내게 인사했다. 다리를 꼬고, 한 쪽 팔을 배에 대며 공손히 하였다. 이서 뭐야. 정말 무슨 상황이야?

"당신은 혼돈에 빠진 이세계를 구해 줄 선택 받은 자입니다. 당신의 고유 스킬인 '91나모고'는 마왕군의 호흡 활동을 병들게 하여 서서히 죽어가도록 하는 능력입니다. 그 어떤 무력도 통하지 않는 저들을 체내부터 붕괴시킬 수 있는 유일한 사람이 당신이라는 이야기죠."

"네?"

"오직 당신만이 마왕군에게서 저희를 구할 수 있어요. 부탁드립니다."

"어…… 그러면 지금 여기가 진짜 이세계라는 거죠?"

눈을 부비고 주변을 둘러보았다. 한국에 있을 리 없는 호화로운 고딕 양식의 성. 자세히 보니 눈동자 색이 다른 우스꽝스러운 코스어, 죽기 직전 봤던 트럭까지…… 아무래도 여긴 이세계인 듯 했다. 황당하게도. 내게 말을 걸었던 여자는 간절한 눈으로 손을 모으고 있었다. 주변에 있던 사람들은 희망에 부푼 자, 우는 자, 아직 긴장한 기색이 역력한 자 등 다양했다. 뭐야? 진짠가?

"그런데 저는 아무런 힘이 없어요. 도와달라고 하셔도 제가 어찌……."

"걱정 마세요. 용사님은 아무 것도 안 하셔도 됩니다. 그냥 길가에 있는 슬라임 한 마리에게 '91나로코' 스킬을 사용하시면 끝나요. 슬라임에서 시작한 91나로코는 조금씩 다른 몬스터에게로 병을 옮겨 결국 마왕성까지 들어가게 됩니다. 물론 선택 받은 용사이므로 마왕군을 무력으로 퇴치할 수 있는 패시브 스킬도 갖추고 계시지만 그런 위험한 일까진 부탁하지 않습니다."

"그래요……?"

아무래도 전염병을 창궐하여 마왕군을 멸족시키는 게 나의 능력인가보다.

"저희 왕궁의 뛰어난 점성술사가 계산해보니 마왕군 멸족까지 걸리는 시간은 용사님의 세계 기준으로 1년 5개월 27일입니다. 용사님께서 사망하실 경우 마왕군에서 백신을 소환할 수 있으니 용사님은 그저 왕궁 곳곳을 구경하시며 호화롭게 생활하시면 됩니다. 마왕이 쓰러지면 용사님을 원래 세계로 돌려보내도록 하겠습니다."

"그럼 1년 반만 여기 있으면 된다는 거죠? 아~ 그 정도는 할 수 있겠네요."

사기 아니야? 싶을 정도의 달달한 조건이었다. 고개를 끄덕이며 주머니에 손을 넣었고, '투욱' 느껴졌다. 카드 지갑. 아뿔싸. 황급하게 지갑을 꺼냈다. 당연히 목표는 휴지말이였다. 휴지를 걷어내니 아까 보았던 로또 용지가 있었다.

"저…… 방금 1년 6개월이라고 하셨죠?"

"정확히는 1년 5개월 27일 14시간 23분입니다. 용사님."

"그럼 안 돼요!!"

아까 로또 번호 검색하며 봤던 내용이 기억났다. 로또는 당첨일을 기준으로 1년의 지급 기한을 가진다. 즉, 1년 후에 이 로또는 그저 종이 쪼가리일 뿐이다. 이런 미친!

"전염병 말고 조금 더 빠르게 끝내는 방법 없어요? 1년 이내로요! 저 얼른 원래 세계로 돌아가야 한단 말이에요!"

"네……? 물론 용사님께서 수련을 통해 강해지신다면 1년 내에 마왕군과 대적할 힘을 기를 수 있겠지만 그건 위험하기도 하고, 굳이 그렇게 하실 필요가……."

"그렇게 하면 1년 내로 원래 세계로 돌아갈 수 있어요?"

"어…… 그렇겠죠? 용사님께서 마왕을 쓰러뜨리신다면……?"

"알겠어요! 그러면 저 그렇게 할래요! 시간이 없어요. 혹시 무기나 방어구 좀 얻을 수 있을까요?"

얼떨떨해하는 왕궁 사람들에게 다급히 장비를 챙겨 나왔다. 내 인생 최초로 목표라는 게 생기는 순간이었다.

'1년 내로 원래 세계에 돌아가기.'

지금 이 순간에도 로또 지급 기한은 다가오고 있다. 지체할 시간 따위 없었다. 이게 나의 마왕군 퇴치 첫 날의 기록이다.

+ 간절한 사람일수록 시간이 빠르게 지나더라. 무기력한 이는 어떻게든 시간을 죽이고 싶어 한다.

#060,

김진형(형아쌤)

무뚝뚝한 부모님과 전교 상위권 형 아래에서 '나는 잘 하는게 뭘까?' 고민하며 살았던 둘째이자 '막내'.
무슨 일이든 '납득할 만한 이유'를 찾아야 움직이는 '상사가 싫어할만한 타입'. 심심하면 혼자서 이야기 상상하며 놀았던 '창의적인 사람'. 남에게 피해줄 바엔 차라리 피해 안 주고 내가 손해보고 마는 게 더 나아 대학 팀플도 혼자 했던 '호구'. 자라면서 '하고 싶은 거 하면서 살려면 하고 싶은 일로 어떻게든 돈을 벌어야 가능하구나.' 를 깨달았습니다. 남들 가지 않는 길 열심히 개척 중입니다. 다양한 주제와 다양한 방식으로 심리극을 활용하여 심리상담을 하고, 심리검사 워크샵과 심리학 강의를 진행합니다. 상담사보단 생활심리학자라고 불리기를 더 좋아할 정도로 우리의 일상에 심리학을 적용시키려 노력하는데 지금까진 하고 싶은 거 하면서 살고 있습니다.

약력
전북대학교 심리학과 문학석사 졸업
현 반디심리연구소 소장
전 구로구청소년지원센터 꿈드림 팀원
전 4.16세월호참사특별조사위원회 피해자지원점검과 상담7급 조사관